反逆のソウルイーター

~弱者は不要といわれて剣聖（父）に追放されました~

The revenge
of
the Soul Eater.

6

これまでのあらすじ

幻想一刀流の家元・御剣家を追放されたのち、無敵の「魂喰い（ソウルイーター）」となったソラ。

故郷・鬼ヶ島での鬼人たちとの戦いを終えたソラがベルカに戻ってくると、突如ダークエルフの一群がエルフの集落を襲撃してきた。多くのエルフが倒れる中、ソラはダークエルフの美貌の指揮官ウィスティリアを倒し、続いて出現した魔物の王、幻想種のベヒモスを壮絶な戦いの末に討つ。

ダークエルフでありながら、忌み嫌われる魔物の本性をもつウィスティリアを、ソラは匿う決心をするが、二人の前にダークエルフの最長老であるラスカリスが現れた。

そしてラスカリスは、不気味な予言を残して姿を消していった。

Soul Eater.

登場人物紹介

ソラ・空…………幻想一刀流御剣家の跡取りだったが追放され、瀕死になりながら魂喰いとして生還し、凄まじいパワーを有している。復活後はかつての仲間を次々と奴隷にして、さらに御剣家への復讐を狙っている。

ミロスラフ…………「隼の剣」の元メンバー。良家の出身の魔術師で気位が高い。ラーズとの仲をイリアと争っていたが、ソラに拉致され魂を喰われ、奴隷に。

ルナマリア…………「隼の剣」の元メンバー。エルフの賢者。ラーズがソラに決闘を申し込んだが、あえなく負けたため、ソラの奴隷にされてしまう。

イリア…………「隼の剣」の元メンバー。ラーズの幼馴染の神官。最後まで冒険者パーティを支えようとするが、ソラの姦計にはまり奴隷となる。

スズメ…………鬼人の娘で一族唯一の生き残り。蝿の王に捕らえられ、あわやのところをソラに助けられ、ソラと行動をともにする。

ウィステリア…………ダークエルフの剣士。始祖から授けられた魔法の長剣を振るう手練れ。ソラとの戦いの最中に魔神・パズズへと変異した。

教皇ノア…………16歳の少女でありながら、カリタス聖王国の最高責任者にして法神教の最高指導者。

ラスカリス…………「始祖」と呼ばれるダークエルフの最長老にして、不死の王で構成される「夜会」の第一位。法神教からは忌み嫌われている存在。

The revenge of the

目次

プロローグ　9
第一章　アンドラへ　15
第二章　渦巻く敵意　70
第三章　心装励起　132
第四章　鷹の贈り物　200
第五章　虚実　263
エピローグ　309
書き下ろし　三百年に一度の奇跡　316
あとがき　324

The revenge of the Soul Eater.

6

プロローグ

「本当にソラ殿には驚かされてばかりです」

ベヒモスを倒した翌日、ベルカの宿の一室でしみじみと語ったのはアストリッド・ドラグノート公爵令嬢だった。

アストリッドはカナリア王国の最精鋭たる竜騎士団の副長であり、先ごろ俺が自邸に迎え入れたクラウディア・ドラグノートの姉でもある。俺とクラウディアは事実上の婚約関係にあるので、俺から見ればアストリッドは義理の姉にあたる人物だった。

もちろん相手は公爵家の嫡女《ちゃくじょ》であるから、気軽に姉さんなどと呼べるものではない。そもそも俺自身にアストリッドを姉として見る意識はなかった。

俺とクラウディアが一緒に暮らしているのは、アザール王太子の元婚約者であるクラウディアが政争に巻き込まれないようにするためだ。本当にクラウディアと結婚するわけではなく、必然的にアストリッドを姉として見ることもないわけである。

そうでなければ「妹と公爵家を助けてくれたお礼に魂を捧げます」というアストリッドの申し出に嬉々として応じるわけがないではないか！

――と、少し話がそれてしまったが、とにかく、俺とアストリッドの関係はそういうものである。

そのアストリッドがベルカにやってきた。目的は法神教のサイララ枢機卿《すうききょう》を王都まで護衛するためだったそうだが、いざベルカに着いてみれば、都市はたびかさなる襲撃で厳戒態勢のまっただなか。政庁で事の次第を聞いたアストリッドは、よりくわしい情報を求めて俺のところまでやってきた――というのが今にいたる顚末《てんまつ》である。

アストリッドの立場であれば、俺を政庁に呼び出して話を聞くこともできたに違いないが、実際はこうして俺が泊まっている宿まで足を運んでくれた。地位を笠に着ない礼儀正しさはあいかわらずである。

そのアストリッドに対し、俺はベルカに来てからの出来事をすべて話した。

ダークエルフによるリドリス襲撃と、それに続くベルカへの攻撃。その後に起きた俺とウィステリアの戦いと、ほどなくして出現したベヒモスとの戦闘。リドリスを襲撃したダークエルフの指揮官ウィステリアが俺と行動を共にしていることや、法神教が敵視しているダークエルフの王ラスカリスと接触したことも隠さなかった。

正確にいえば、隠すわけにはいかなかったのである。

ウィステリアをかくまっている今の俺は、ベルカ政庁や法神教、さらにリドリスのエルフたちに糾弾《きゅうだん》されてもおかしくない立場にいる。そして、前述したように俺はドラグノート公爵家の次女の婚約者ということになっている。

この事実が知れ渡れば「ドラグノート公爵家は竜殺しを使ってダークエルフと結託しようとしている」などと邪推《じゃすい》する者もあらわれるだろう。公爵家にとっては迷惑千万な話に違いない。

それがわかっていたから、俺はアストリッドに隠し事をするわけにはいかなかったのである。迷惑をかけた身で示せる誠意があるとすれば、それは事実を述べる以外になかった。

「ベルカにお越しになられた早々、厄介事に巻き込んでしまって申し訳ありません」

すべてを語り終えた俺はアストリッドに深々と頭を下げる。あちらにしてみれば、ため息のひとつも吐きたい心境であるに違いない。この場で俺との関わりを断ちきるという選択肢だってあるだろう。

だが、アストリッドがその選択肢を選ぶことはなかった。頭を下げる俺に対し、常とかわらない穏やかな声を向けてくる。

「顔をあげてください。クラウのこと、先ごろの爵位のこと。これまでドラグノート家は恩人であるソラ殿にいくつもの無理を強いてきました。そして、あなたはそのすべてにこころよく応じてくださった。そのあなたに対して、どうして非難の言葉を向けることができるでしょう。今回のこと、たしかに驚きはしましたが、厄介事に巻き込まれたとは思っていませんよ」

むしろ、公爵家の力でソラを取り巻く状況を好転させることができるなら、それは願ってもない喜びである。アストリッドはそういって優しく微笑んだ。

「きっと父上とクラウも同じ気持ちのはずです」

「……恐れ入ります。そうおっしゃっていただけると心が軽くなる思いです」

ベルカに来てから自分が下した決断に悔いはなかったが、ドラグノート公爵家に迷惑をかけてしまうかもしれない、という点は気がかりだった。その気がかりを軽やかに取り払ってくれたアストリッドには感謝するしかない。

すると、アストリッドはどこか申し訳なさそうな表情を浮かべて俺を見た。

「私も誤解を招く言い方をしてしまいましたね。驚かされた、などと口走る前にお礼を申し上げるべきでした。ソラ殿、カナリア王国に仕える騎士として、ベルカの街とそこに住まう人々を守ってくださったことに心から感謝いたします」

アストリッドは先ほどの俺よりも深く頭をさげ、さらに言葉を続ける。

「そのウィステリアという方への処遇についても、ドラグノート公爵家はソラ殿の希望がかなうよう尽力いたします。すくなくとも、ベルカ政庁がソラ殿に敵対することはありません。お望みなら法の神殿とこの地のエルフ族にも話をとおしましょう」

「重ね重ねのご厚意、かたじけなく存じます」

俺は安堵と感謝をとけあわせた声で礼を述べた。

人間社会におけるウィステリアの身分をいかにして保障するか、これについては俺も頭を痛めていた。それだけにアストリッドの申し出はとてもありがたい。今後、ウィステリアを介してアンドラのダークエルフと交渉するときも、ドラグノート公爵家の後ろ盾があるとないとでは話の進めやすさが大きく異なってくるだろう。その意味でもこの地でアストリッドと出会えたのは幸運だった。

もちろん、アストリッドにはアストリッドの立場があり、役割があることはわかっているので、必要以上に頼るつもりはない。具体的にいえば、法神教との関係や、リドリスのエルフたちとの関係にまで公爵家の助力をあおぐつもりはなかった。このふたつは俺がきちんと対処しなければならない問題だ。

そうそう、対処するといえば、法神教やリドリス以外にも問題が残っている。アストリッドが連れてきたイリアとカティアのふたり――特にカティアのことである。本来の予定では、ふたりは俺が迎えに行くまでイシュカで待機しているはずだったのだが、アストリッドが気を利かせてベルカまで連れて来てくれたのだ。

カティアの目的は数ヶ月前に砂漠で行方不明になった『銀星』のメンバー、とくにリーダーであるアロウを見つけ出すこと。

正直な話、俺はアロウの生存は絶望的だと考えており、カティアの頼みを引き受けたのも成算があってのことではない。カティアと同じメルテ村の出身であり、カティアと浅からぬ因縁を持つイリア（とその母のセーラ司祭）に配慮した結果だった。

藍色翼獣《インディゴワイバーン》を駆る俺が、空から未踏破区域を捜索してもアロウたちを発見することができないとなれば、カティアもアロウの死を受け入れることができるかもしれない。ベルカに来るまで俺はそんな風に考えていた。

しかし、ダークエルフの王ラスカリスがアロウに言及したことで、『銀星』を取り巻く事態は一気に不穏な様相を帯びてきた。

『光神教について調べる際は気をつけて。僕がこれを伝えた相手は、なぜだか決まって早死にしてしまうからね――「銀星」のアロウのように』

ベヒモスとの戦い直後にあらわれたラスカリスは、その言葉を残して姿を消した。ラスカリスは明らかにアロウの一件に法神教が関与していることを匂わせている。

法神教と敵対しているダークエルフの言葉を鵜《う》呑《の》みにするつもりはない。だが、そう思う一方で、あれをすべて虚偽と決めつけていいものか、という迷いがあるのもたしかだった。ラスカリスの言葉にはたしかに真実の響きが感じられたからである。まったく惑わす者《ウィル・オー・ウィスプ》とはよくいったものだ。

ともあれ、カティアに協力する際は法神教の動きに注意する必要があるだろう。いまだリドリスの集落を占拠しているダークエルフたちの対処も急がなければならない。

かなうならばもっとアストリッドと話をしていたかったが、状況が状況だ。その機会は後日にまわすしかなさそうだった。

第一章　アンドラへ

1

「ソラ――いえ、ソラ殿」

神妙な顔でウィステリアが話しかけてきたのは、アストリッドが宿を辞してまもなくのことだった。

ダークエルフの剣士の顔には色濃い疲労が残っており、ベヒモスを倒してからこちら、一睡もしていないことがうかがえる。

俺はつとめて穏やかな声で、こちらを見つめるウィステリアに応じた。

「どうかしたか？」

「今さらではあるのですが……私を街に連れてきてよろしかったのですか？　ダークエルフである私を拘束もせずに連れ歩いていると知られれば、ソラ殿も罪に問われてしまいます」

それを聞いた俺は、なんだそんなことか、と芝居がかった仕草で肩をすくめる。

「心配ご無用。宿の中にいれば人目に触れることはないし、仮にばれたとしても、今の俺を問答無用で捕まえることはできないからな」

俺にはティティスの森で発生した魔獣暴走《スタンピード》を鎮めた実績があり、竜殺しの栄誉がある。ベヒモスをはじめとした数多《あまた》の魔物と激闘を重ね、ベルカの危機を救ったという功績もある。

まあ、ベヒモスについては、ラスカリスが死骸を吹き飛ばしてしまったせいで討伐の証拠は残っていないのだが、それを差し引いても俺の武勲は比類がない。おまけに、つい先刻アストリッドと話をして、この国一番の貴族であるドラグノート公爵家の後ろ盾を得たばかりだ。

ダークエルフを宿に連れ込んだ程度で罪に問われることはまずない。もちろん、ベルカの諸勢力との関係は最悪になってしまうので、ばれずにすめばそれに越したことはないわけだが。

そんなことを考えながら、俺は眼前のダークエルフに休むよう伝える。

「というわけで、俺のことは気にせずに身体を休めておいてくれ。この先は、それこそ寝る暇もないくらい忙しくなるぞ」

この後、俺たちはリドリスに向かい、集落を占拠しているダークエルフの部隊を退却させなければならない。指揮官であるウィステリアが退却に同意しているのだから、本来は簡単にかたづくことなのだが――ウィステリアは先日の俺との戦いで、自分が悪霊憑《つ》きであることを配下に知られてしまっている。

ダークエルフにとって悪霊《デーモン》は忌むべき存在であり、これに取り憑かれた者もまた同様。悪霊憑きであることを隠していた指揮官《ウィステリア》の言葉を、配下が素直に聞き入れるかは不分明である。

仮に配下をうまく説得できたとしても、その後はアンドラにわたってダークエルフ族が長年抱いてきた悪霊に対する認識を書き換えるという難事が待っている。寝る暇もなくなるという言葉は誇張ではなかった。

ウィステリアもそれは承知しているのだろう、きゅっと唇を引き結んでうなずく。

だが、完全に納得したわけではないようで、うなずいた後に言葉をつけくわえた。

「それは、たしかにそのとおりです。ですが――」

「まだ納得できないか？」

「身体を休めよというソラ殿のお心遣いはありがたく思います。しかし、すでに十分すぎるほど休ませていただきました。私は今からでもリドリスに向かい、筆頭剣士《グラディウス》としての責務をはたすべきだと思うのです。そうしなければ、始祖様も私の言葉に耳をかたむけてくださらないでしょう」

ウィステリアは焦燥に満ちた声で始祖――ラスカリスのことを持ち出してきた。

ベヒモスを倒した直後にあらわれたラスカリスは、アロウが行方不明になった一件に法神教が関与していることを匂わせた後に姿を消した。ウィステリアには一言もかけることなく、である。

気づかなかったということはありえないから、意図的に無視したのだろう。

それは仕方ないことだ、とウィステリアはいう。ウィステリアは悪霊憑きであることを始祖に隠していた。それだけでも重罪であるのに、敗北して筆頭剣士《グラディウス》の名に泥を塗り、あまつさえ敵であるはずの人間と行動を共にしていた。虜囚にされたにしては手足を縛られてもいない。

誰が見ても今のウィステリアは人間に膝を屈した裏切り者であり、ラスカリスが相手にしなかったのもうなずける。

――ただ、その一方で、ラスカリスはウィステリアを処罰しようとはしなかった。ラスカリスの力をもってすれば、あの場でウィステリアを八つ裂きにすることもできたはずなのに。

ウィステリアはそこにラスカリスの慈悲を感じ取り、次のような結論を導いていた。

悪霊がどうこうと主張する前に、まずは敗兵をまとめてアンドラに帰還する。それが侵攻部隊を任された筆頭剣士《グラディウス》としての責務だ。その上で敗戦の罪を謝して筆頭剣士《グラディウス》の地位を返上し、これまで悪霊憑きだったことを隠していた罰を受ける。

そこまですれば、ラスカリスも、アンドラの同胞たちも、ウィステリアに私心がないことを認めるだろう。悪霊と同源存在《アニマ》の関係について説くのはそれからだ――ウィステリアはそのように考えており、だからこそ、早く行動を開始しなければと焦っている。

俺はラスカリスのことも、ダークエルフという種族のこともよく知らない。だが、ウィステリアの考え自体はしごくまっとうなものであると感じている。それゆえ、ウィステリアの案に沿って行動するのは何の問題もなかった。

ただ、やはりウィステリアの体調が気にかかる。俺はあらためて眼前のダークエルフを見やった。

本人は十分休めたと主張しているが、ウィステリアの顔には重い疲労がへばりついており、憔悴《しょうすい》の色が濃い。俺がベヒモスと戦っている間、ウィステリアはあの幻想種に寄生していた無数の魔物と戦っていた。前日に俺が心装でさんざん斬りつけた影響が残った身体で、魔物がベルカに向かわないように限界以上の力をしぼりつくしてくれたのである。

その結果が今のウィステリアの状態だ。『血煙《ちけむり》の剣』特製の回復薬《ポーション》を飲んでも回復しきれておらず、肉体的な疲労はもちろんのこと、精神的な疲弊《ひへい》も大きいのだと思われる。

この状態でリドリスに向かえば、どんな不覚をとるか分かったものではない。最悪の場合、ウィステリアを裏切り者と考えるダークエルフたちに殺されてしまう。

ここは多少強引にでも休ませるべきだと考えた俺は、いまだ硬い表情を崩さないウィステリアに対し、ベヒモスと戦ったときに交わした約束を持ち出した。

「『それでお役に立てるなら、ひとつと言わずいくらでも言うことを聞きます』」

「……え？」

「ベヒモスを倒したら何でもひとつ俺の言うことを聞くと言ってくれ、と俺が口にしたときのそちらの返答だ。まさか忘れてはいないよな？」

説明を聞いてそのときのことを思い出したのだろう、ウィステリアは戸惑った様子ながらこくりとうなずいた。

おぼえているなら話が早い。俺はニヤリと笑って告げる。

「ではさっそく言うことを聞いてもらおうか。寝ろとまではいわないが、寝台で横になって目をつぶっていてくれ。心配しないでも、こちらの用事が終わったらすぐにリドリスに向かう。それまでの間、な」

「ソラ殿──」

何か口にしかけたウィステリアの機先を制するように、俺はしれっと言葉をつけたした。

「もしそちらが約束を反故《ほご》にするつもりなら、こちらも同じことをするからな。自分の言葉も守れないやつに協力するなんて御免こうむる」

「あ……」

それを聞いたウィステリアが困ったように眉を八の字にする。

ややあってダークエルフの剣士は、ふう、と深く息を吐き出すと、気を取り直したようにうなずいた。

「わかりました、ソラ殿のお言葉に従います。身柄をあずけた身で差し出がましいことを申しました」

すみません、と軽く頭を下げた後、ウィステリアはどこかまぶしそうに俺の顔を見た。

「それにしても、ソラ殿は剣も達者ですが、口も達者なのですね。話の勘所《かんどころ》をよくわきまえていらっしゃる」

「……それは褒め言葉と受け取っていいのかね？」

頬をかきながらたずねると、ウィステリアはくすりと微笑んでうなずいた。

「ふふ、はい。心からの褒め言葉と受け取ってください」

2

寝台に横になったウィステリアはほどなくしてすうすうと寝息をたてはじめた。俺と言葉を交わしたことで、張りつめていたものが緩んだのかもしれない。

こんなことなら昨日のうちにウィステリアと話をしておくべきだったと悔やんだが、昨日ベヒモスとの戦いを終えてベルカに戻った俺は、ほぼ一日中政庁に詰めっぱなしだった。大暴れした砂漠の戦闘の報告をしなければならなかったからである。

結果、俺が宿に戻れたのは日付が変わってからであり、ウィステリアと話をする時間はどこにも残っていなかった。

俺は寝ているウィステリアを起こさないよう忍び足で部屋を出る。

ウィステリアはいまだ同源存在《アニマ》であるパズズを制御できておらず、いつ身体を乗っ取られるかわからない。できれば目を離したくないのだが、まあ、パズズもパズズでソウルイーターに斬りつけられて消耗しているはずだ。しばらくは大人しくしているだろう。

万が一パズズが顕現したとしても、あの魔神が発する勁《けい》ですぐにそれとわかる。そのときは全速力で駆けつけて、再びウィステリアの中に押し戻してやるまでである。

と、そのとき。

「マスター」

不意に横合いから声をかけられた。耳に心地よくひびく声音はルナマリアのもので、どうやら俺が部屋から出てくるのを待っていたようである。

「どうした？」

「今、下にイリアが来ています」

ルナマリアにその名を告げられたとき、俺は驚かなかった。前述したように、イリアとカティアのふたりがベルカに来ていることは聞いていたからである。

アストリッドによれば、ベルカに到着したふたりはまず法の神殿に向かったとのことだった。たぶん、神殿で俺の居場所を耳にしたのだろう。サイララ枢機卿はいたくカティアのことを気にかけていたから、枢機卿の口から事情を聞いたのかもしれない。

「ウィステリア殿のことがあるので下で待ってもらっていますが、連れてきてもかまいませんでしょうか？」

「いや、イリアはともかく、カティアにはまだウィステリアのことを伝えるつもりはない。そのま――ん？　来ているのはイリアだけか？」

直前の報告にカティアの名が含まれていなかったことに気づき、ルナマリアに確認をとる。

すると、エルフの賢者はこくりとうなずいた。

「はい。カティアさんはイリアと別行動をとっているとのことです」

「ふむ？」

この状況で別行動？　と不思議に思ったが、くわしいことは直接聞けばわかるだろう。

カティアがいないのならイリアを部屋にいれてもかまわないのだが、寝入ったばかりのウィステリアを起こすのも忍びない。もうひとつ、スズメとルナマリアの部屋もあるのだが、いかに宿の部屋とはいえ、女性陣が寝泊まりしている場所にずかずか踏み込むのはよろしくないだろう。ルナマリアはともかく、スズメに配慮《デリカシー》のない人だと思われたくない。

とりあえず階下で話をしようと決めた俺は、ウィステリアのことをスズメに任せて下に向かった。

前述したように、今のウィステリアの近くにいることは危険をともなう。だから、スズメに対してもその旨を伝えてお願いしたわけだが、スズメは同源存在《アニマ》が暴走する危険を伝えられても怖がる素振りを見せず、むしろ余計に張り切った様子で「わかりました、おまかせください！」と元気よく応じてくれた。

ベルカに来てからときどき思うのだが、実はスズメってば結構お転婆《てんば》さんなのかもしれない。

そんなことを考えながら階下におりると、ルナマリアのいったとおり、神官戦士の服をまとったイリアが待っていた。

「マスター、それにルナも。戦いがあったと聞いたけど、無事でよかったです」

こちらに気づいたイリアは椅子から立ち上がると、ぺこりと一礼して俺たちの無事を喜んだ。

俺がカティアの頼みを聞き入れてからというもの、イリアはこれまで以上に俺にかしこまるようになっており、俺への呼びかけも「マスター」で固定されつつある。

正直、まだまだ違和感が残るが、ミロスラフやルナマリアのときがそうだったように、いずれ耳になじんでくるのだろう。

それよりも、やはりカティアの姿がないことが気にかかった。

脳裏にラスカリスの言葉が思い浮かぶ。もしあれが事実だった場合、『銀星』の一件は俺が思っている以上に根が深いことになる。サイララ枢機卿やカティアが裏で暗躍している可能性も否定できなかった。

――こういうことを考えている時点でラスカリスの思惑に乗ってしまっているのだろうが、だからといって何も考えずに行動するわけにはいかない。イリアにもあまり神殿には立ち寄らないよう言っておくべきだろう。

ただ、その理由を説明するときにラスカリスの話を持ちだすつもりはなかった。これはイリアにかぎった話ではない。俺は具体的な証拠が出てこないかぎり、誰に対しても不死の王の示唆《しさ》を口外する気はなかった。事実、ルナマリアやスズメにも伝えておらず、知っているのはあの場に居合わせたウィステリアだけである。

そうすると、イリアに対して「神殿にはあまり近づくな」と伝える理由を他に用意しなければならなくなるわけだが、これについてはウィステリアの存在自体が理由になる。

俺がダークエルフをかくまっていると知れば、神殿に近づくな、という指示にイリアが疑問を抱くことはないだろう。以前のイリアならともかく、今のイリアなら神殿に密告することもあるまい。

「心配をかけたみたいだな。見てのとおり、俺もルナマリアも、あとスズメも無事だ」

イリアのあいさつに応じた俺は、ちらと周囲をみまわしてからこの場にいない者に話を移す。

「カティアの姿が見えないようだけど、神殿の方にいるのか？」

「いえ、あの子は仲間のところに行っています。神殿で先日の襲撃のことを聞いて、仲間の無事をたしかめてくると言ってました」

「仲間？」

イリアの言葉を意外に思い、わずかに右の眉をあげる。

いや、カティアに仲間がいることには何の問題もないのだ。ただ、イシュカで聞いた話によれば、カティアは生き残った元『銀星』の仲間から「これ以上アロウの捜索に協力することはできない」と告げられ、藁《わら》にもすがる思いで俺のところにやってきた、ということだった。

今のカティアはアロウのことでずいぶん思いつめており、捜索に協力しない仲間を気にかける余裕があるとは思えない。それなのに、ベルカに戻るや、袂《たもと》を分《わ》かった仲間の身を案じて駆けつけたという点に違和感をおぼえたのである。

――まあ、俺とカティアが言葉を交わしたのは、イシュカで初めて顔を合わせたときの一回きりだ。あの後、カティアは疲労で寝込み、俺はすぐにベルカに向かったので、俺の中のカティアのイメージは心身ともに憔悴《しょうすい》し、余裕を失った時の状態で固定されてしまっている。案外、素のカティアはもっと快活でおおらかな少女なのかもしれない。

そんなことを考えつつ、俺はイリアを宿の中庭にいざなった。高級宿らしく中庭はちょっとした庭園になっており、人目を避けて話すには都合がよい。

俺はそこでイリアにこれまでの経緯《いきさつ》を説明した。俺がすでにベヒモスを倒したことを知ったイリアは目をまん丸にして驚いていたが、こちらの言葉を疑うことはなかった。本当なのですか、という確認さえしてこない。

かわってイリアが口にしたのは今後の行動についてである。具体的にいえば、俺に『銀星』の捜索を続ける意思があるのか否かを知りたがった。

俺はカティアの頼みを引き受ける際、ベルカに行く主目的はベヒモスを討伐することであり、ベヒモスを倒した後、いつまでもベルカにとどまるつもりはないと明言している。

あのときは、まさかベルカについて三日とたたずにベヒモスと遭遇するとは思っていなかったが、それでも条件はきちんと伝えたのだ。ここでカティアへの協力を取りやめたところで文句をいわれる筋合いはないのだが――

「さすがにそれは、な」

「……マスター？」

がしがしと頭をかく俺を見て、イリアが怪訝《けげん》そうとも不安そうともとれる表情を浮かべた。

そのイリアに俺は自分の考えを伝える。

「心配しないでも、カティアへの協力は続ける。以前にもいったように、いつまでもベルカにとどまることはできないが、一度引き受けた依頼を中途半端に終わらせるつもりもないからな」

「あ、ありがとうございます！　カティアにかわってお礼をいわせてくださいっ」

勢いよく頭を下げるイリア。大げさな、とは思ったが、イリアにしてみれば何の報酬も約束されていない依頼に対し、俺がどれだけ真剣に取り組むつもりなのか分からなかったに違いない。

イリアの頭のつむじを見下ろしながら、俺は言葉を続ける。

「ただ、協力するといっても問題があってな」

「問題、ですか？」

「ああ。今もいったように、ベヒモスは多くの魔物を引き連れて西――『銀星』が行方不明になった未踏破区域の方角からやってきた。今回のことで『銀星』の痕跡は完全に失われたとみていい」

ウィステリアによれば、ベヒモスは何百年もの間、円を描くようにアンドラの周囲を徘徊《はいかい》していたという。そして、アンドラがあるのは人間たちが未踏破区域と呼ぶ場所の最奥部。

であれば、ベヒモスは未踏破区域からやってきて、カタラン砂漠を横断する形でベルカに向かってきたと考えて間違いあるまい。あれだけ大量の魔物を引き連れての侵攻だ。道々にあるものはすべて蹂躙《じゅうりん》されたと考えるべきだろう。

もともと未踏破区域で『銀星』の手がかりが見つかる可能性は低いと思っていたが、今回のことでそのわずかな可能性さえ潰《つい》えた。くわえて、ベヒモスの進路上にあったオアシスも軒並《のきな》み壊滅したと思われるから、人づてに手がかりを探すことも難しい。

現状、捜索のためにできることはほとんどないのだ。

それを聞いたイリアは真剣な表情でうなずく。

「そのことをカティアに納得してもらう必要があるのですね」

「そういうことだ。まあ、何もせずにただじっと待っていろといっても無理だろうし、クラウ・ソラスに乗せて空から状況を探る程度のことはするつもりだけどな。逆にいえば、それくらいしかできることはない」

「わかりました。カティアに無茶をしないよう伝えておきます――あの、マスター」

イリアが居住まいを正して呼びかけてくる。

「ん？　なんだ？」

「繰り返しになってしまいますが、カティアのこと、本当にありがとうございます。その、報酬もない依頼に真剣に向き合ってくれて、感謝しています」

真剣な表情に真剣な声音。それだけでイリアが心の底から感謝していることが伝わってくる。

俺はかすかに目を細めて眼前の神官戦士を見やった。

この様子を見るかぎり、カティアを助けることでイリアに恩を売る、という当初の狙いは見事に奏功《そうこう》している。この調子でどんどん俺への感謝を深め、服従心を育んでいってほしいものだ。

そう思った俺は、イリアに気づかれないように少しだけ唇の端を吊りあげた。

3

ソラとイリアが宿で話をしていたころ、カティアはベルカの大通りを足早に歩いていた。

いつもはうるさいくらい大勢の人間でにぎわっている街路は、まるで別の街のように静まり返っている。目につくのは武装した兵士や冒険者ばかりで、屋台や物売りの数はかぞえるほど。

もう五年以上ベルカで暮らしているカティアであるが、ここまで萎縮《いしゅく》した街並みを見るのははじめてのことだった。

カタラン砂漠に隣接するベルカの住民にとって、魔物の襲撃はさしてめずらしいことではない。これまでは魔物の襲撃があった翌日でも、人々は何事もなかったかのように街に繰り出していた。それほどに肝が太い住民が、今はそろって家で居すくまっている。それだけ先日の戦闘が激しかったということなのだろう。閑散《かんさん》とした街並みを見れば、人々が今なお強い不安と恐怖に苛《さいな》まれていることがうかがえた。

だが。

「私には関係ないことよ」

カティアは冷然とした口調で言い放ち、街の様子をかえりみることなく歩を進める。

かつては第二の故郷と——いや、唯一の故郷と思って愛していた街だった。だが、アロウがいなくなってからというもの、カティアの中でベルカへの愛着は日に日に薄れていき、今や憎しみにかわりつつある。

あれほど街のために尽力していたアロウが行方知れずになったというのに、ろくに捜そうともせず、それどころかもう死んだものと考えている薄情者が多すぎるのだ、この街には。

『銀星』のメンバーでさえ例外ではないという点に、カティアは強い憤りをおぼえる。

「……リーダーが可哀そうだわ」

心からそう思う。

だから、せめて自分だけはアロウが生きていることを信じ続ける。そして捜し続ける。何があっても決して諦めることなく——カティアは己にそう誓いを立てていた。

その後、なおも歩き続けることしばし。

カティアがやってきたのは、大通りから少し離れた場所にある古びた平屋《ひらや》の建物だった。頑丈な木の門には『銀星』の象徴である星型の印章《エンブレム》が刻まれている。

ここはアロウの生家《せいか》だった。もう少し正確にいえば、アロウの生家だった家屋を改築してつくられた施設である。その目的は身寄りのない子供たちの面倒を見ることであり、カティアもアロウによって奴隷から解放された当初はここで生活していた。

いわば私設の孤児院であるが、アロウがその名称を好まなかったこともあり、『銀星』の中ではもっぱら学院とよばれていた。学院の子供たちはアロウの庇護下でひととおりの教育をさずけられ、独り立ちできると判断された者から外に出される。

もちろん、後は勝手に自活しろ、と放り出すわけではない。アロウは子供たちの希望を聞き入れ、望む職を得られるよう力を尽くしてくれた。子供たちの多くは『銀星』に加わってアロウの下で働くことを望んだが、それ以外の道に進んだ者も多い。アロウは子供たちの進路について、なにひとつ強制はしなかったのである。

カティアはといえば、迷うことなく『銀星』に加わった。もともとカティアが神官の道を志したのは、冒険者の間では回復魔法を使える神官が重宝されていると知ったからである。少しでも恩あるアロウの役に立つ、その一念で神官になったカティアにとって『銀星』に加わる以外の道など存在しないも同然だった。

こうしてカティアは法神に仕える神官として、そして『銀星』に属する冒険者としての道を歩み始める。そして、独り立ちした後も折に触れて学院をおとずれ、自分と同じ境遇の者たちのために働いていた。

それはアロウが行方不明になった今もかわっていない。

いつものように門をあけて中に入ろうとしたカティアは、内側から鍵をかけられていることに気づいて眉をひそめる。カティアが知るかぎり、門に鍵をかけるのは日が暮れてからのはずだった。

「これも襲撃のせいかしらね」

小声でつぶやき、門に備えつけられていた呼び鈴を手に取る。

二度、三度とそれを振ると、思いのほか大きな音があたりに響きわたって、カティアはびくりと背を震わせた。

普段、このあたりは大通りの喧噪がうるさいくらい響いてくるため、かなり強めに呼び鈴を振らないと家の中まで音が届かない。そのため、カティアはいつものくせで呼び鈴を強く振ってしまったのだが、前述したように今日の大通りは閑散としており、学院の周囲も日中とは思えないくらい静まり返っている。

結果、必要以上に大きな音があたりに鳴り響いてしまった。家の中にいた者たちにとっては、乱暴で威圧的な呼び出しに聞こえたに違いない。ほどなくして門の向こうから誰何《すいか》の声がかけられたが、その声は強い警戒心に満ちていた。

「……どなたですか？」

「わたしよ、カティアよ！」

声から相手の正体を察したカティアが名前を名乗ると、門の向こうからハッと息を呑む気配が伝わってきた。ややあって、慌ただしく内側の閂《かんぬき》を外す音がして門がひらかれる。

次の瞬間、カティアとさして年のかわらないおかっぱ頭の少女が外へ飛び出してきた。

「カティア！　よかった、無事だったのね！　神殿の人から、あなたがひとりでイシュカに向かったって聞いて、ずっと心配してたのよ！」

頬を紅潮させて詰め寄ってくる少女の名をユニという。カティアにとっては五年来の友人であり、ふたりの付き合いはアロウに解放される以前の奴隷時代にまでさかのぼる。つまり、ユニもまたカティアと同じく、奴隷だったところをアロウに救われた少女だった。

こちらを心配するユニを見て、カティアは誇らしそうに胸を張る。

「心配かけてごめんなさい、ユニ。でもね、はるばるイシュカまで行った甲斐はあったわよ。リーダーの捜索に協力してくれる人を見つけたの！　名前を聞いたら、きっとあなたもびっくりするわ！」

カティアの無茶を叱ろうとしていたユニは、はずんだ声でまくしたててくる友人の反応に面食らう。こんなに喜色にあふれたカティアを見るのは、アロウが行方知れずになってからはじめてのことだった。

気勢をそがれたユニは、あらためて眼前のカティアの姿を見やる。

ここ数ヶ月、ずっとふさぎこみ、思いつめていたカティアが元気を取り戻してくれたのは、ユニにとっても嬉しいことだった。

ユニとカティアは親しい友人であるが、性格はずいぶんと違う。カティアが日向に咲く花ならば、ユニは日陰に咲く花だ。少なくともユニはそう思っており、しおれているカティアを見るのはつらいことだった。

そのつらさの中にはカティアへの申し訳なさも含まれている。ユニはカティアと同じく『銀星』の一員だったが、神官でもなければ冒険者でもない。力は弱く、魔力もなく、血を見ただけで卒倒してしまう小娘にすぎなかった。

そんなユニがカタラン砂漠におけるアロウ捜索の役に立てるはずもなく、日を追うごとにやつれていくカティアを見るたび、ユニは内心で深く頭を下げていたのである。

そのカティアが声をはずませている。繰り返すが、そのことはユニにとって喜ばしいことだった。

ただ、ユニが知るかぎり、カティアはほとんど無一文でイシュカに向かったはずである。イシュカに友人知己がいると聞いたおぼえもない。そのカティアがいったいどうやって他者の協力を取り付けることができたのか。

アロウを捜し出そうと焦るあまり、たちの悪い人間に騙されている可能性もある。ここはひとまず相手を落ち着かせてから詳しい話を聞くべきだ。そう考えたユニは穏やかな声でカティアに話しかけた。

「とにかく中に入ってちょうだい、カティア。その協力してくれる人について話を聞きたいし、私もあなたに話さなければいけないことがあるの」

ユニはそういってカティアを学院の中に招き入れる。

庭では五人の子供たちがかくれんぼに興じていた。いずれもアロウによって助けられた子供たちであり、『銀星』が解散してからはユニが私財を投じて面倒をみている。

子供たちとユニの六人分の生活費を稼ぐことは簡単なことではないが、学院の庭には菜園や薬草畑があり、アロウが遠国から取り寄せた貴重な作物や薬草が多く栽培されていて、これが生活費の足しになっていた。

ちなみに、菜園で育てられている作物の中には甘い果物が多く含まれているが、これはアロウの趣味である。酒の飲めない下戸《げこ》のアロウは甘味を好み、果実からつくられた甘い果汁水を常飲《じょういん》していた。カティアはとくにこの果汁水をつくるのが得意で、ユニはよくその手伝いをしたものである。

遊んでいる子供たちに軽く声をかけたユニは、カティアを客室に案内して椅子をすすめた。そして、友人が腰を下ろすのを待って口をひらく。

「それでカティア、協力してくれる人っていうのは誰なの？　さっきの言い方からして、私も知っている人なのよね？」

「ええ。ユニはもちろん、ベルカ中の人が名前を知っているわ。なんといっても竜殺《ドラゴンスレイヤー》しだもの！」

嬉しげに竜殺しの称号を口にするカティア。

ユニはといえば、あっけにとられたようにぱちぱちと目を瞬かせるばかりだった。ややあって、ユニの小さな口から戸惑いの声が発される。

「竜殺しって、魔獣暴走《スタンピード》でヒュドラを倒したっていう四人組のこと、よね？」

「そうよ！　その四人のひとり、『藍色の竜騎士』ソラ様がわたしに協力してくれるって言ってくださったの。リーダーを見つけ出してくれるって！」

満面の笑みで返答するカティアを見て、ユニは小さく、しかしはっきりと眉根を寄せた。素直にうなずくには出てきた名前が大きすぎたのである。

先ごろ、王国東部のティティスの森で発生した魔獣暴走《スタンピード》と、その原因となった竜種ヒュドラのことはユニも耳にしている。ヒュドラを倒した四人の英雄のことも、ソラがそのひとりであることも知っていた。カティアのいうとおり、ベルカ中の人間が知っているといってよいだろう。

ベルカでは竜の討伐をホラ話とあざける者も少なくないが、カナリア王国が公的に竜殺しの功績を認めたのは事実である。

カティアはその国家的英雄が協力を約束してくれた、といっている。一国を代表する英雄が、一面識もない少女の頼みを聞き入れ、わざわざ王国西部のベルカまで出向いて命がけでカタラン砂漠に挑んでくれる、といっているのだ。

——ありえない。

反射的にそう思った。それが常識的な判断というものである。

だが、そう思う一方で、もしかしたらという考えがユニの脳裏をよぎったのも事実だった。というのも、ユニは昨日の朝方に起きた砂漠の魔物との戦闘に『藍色の竜騎士』が参戦したことを知っていたからである。

ユニ自身は戦闘に参加していないが、参加した仲間——マルコという名の元『銀星』のメンバーがそのことを教えてくれた。

ソラがベルカに来ていることは間違いない。この事実が、本来はありえないカティアの話に信《しん》憑性《ぴょうせい》を与えていた。

ユニは無意識のうちに低くなった声でカティアに問いかける。

「ねえ、カティア。ソラ様がベルカに来ていらっしゃることはマルコから聞いているけれど、本当にあなたは――」

「マルコ？　あの裏切り者がどうかした？」

ユニの言葉が終わらないうちに、カティアの口から針のように鋭い声が飛び出した。

前述したようにマルコは元『銀星』のメンバーであり、当然カティアもマルコのことを知っている。知っているどころか、つい先日まで最も親しい仲間のひとりだった。マルコはカティアと共にアロウの捜索をしていた仲間のひとりだったのである。

そして、あくまでアロウの捜索を諦めないカティアに対し、もうこれ以上協力することはできないと告げた人物でもあった。

カティアにしてみれば、マルコを裏切り者と呼ぶのは当然のことである。アロウの捜索にはマルコ以外のメンバーも加わっていたが、彼ら彼女らもマルコと共にカティアのもとから去っていった。そのこともカティアが感情を尖《とが》らせる原因になっている。

そんなカティアを見て、ユニは言いにくそうに言葉を続けた。

「カティア、何があったのかはマルコから聞いているわ。あなたが怒るのも無理はないけれど、彼も一生懸命考えた上で出した結論――」

「ユニ」

カティアは冷たい口調で友人の言葉をさえぎる。

ユニがマルコのことを憎からず思っているのは知っている。友人の口から出るのはマルコの擁護以外ありえない。それは聞きたくなかったのだ。

「お願い、その先はいわないで」

「カティア……」

「裏切り者とはいったけど、別にマルコたちのことを恨んでるわけじゃないの。むしろ、感謝してるくらいよ」

マルコたちに決別を告げられたおかげでイシュカに行く決心がついた。その結果、ソラの助けを得ることができたのだから、すべてはマルコたちのおかげともいえる――皮肉まじりの言葉を聞いたユニは悲しそうに口をつぐむ。

室内に下りた沈黙の帳《とばり》は、しばらくの間《あいだ》破られることはなかった。

4

「マスター、よろしければ少しお時間をいただけないでしょうか」

俺とイリアの話が終わって間もなく、ルナマリアが声をかけてきた。

ウィステリアのことで言いたいことでもあるのかと思ったが、ルナマリアの顔を見るかぎり深刻さは見てとれない。俺は怪訝《けげん》に思いながら問い返した。

「かまわないが、何の話だ？」

「実はリドリスの族長から、ぜひ一度マスターと会わせてほしいと頼まれているのです。同胞を助けてくれた礼をしたい、とのことでした」

「礼？　族長は俺がダークエルフと戦ったことを知っているのか？」

はて、と首をかしげる。

たしかに俺は一昨日の夜、ダークエルフの部隊と戦ってこれを退けた。だが、わざわざ「やあやあ我こそは」と名乗りをあげて戦ったわけではない。ガーダとかいう敵の前線指揮官を見つけ出すまでは夜の闇にまぎれていたので、エルフたちの目に触れることもなかったはずだ。

――まあ、敵の指揮官を捜している最中、女子供に斬りかかろうとしていたダークエルフを一度ならず斬り捨てたので、その際に俺の顔を見た者はいるかもしれないが、そこから俺の素性をさぐりあてることは難しいだろう。

ルナマリアが俺の存在を教えたのかとも思ったが、この疑問に対してエルフの賢者は首を横に振った。

「いいえ、それについてはマスターの許可をいただいていないので、まだ族長には伝えていません。

族長が話しているのは、マスターとミロがおつくりになった回復薬《ポーション》のことです。あれが負傷者の治療に大変な効力を発揮しまして、族長はそのことをいたく感謝していました」

「なるほど、そっちか」

ダークエルフの襲撃があった際、俺はルナマリアとスズメのふたりに負傷したエルフの治療を任せた。ふたりはしっかりとその言いつけを守り、そうやってふたりに助けられたエルフたちから族長の耳に情報が届いたのだろう。

と、ここでルナマリアが肩を縮めて言葉をつけたした。

「それと、できればもう少し回復薬を融通《ゆうづう》してもらえないだろうか、とのことです」

どうやら『血煙《ちけむり》の剣』特製回復薬はエルフ族にも効果覿面《てきめん》だったようである。

そう思いながら、俺はルナマリアに確認をとった。

「残っている手持ちは？」

「私とスズメさんがあずかっていた分はすべて使わせていただきました。宿の荷物に入っていた分は、今後のこともありますので手をつけておりません」

それを聞いて、そうか、とうなずく。

ルナマリアにしてみれば、苦しむ同胞のためにすべての回復薬を供出したかったに違いない。だが、俺たちはベルカに物見遊山に来たわけではない。今後のことを考えれば、手持ちの回復薬をすべて失うわけにはいかない、と判断したのだろう。

それは正しい判断だった。

というのも、あの回復薬、単純につくるだけなら店売りの回復薬に俺の血を混ぜるだけでいいのだが、それだけだと効力の調整ができない。竜の血の効力が強すぎて、回復薬のつもりが毒薬になりかねないのである。

とくに、今の俺はベヒモスを倒したことでレベルが大幅にあがっており、これまで以上に血の効力が増していると思われる。へたに他者に血を与えれば、最悪の場合、死人が出てしまうだろう。

そのこともあって、ミロスラフが調整した薬は貴重だった。

今後、ルナマリアたちが重傷を負ってしまうことも考えられる。そのときに備えて最低限の数の回復薬は確保しておきたい。今も負傷で苦しんでいるエルフたちには悪いが、俺にとっては遠くの他人より近くの仲間だ。勘弁してもらおう。

「とりあえず、リドリスの族長には会おう。回復薬についてはーーまあ、急を要する怪我人がいるなら考える。今後のために確保しておきたい、というなら断るけどな」

「はい。ご配慮ありがとうございます、マスター」

ルナマリアはそういってぺこりと頭を下げた。

その後、あらためて回復薬《ポーション》の残りを確認したところ、各人が持つ分をのぞき、ちょうど二十本分の余剰が確認できた。これは二十人分という意味だが、少量ずつ慎重に使えば、一本で二、三人を癒すことも可能であろう。

あれ、こんなにたくさん持ってきていたっけ、と首をかしげてルナマリアを見ると、こちらも不思議そうにおとがいに手をあてている。

ルナマリアでもないとなると、おそらく製作者のミロスラフだろう。気を利かせて多めに荷物に入れておいてくれたらしい。かゆいところに手が届く気配りに、東を向いて感謝の意を示す。

この二十本を持って、俺とルナマリアはエルフたちのもとへ向かった。スズメとウィステリア、それにイリアは宿で留守番である。イリアについては新たに宿で確保した二人部屋をあてがった。二人部屋にしておけば、カティアが泊まる場所に困ったときにも対応できるだろう。

リドリスの族長は南門の近くにある兵舎にいた。ここはベルカ政庁がエルフたちのために開放した施設のひとつで、他にも政庁所有の建物や公園が当座の住居として提供されているそうである。

はじめて会ったリドリスの族長は、里を奪われた落胆からか、ひどく憔悴《しょうすい》して見えた。だが、眼光は鋭さを失っておらず、学者を思わせる細面《ほそおもて》からはたしかな威厳が感じられる。

我知らず背筋を正す俺を見て、族長はゆっくりと椅子から立ちあがった。

「リドリスの里をあずかるナーシアスと申す。本来ならこちらから出向かねばならぬところ、足を運んでいただいてかたじけない」

「私はソラと申します。リドリスの方々が置かれている状況は承知しておりますので、どうかお気遣いなく」

つとめて丁寧な口調で応じる。族長と聞くと、少し大きな村の村長あたりを連想してしまうが、ルナマリアによれば、リドリスの族長というのは西方のエルフの代表格であり、人間風にいえば国王から全権を与えられた半独立の大貴族みたいな位置づけらしい。

実際こうして向き合っているだけで、ナーシアスと名乗った族長が一廉《ひとかど》の人物であることがうかがい知れる。この族長は敬意を払うに価《あたい》する人物であろう。

と、こちらの返答を聞いた族長はわずかに相好《そうごう》を崩して言葉を続けた。

「丁寧な言葉、痛み入る。そちらにかけられよ、ソラ殿。東の同胞もな」

いわれるままに族長の向かいの椅子に腰を下ろすと、わずかに遅れてルナマリアが隣に座った。

それを確認した族長がふたたび口をひらく。

「貴殿らの薬は多くの重傷者を死の淵より救い出してくれた。我らエルフ族のため、貴重な薬を惜しげもなく用いてくれたことに心から感謝する」

「私どもの薬が役に立ったのなら幸いです。つきましては、ここに残りの回復薬が二十ばかりありますのでお受け取りください」

俺は相手の機先を制するように、机の上に残りの回復薬を並べたてる。

はじめはもう少しもったいぶって渡すつもりだったのだが、見るからに物堅い人となりの族長を見て考えをあらためた。この族長は妙な手管《てくだ》を弄《ろう》さずとも、恩は恩としてきちんと認識してくれる人物であろう。

二十本分の回復薬を前にした族長が驚いたように目を見開く。

「こちらから願ったことではあるが……よいのか？　貴殿にとっても貴重な品であると聞いている」

「ルナマリアは私の仲間です。仲間の同胞であるあなた方の危機に物を惜しんではいられないでしょう。なんと吝嗇《りんしょく》な男か、と彼女に軽蔑されてしまいますからね」

そういってニコリと好青年風に微笑む。ちょっと芝居っけが過ぎたらしく、隣でルナマリアがけふんけふんと咳きこんでいるが、さいわい族長は同胞の咳の原因に気づかなかったようだ。再度俺たちに礼を述べてから回復薬を受け取った。

「これで、より多くの同胞が救われる。貴殿にはいくら感謝しても足りるものではない。薬のことだけでなく、ダークエルフを退けてくれたことについても、あらためて礼をいう」

それを聞いた俺は無言で族長を見る。前述したとおり、俺がダークエルフと戦ったことをリドリスのエルフたちは知らないはずなのである。

しかし、今の言葉を聞くかぎり、族長は明らかに俺がダークエルフと戦ったことに気づいている。

とぼけようかとも考えたが、この手の老練な人物にへたな嘘は通じないだろう。

俺は肩をすくめて相手の言葉にこたえた。

「己の目的のためにやったことですので、礼にはおよびません。ところで、私がダークエルフと戦ったことを知っている者はごくかぎられるのですが、どこでお気づきになりました？」

「ダークエルフに襲われた際、黒づくめの人間に助けられた、との報告がいくつも届いておってな。その者は髪も服も、武器さえも黒かったという。まさしく貴殿の姿そのままよ。それに……」

そこで一度言葉を切った族長は、じっと俺を見た――いや、俺を通して、俺以外の何かを見ていた。

ややあって、族長は何かをはばかるように声を低める。

「貴殿の身に宿る、夜を思わせる黒き影。それを見るだけで只人《ただびと》でないことはわかる。貴殿がこの部屋に足を踏み入れるや、常は騒がしい精霊たちが静まり返ってしまった」

それを聞いた俺はすっと目を細めた。族長がいっているのは間違いなくソウルイーターのことだろう。

さすがエルフというべきか、人間とは見る視点が違う。そういえば、一番はじめにソウルイーターの存在に気づいたのはルナマリアだったな、と思い出す。

ただ、ルナマリアと違って族長は竜という言葉を口にしなかった。以前にルナマリアが口にしていたとおり、同じエルフの精霊使いでも見えるものは異なるのだろう。

ともあれ、俺の中の異質な力に気がついた族長は、報告にあった外見と照らしあわせた上で、俺がダークエルフと戦った人間であると思い至った。おそらく、一昨日の夜に一晩中轟いた謎の戦闘音――俺とパズズが戦ったやつ――に俺が関わっていることも察しているに違いない。

そのあたりを詮索《せんさく》されると面倒だな、と内心で警戒する。へたをすると、ここでウィステリアの存在に勘づかれてしまうかもしれない。

俺はそう思ったのだが、結論からいえば、これは杞憂《きゆう》に終わった。

「いうまでもないが、我らは忘恩の徒ではない。恩人が秘していることを吹聴《ふいちょう》するような真似はせぬ。ただ、貴殿に礼をいっておきたかったのだ。そして、いずれ必ずこたびの恩に報いると伝えておきたかった」

真摯《しんし》な声でそう述べるリドリスの族長。

ウィステリアの存在を表に出したとき、もっとも敵対する可能性が高いのはリドリスのエルフたちである。その意味では、回復薬に続いて戦闘のことでも族長に恩を売れたのは大きかった。

その後、俺は族長と二言《ふたこと》三言《みこと》言葉を交わしてから兵舎を後にする。これから俺たちがリドリスに向かうことには触れなかった。へたにこのことを伝えて「それなら我が族からも増援を！」などと申し出られても困るからである。

「まあ、あの様子を見るに、まだ反撃に出る余裕はなさそうだけどな」

宿に戻る道すがら、俺は小さくひとりごちた。

族長の言動からは、今日明日にも反撃に出てダークエルフから集落を取り戻す、という雰囲気は感じられなかった。それだけ襲撃で受けた被害が大きかったのだろう。

それは憂うべきことだったが、反面、リドリスのエルフたちがまだ動けないと判明したことは大きかった。

ウィステリアを連れた俺たちが、秘密裡にリドリスに出向いたところを族長たちに見られたら大騒ぎになる。最悪の場合、その場で戦闘になってしまうだろう。

その可能性を排除できたことを成果として、俺とルナマリアは宿屋に引きあげていった。

5

「あ、竜殺し様！」

宿屋に帰り着いた俺を真っ先に出迎えたのはカティアの声だった。

声のした方を見ると、神官の少女が小走りにこちらに駆け寄ってくる。その後ろにはイリアの姿があり、どうやら仲間のところから戻ってきたカティアにこれまでの経緯を説明してくれていたらしい。

こうしてカティアと顔を合わせるのは、最初にイシュカで会ったとき以来である。

あのときのカティアは顔も服も旅塵《りょじん》にまみれ、頬は痩せこけていて、見るからに憔悴《しょうすい》していた。

だが、今は顔も服も綺麗に清められ、痩せこけていた頬も本来のやわらかさを取り戻しつつある。

イシュカでの静養の効果は確実に出ているとみていいだろう。

ただ、表情は決して良いとはいえず、その点が気になった。

様子を見に行ったという元『銀星』の仲間と一悶着《ひともんちゃく》あったのだろうか。あるいは、イリアから

『銀星』捜索がこれまで以上に困難になったことを聞いたせいかもしれない。

答えはどうやら後者だったようで、俺の前に立ったカティアは真剣な眼差しで問いかけてきた。

「イリアさんからベヒモスのこと、聞きました。話のとおりなら未踏破区域はもう滅茶苦茶になってます、よね……？」

「実際にこの目で確かめたわけじゃないが、あの規模の群れが通ったら、後には何も残らないだろうな」

それを聞いたカティアは顔をうつむかせ、両手をきつく握りしめる。

俺はがしがしと頭をかき、うつむくカティアを見た。イリアにもいったとおり、今の状況で『銀星』捜索のためにできることは特にない。

しかし、だからといって今のカティアを放っておくのはよろしくないだろう。もともと、俺がカティアに協力を約束した理由は、仲間の死で思いつめている少女の気持ちを少しでもなだめるためだ。ここは気休めでもいいから、何かしら行動するべきである。

先ほどイリアに言ったように、これからカティアと共にクラウ・ソラスに乗り、カタラン砂漠を見てまわろうかとも考えた。だが、ベヒモスに蹂躙されたばかりの砂漠を見てまわったところで、カティアの気持ちが落ち着くとは思えない。むしろ、現状を目の当たりにすることで、これまで以上に思いつめてしまうのではないか。

ここはもっと別の手段をとるべきだろう。

「カティア」

「は、はい、なんでしょうか!?」

俺が名を呼ぶと、カティアは慌てて顔をあげた。何をいわれるのか、と緊張しているのが手に取るようにわかる。

その相手に向かって、俺は優しい口調で用件を告げる。

「これから冒険者ギルドに行くんだが、ついてきてくれるか」

それを聞いたカティアは目をぱちくりとさせ、戸惑いの声をあげた。

「ギルドに、ですか？　それはもちろんかまいませんが、いったい何をしに……？」

「依頼を出しに行く。アロウ卿をはじめ、行方不明になった『銀星』メンバーに関する情報を提供してくれた者には報酬を支払う、といってな」

情報提供者への報酬はもちろん俺が払うが、情報の受け取り手はカティアである。

『銀星』が行方不明になって数ヶ月がたつ。今になって有益な情報が出てくるとは思えないが、そちらはもとより期待していない。

俺の狙いは、竜殺し《ドラゴンスレイヤー》がカティアに協力していることをベルカの人々に知らしめることにあった。依頼という誰の目にも見える形で、カティアへの協力を標榜《ひょうぼう》するわけだ。

こうすれば、これまでカティアのことを「仲間の死を受けいれられない哀れな少女」と見なしていた者たちも態度をあらためるに違いない。

すくなくとも、カティアを軽んじることはできなくなる。それは依頼を出した竜殺しを軽んじることと同義だからだ。

そんなことを考えながら、俺はカティアとイリアを連れてギルドに向かった。ルナマリアを残したのは、俺たちがギルドに行っている間にスズメに状況を説明しておいてもらうためである。

何も伝えずにただ留守番ばかりさせていると、スズメはまたしても己の無力に思い悩んでしまうだろう。それを避けるため、こまめに情報を共有することでスズメのことをきちんと仲間として見ていますよ、と伝えるわけである。

……我ながら、ちょっとスズメに気をつかいすぎかな、と思わないでもないのだが、事はひとりの少女の心に関わっている。どれだけ気をつかってもつかいすぎるということはないだろう。

さて、冒険者ギルドである。

俺はすでに一度ギルドをおとずれているので場所は知っている。先日はギルド内の雰囲気の悪さも手伝って早々に立ち去ったが、今日は受付に足を運んで依頼を出さなければならない。

ギルドの扉をあけた途端、殺気立った喧噪が耳朶《じだ》を叩き、俺は反射的に顔をしかめた。ベルカはここ数日の間にダークエルフに襲われ、魔物に襲われ、という風に襲撃続きだ。冒険者ギルドが騒々しいのは当然といえば当然だろう。

受付もかなり混雑しており、順番が来るまでけっこう待つことになりそうである。

我こそは竜殺しなり、と声高に叫んで順番を無視することもできたが、それは竜殺しの存在をアピールするというより、名声をひけらかして悪目立ちしているだけだ。ここは規則に従って順番を待つとしよう。

「三人でぞろぞろ並んでいても仕方ないな。ふたりはあっちの椅子にでも――」

座っていてくれ、と俺が続けようとしたとき、不意に横合いから声をかけられた。

「失礼。その黒づくめの服装……もしや貴公は竜殺しと名高いソラ殿ではないだろうか？」

近づいてきたのは、やや猫背ぎみの小柄な男性だった。年のころはサイララ枢機卿と同じくらい、つまり五十過ぎにみえるが、もしかしたらもう少し若いかもしれない。

平坦な顔に低い鼻。ひげは生やしておらず、小さな口をせわしなく動かして話す姿は、どことなくねずみを彷彿《ほうふつ》とさせる。

歯に衣着《きぬき》せずにいえば、いかにも小役人といった感じの人物だった。

はじめ、俺はギルドの職員が話しかけてきたのかと思ったが、カティアが驚いたように「ギルドマスター」とつぶやいたことでその推測は否定される。

「ギルドマスター？」

意外さに耐えきれず、オウム返しにつぶやいてしまう。すると、相手は得たりとばかりに大きくうなずいた。

「いかにも。吾輩《わがはい》はこのベルカ冒険者ギルドをあずかるゾルタンと申す。こうして竜殺し殿と言葉を交わすことができて光栄だ」

ゾルタンと名乗ったギルドマスターは、ずい、と右手を差し出してきた。

俺は思わず眉をひそめる。向こうが握手を求めているのはわかるのだが、冒険者ギルドのマスターであれば、武器をもって戦う者たちが利き手を差し出す行為を嫌うことくらい知っていそうなものである。

ゾルタンがそのことを知らないのであれば無知であるし、知っているのであれば無礼である。いずれにせよ好感の持てる態度ではない。

「こちらこそ、お会いできて光栄ですよ、ゾルタン殿」

俺は表向きニコヤカに応じた。別に喧嘩を売りにきたわけではないので、きちんと敬語で対応する。

ただ、握手については気づかないふりをして、さっさと話を進めた。

「今日はこちらのカティア殿のお供としてお邪魔させていただきました。行方不明になった『銀星』のアロウ卿らの捜索に助力するためです。後でゾルタン殿のお耳にも届くと思いますが、お心にとどめておいていただければ幸いです」

「ほ、ほう、『銀星』の捜索」

ゾルタンは握手を求めて差し出した手をさりげなく引っ込めると、俺とカティアの顔を交互に見た。

そして心なし早口でしゃべり出す。

「捜索と申しても、ソラ殿もご存知のとおり、今カタラン砂漠は大変な状況にある。リーロオアシスをはじめとした各地のオアシスとも連絡がとれず、政庁では砂漠への立ち入りを禁じる案が検討されているほどだ。とうてい冒険者を派遣できる状況ではないのだが……」

「もちろん、すぐに捜索隊を派遣してほしいという依頼ではありません。私とカティア殿が求めているのは『銀星』の発見につながる手がかりです。物でも、噂でも、なんでもかまいません。手がかりを提供してくれた方には金貨をもってお礼をする所存です」

そういって懐から金貨のつまった袋を取り出した俺は、黄金色に輝く硬貨を数枚つまみだしてゾルタンに見せる。ちなみに、金貨の出どころは長期滞在用に確保しておいた宿泊資金である。ベヒモス討伐が思ったより早く片付いたので、必要がなくなったと思われる分を依頼費用に流用しているのだ。

俺がこれみよがしに金貨を取り出してみせたのは、俺がこの依頼に対して本気であることを示すためだった。ただ、その対象はゾルタンだけではない。この場にいて、竜殺しとギルドマスターの会話に聞き耳をたてている他の冒険者や職員に対する意思表示でもある。

そのことを理解しているのかいないのか、ゾルタンは慌てたようにこくこくとうなずいた。

「そ、そういうことであれば依頼を受理する余地もあろう。いかがかな、ソラ殿がお望みであれば、これから吾輩《わがはい》が別室で話をうかがってもよいのだが」

「いえいえ、ゾルタン殿のご厚意はたいへんありがたく思いますが、この危急時に私たちだけ特別扱いしていただくわけにはまいりません。きちんと順番を守りますので、どうかお気遣いなく」

俺はゾルタンの申し出を丁寧に断る。別にゾルタンに恥をかかせる意図はなく、名声を笠に着た振る舞いをつつしんだだけである。

だが、どうやらゾルタンはそうは思わなかったようだ。一考もせずに申し出を却下されたギルドマスターは、ひくひくと頬を震わせながら、刺すような視線で俺を睨みつけていた。

「ギルドマスターのあんなひきつった顔、はじめてみました！」

依頼の手続きを終えてギルドから帰る途中、カティアがはずんだ声をあげてころころと笑う。清々した、といわんばかりの態度を見るに、カティアもギルドに対して思うところが多々あったのだろう。

ここで俺は遅まきながら『銀星』と冒険者ギルドの関係についてカティアにたずねてみた。

『銀星』はカナリア国内でも二つしか存在しないAランクパーティであり、それを率いるアロウは国内で五人しか存在しない第一級冒険者である。そのこと自体はこれまで何度も耳にしてきたが、ギルドとの関係については聞いたことがなかった。

アロウがギルドから独立してクランをつくろうとしなかったことから、『銀星』とベルカギルドは友好関係を築いていたと推測できる。

だが、それにしてはベルカギルドの雰囲気はよろしくない。ギルドマスターの人柄も感心できるものではなかった。俺がアロウであれば、さっさとギルドから独立してクランとしての『銀星』を立ち上げていただろう。

それをしなかった理由は何なのか、という俺の問いに対し、カティアはおとがいに手をあてて応じた。

「独立については『銀星』の中でも何度か話題にのぼっていました。ただ、ギルドマスターが『銀星』と『砂漠の鷹』、ふたつのAランクパーティを手放すまいとして、かなりの好条件を出していたんです」

聞けば、高額依頼の優先的斡旋《あっせん》はもちろんのこと、依頼の斡旋にともなうギルドの取り分にも手をつけなかったそうだ。ギルドへの月々の納入金についても免除されていたという。

ようするに、組織としての冒険者ギルドの権能を好きなだけ利用しながら、それにともなう対価を払わないでもよかった、ということである。これは破格としかいいようのない待遇であり、他の冒険者にしてみれば羨ましくてたまらなかったに違いない。

これならギルドの直属でいるより『銀星』ないし『砂漠の鷹』に所属した方がはるかに実入りがよい。ふたつのAランクパーティの構成員の数がいやに多かったのは、リーダーたちの求心力もさることながら、こういった実利的な理由もあったのだと思われる。

カティアからそのことを聞いた俺は、ゾルタンの意図を察して肩をすくめた。

「Aランクパーティがギルドを抜けたとなれば、ギルドマスターの責任になりかねないからな。ゾルタン殿も必死だったわけだ」

「はい。ギルドマスターはそうやって『銀星』や『砂漠の鷹』を引き留めつつ、外に対しては、ふたつのAランクパーティを抱えるギルドの長としてふんぞり返っていました」

こずるい人です、とカティアは吐き捨てるようにいう。

そういう人物だから、アロウがいなくなった後の『銀星』に対して、ゾルタンはかなり辛辣《しんらつ》に振る舞ったようである。

主力メンバーがいなくなった『銀星』がAランクを保持することは不可能であり、Aランクでなくなった『銀星』にギルドマスターたる自分がへりくだる必要はない、というところだったのだろう。

ゾルタンは好待遇を条件に、残った『銀星』のメンバーをギルド直属の冒険者として引き抜いていったが、これには『銀星』の再建を阻む意図があったに違いない、とカティアは断言した。

「最後までわたしに協力してくれたマルコたちも、結局はリーダーではなくギルドマスターを選んだんです……」

つぶやくようなカティアの言葉の中に耳慣れない名前を聞きつけた俺は、首をかしげて問いかけた。

「マルコというのは？」

「え……あ、な、なんでもありません！　すみません、気にしないでくださいっ」

カティアは慌てたように首を左右に振り、ついでに胸の前で両手を振って俺の問いかけを遮断する。

たぶん、さっきカティアが会いに行っていた仲間に関することだと思われるが、当人が気にするなと言っているのだから気にするべきではないだろう。

俺は拒絶されたことを気にかけず、相手の言葉にうなずいてみせる。

カティアは小さく息を吐いて安堵を示すと、俺が踏み込まなかったことを感謝するようにぺこりと頭を下げた。

6

冒険者ギルドから戻った俺は、ベルカでやるべきことはすべてやったと判断し、次の行動に移った。

ウィステリアが目をさますのを待って本命のリドリスに向かったのである。

メンバーは俺とウィステリア、スズメとルナマリアの四人であり、イリアはこれまでと同じようにカティアについていてもらう。

現在、ベルカは緊急事態ということで城門の警備はかなり厳重になっている。俺が竜殺しであることを伝えれば通してもらえると思うが、さすがにフードで顔を隠した不審人物《ウィステリア》は見逃してくれないだろう。

アストリッドに話を通してもらうことも考えたが、毎度毎度公爵家の厚意にすがってばかりもいられない。

そんなわけで、俺はてっとり早く城壁を越えることにした。いかなる都市でも無断で城壁を越えることは大罪だが、ウィステリアの存在を隠すという前提がある以上は仕方ない。

そうして日暮れを待っておこなわれた城壁越えは、あっさりと成功した。ぶっちゃけ、勁《けい》による空中歩法を使えば城壁なんて何の障害にもなりません、はい。

夜闇の中、右手にルナマリアを、左手にウィステリアを抱え、さらに背中にスズメを背負って、空中をえっちらおっちら上り下りする姿は、傍《はた》から見ればずいぶん滑稽《こっけい》だったかもしれないが――あるいは新手の魔物に見えたかもしれないが――細かいことを気にしてはいけない。

城外に出た俺たちは、城壁上の兵士に見つからないよう注意しつつ、一路《いちろ》ベルカ南方に広がる森林地帯を目指した。

そうして歩き続けることしばし。

ほどなくして到着した森は不気味なくらい静まり返っていた。本来なら夜行性の動物が動き出している時刻なのだが、先日の戦闘の影響か、そういった動物たちの気配も感じ取れない。ウィステリアの話によれば、今回の襲撃には悪霊憑《つ》きを含む数百からのダークエルフが従軍していたというが、彼らと遭遇することもなかった。

これはリドリスの集落を目視できる距離になってもかわらず、聞こえてくるのは夜風に揺れる草木の音ばかり。外から集落の様子をうかがうと、先の戦いで燃え落ちた家屋や樹木が月明かりに照らされておぼろに浮かびあがっている。何十年も前に打ち捨てられた廃墟のような光景だった。

俺は小声でつぶやく。

「これは……もうアンドラに撤退した後か？」

俺たちと入れ違いでベルカを攻めたという可能性も考えたが、数百の人数が森の中を移動していたのなら、ここに来るまでに気配くらいは感じたはずだ。相手は森で暮らす妖精族だが、それをいうならこちらにも妖精族はいる。

やはり入れ違いになったとは考えにくい。撤退した、と考えるのが妥当であろう。

俺の意見に賛同するようにウィステリアがうなずいた。ちなみに、俺もウィステリアも、あとスズメたちも降砂よけのローブをまとい、フードをかぶって全身を隠している。こうしておけば、不意に誰かと遭遇しても正体を見抜かれる恐れはない。これはベルカ政庁やリドリスのエルフたちが、森に斥候《せっこう》を放っている可能性を考慮しての措置だった。

ウィステリアが周囲を見回しながら口をひらく。

「この様子を見るに、どうやら昨日のうちに撤退していたようですね。私が指揮をとれなくなったとき、かわりに部隊を率いるのは剣士隊の第二位であるガーダです。ガーダは始祖様に厚い忠誠心を抱いていますが、同じくらいに功名心も強く、私が上に立つことを嫌っていました」

「ウィステリアがいなくなれば、次は自分が剣士隊の首座につける。さっさと兵を引き連れてアンドラに戻り、今回の失態の責任はすべて筆頭剣士《グラディウス》にあり、とラスカリスに報告するつもりか」

そうすることでウィステリアに敗戦の罪を押しつけ、上官を見捨てて退却したことを正当化する。万一ウィステリアが生きて戻ったときのために、あらかじめウィステリアを糾弾《きゅうだん》する下ごしらえをしておく、という意図もあるかもしれない。

この推測に対し、ウィステリアは「おそらくそんなところでしょう」と応じた。

俺は腕を組んで考えこむ。

ウィステリアの話を聞くかぎり、ガーダというのはベルカに攻め寄せた部隊を率いていた男だ。あのときは五人の悪霊憑きへの対応を優先し、退いていくガーダを見逃したのだが、こんなことなら悪霊憑きよりもあちらを優先して討っておくべきだったかもしれない。

まあ、ウィステリアの存在すら知らなかったあのときの俺に、そんな判断をくだせるわけがないのだけれど。

それに、ガーダの思惑はどうあれ、向こうがリドリスを放棄してくれたおかげで労せずして当初の目的を達成できたのだ。今はそのことを喜ぶべきだろう。

と、そのとき、妙に強い風が吹きつけてきて、俺がかぶっていたフードをはねのけてしまう。あらわになる素顔。すぐにフードを戻そうとしたが、それより早く耳が異音をとらえた。

ともすれば、夜風に揺れる草木のさざめきに掻き消されてしまいそうな小さな音。だが、それはたしかに意思を持った者が発する敵意の証明——弓弦《ゆんづる》が鳴る音だった。

「ソラ殿！」

「マスター！」

ウィステリアとルナマリア、ふたりの妖精が同時に警告の声をあげる。

次の瞬間、俺の額《ひたい》めがけてすさまじい速度で一本の矢が飛来した。矢に風の精霊をまとわせる弓術はエルフの得意とするところだったな、と思いながら、俺は降砂よけのローブを払って腰の黒刀を抜き放つ。そして、そのまま掬《すく》いあげるように刀をふるい、飛来した矢を両断した。

キン、とひどく金属的な音をたてて、真っ二つに折れた矢が宙を舞う。

俺は矢が放たれた方角にむかって鋭く呼びかけた。

「何者だ！」

返答はなかった。言葉にしては。

問答無用で二の矢が放たれるのを見た俺は、戦意に満ちた笑みをひらめかせる。矢を払ったら、即座に躍りかかって射手を叩き斬ってやる、と心に決める。

だが、二の矢が俺に飛来することはなかった。

矢が俺に到達するより早く、素早く前に進み出たウィステリアが空中で矢を切り払ったからである。のみならず、ウィステリアはフードを払って素顔をあらわし、姿なき射手に向かって呼びかけた。

「今の弓筋は、テパ、あなたでしょう？　姿を見せなさい」

「……ウィステリア様!?」

驚愕《きょうがく》の声と共にひとりのダークエルフが姿を見せる。その声と名前、さらに顔の上半分を仮面で隠した姿にはおぼえがあった。過日、ガーダを退けた後に戦った相手である。

テパはあわただしくウィステリアに駆け寄ってきた。

「よくぞご無事で！　し、しかし、どうしてウィステリア様が人間と行動を共になさっているのですか？」

こちらに警戒の視線を向けつつ、テパが疑問の声をあげる。

ウィステリアは静かな口調で応じた。

「仔細《しさい》あってのことです。テパ、あなたは私の言葉に耳をかたむける意思がありますか？　私が悪霊憑きであったことはすでに聞いているはずです」

この問いかけに対し、テパはそのような問いを向けられることさえ心外である、といわんばかりに強い口調で応じた。

「それこそ深い仔細あってのことでしょう。ウィステリア様に向けた私の尊敬の念は、今も昔もまったくかわっておりません！」

「そうですか……ありがとう、テパ」

ウィステリアがやわらかく微笑んで礼をいうと、テパは闇夜の中、浅黒の頬をそうとわかるくら

い赤く染めた。

7

「――なるほど。やはりガーダは部隊をまとめてアンドラに退いたのですね」

「はい。兵をとどめてウィステリア様を救出すべし、と主張する者は私をはじめ多くいたのですが、ガーダめはそれを無視して退却を強行しました」

ウィステリアに問われるまま、これまでの自軍の動向を語ったテパは、ここで口惜しそうに膝を叩く。

「アンドラに戻った彼奴《きやつ》が始祖様に何を言上《ごんじょう》するかは火を見るより明らかです。それゆえ、私以外の同志は彼奴《きやつ》めと共にアンドラに戻らせました。ガーダがウィステリア様を誹謗《ひぼう》したとき、始祖様の御前で反論するためです」

その間、テパはひとりでリドリスに残り、ウィステリアの行方を捜すという算段だったそうである。

それを聞いた俺はかすかに眉根を寄せる。

テパの狙いは理解できるが、ウィステリアを捜すために残ったのがテパひとりだったという点が気になった。ウィステリアの救出を主張する者は大勢いた、とテパは述べていたが、実際はごく少数しかいなかったのかもしれない。

――まあ、あれだけはっきりと同源存在《アニマ》を顕現《けんげん》させてしまったのだ。同源存在《アニマ》のことを知らないダークエルフたちからすれば、ウィスステリアは悪霊に身体を乗っ取られたとしか思えなかったに違いない。

テパ以外のダークエルフは次のように考えたのだろう。

ウィスステリアは戦いの最中に悪霊と化した。その後、同胞に襲いかかるでもなく、さりとて人間の都市《ベルカ》を襲うでもなく姿を消したとなれば、これはもう死んだとしか考えられない。死んだウィステリアに義理立てし、次の筆頭剣士《グラディウス》であるガーダに背いたところで得られるものは何もない、と。

中にはウィスステリアを見殺しにすることに迷いを抱いた者もいたであろうが、ウィスステリアもウィステリアで悪霊憑きであることを隠していた弱みがある。俺がガーダであれば、この点を強調して兵たちの罪悪感を薄め、動揺する者たちを自分の指揮下にまとめあげるだろう。

ガーダが実際にそうしたかは定かではないが、大半のダークエルフがガーダに従ったことは間違いない。

こうなると、筆頭剣士《グラディウス》としてのウィステリアの影響力はもうほとんど族内に残っていない、と考えるべきだった。

このままではアンドラに近づくだけでガーダ率いる剣士隊に攻撃されかねない。

さてどうしたものか、と考え込んでいると、テパがじろりと俺を睨みつけてきた。

「ここでウィステリア様にお会いできたのはもっけの幸い。一刻も早くアンドラにお戻りを、と申し上げたいところですが……本当にこの者たちを連れていかれるおつもりで？　人間とエルフにアンドラの場所を教えるなど、ガーダが手をうって喜びますぞ。ウィステリア様がみずから墓穴を掘ってくれた、と」

「ガーダの思惑など顧慮《こりょ》するに足りません。ソラ殿の力と知識はダークエルフ族にとって福音《ふくいん》なのです。あなたも自分自身の身体で確かめたはず」

それを聞いたテパは、むぐ、と言葉を詰まらせて不承不承うなずく。

「たしかに、この者に斬られてからというもの、悪霊の声は確実に弱まっています。少しではありますが、顔も元に戻ってきました。ウィステリア様のおっしゃるとおり、こやつの剣には悪霊を斬る力があるのでしょうな。これが同胞を斬った人間でなければ、諸手《もろて》をあげて歓迎するところなのですが……」

そう口にするテパの脳裏には、あのとき自分を逃がすために俺に斬られた者たちの顔が浮かんでいたのかもしれない。

俺は謝罪も釈明も口にしなかった。その必要を認めなかったからである。

こちらがアンドラに攻め込み、武器を持たないダークエルフを斬ったというなら謝罪もしようが、攻めてきたのはダークエルフの側だ。侵略者を戦場で斬ったからといって非難される筋合いはない。

とはいえ、同胞を斬られたテパが俺へのわだかまりを捨てられないのは理解できる。テパ自身も俺にさんざん斬りたてられているから、その意味でも俺への恨みつらみは根深いだろう。

だから、俺は謝罪も釈明もせず、その一方で自身の正当性を主張してテパに反論したりもしなかった。これはテパへの、というよりウィステリアに対する俺の気遣いである。

ウィステリアにしてみれば、テパはいまだ自分を信頼してくれる貴重な同胞だ。ここで俺とテパに言い争ってほしくはないだろう。

そんなことを考えていると、ウィステリアがテパに向かって口をひらいた。その口調は思いのほか鋭い。

「テパ、相手を斬ったのは我らダークエルフも同じことです。ましてこちらは攻め込んだ側。本来、ソラ殿には我らに助力する義務もなければ義理もないのです。そこをまげて同道願ったのは私であり、ソラ殿はそれに応じてくださった。それを忘れてはなりません」

ウィステリアはじっとテパの顔を見据え、静かに言葉を続ける。

「ソラ殿をお連れしたのは私の独断ですので、あなたも私と同じようにソラ殿に礼を尽くせとは言いません。ですが、敵意は捨てなさい。捨てられないのであれば、ここで袂《たもと》を分かつのが互いのためでしょう。私のためにひとり残ってくれたあなたには申し訳ないことですが……」

「いいえ、私も無用の言《げん》を弄《ろう》してしまいました。ウィステリア様のおっしゃるとおり、彼に対する敵意は捨てましょう」

テパはそういって神妙な顔でうなずく。ただ、そこで話を終わらせることはせず、俺たち——特に俺とルナマリアを見て言葉を続けた。

「ただし、先ほども申し上げましたが、人間、ましてやエルフを連れてアンドラに戻れば、ガーダは得たりとばかりに我らに裏切り者の汚名を着せてまいりましょう。始祖様がガーダの妄言に惑わされるとは思いませんが、長老衆の中にはガーダに同調する者も多いと思われます。その者の力を証明する機会さえ与えられず、処断されてしまうかもしれません」

懸念を示すテパを見て、ウィステリアはこくりとうなずいた。

「たしかにそのとおりです。そうせぬためにはガーダに時間を与えないことが肝要。急ぎアンドラに戻って始祖様にお会いせねばなりません」

「では、すぐにも？」

「はい。すでにガーダには一日以上先んじられています。今は何より時間が惜しい」

テパとの会話を締めくくったウィステリアが、ここで俺に向きなおる。

「ソラ殿もそれでよろしいでしょうか？」

「ああ、承知した。しかし、アンドラのダークエルフたちが攻撃してきたらどうする？」

俺たちが到着するより早くガーダの主張が族内で受け入れられていたら、アンドラに到着した俺たちは良くて門前払い、悪ければ弓矢の雨に出迎えられる。

そうなったらどうするのか、という俺の問いにウィステリアは真剣な表情で応じた。

「そのときはやむをえません。力ずくでガーダを退け、始祖様の御前に参じます」

それをすればガーダだけでなく、他のダークエルフ、ひいては始祖とも敵対することになりかねない。それでも、とウィステリアは自身の決意を述べた。

そして、こうもつけくわえる。

「ただ、それは私たちダークエルフの問題。私がソラ殿に願ったのは悪霊を祓《はら》うことであり、族内の争いに力を借りることではありません。申し訳ありませんが、アンドラの同胞が矢を向けてきたときは、ソラ殿たちは一度ベルカまでお戻りください。戦いに決着がついた後、あらためてお迎えにあがります」

それを聞いた俺は、ふむ、とうなずく。

もしウィステリアが「同源存在《アニマ》の力でアンドラを制圧してほしい」などといってきたら、俺としては落胆を禁じえなかったところだ。力を貸すことはかまわないが、はじめから当てにされるのは興ざめである。

その点、今のウィステリアの言い方は満点といってよかった。自分が窮地にいるにもかかわらず、きちんと相手のことを思いやることができる。そういう人ならば、頼まれなくても力を貸してあげたくなるのが人情というものだ——単に俺がひねくれているだけかもしれないが。

そんなことを考えながら、俺はスズメやルナマリアと共にアンドラへ向かう準備をととのえていった。

第二章　渦巻く敵意

1

　ガーダは苛立っていた。

　部隊をまとめてアンドラに戻ったガーダは、すぐにでも始祖と長老衆の前でウィステリアの罪を糾弾《きゅうだん》するつもりでいたのに、肝心の衆議が一向にひらかれない。そのことがガーダを激しく苛立たせているのである。

　ウィステリアが悪霊に変じる瞬間を見た者は大勢おり、一部の悪霊憑きがかばったところで言い逃れることは不可能である。始祖は間違いなくウィステリアから筆頭剣士《グラディウス》の地位を剥奪するに違いない。その後、始祖によって新たな筆頭剣士《グラディウス》に任じられるのは、剣士隊第二位である自分をおいて他にいない。

　そう考えたガーダは一刻も早い衆議の開催を望んでやまなかったが、アンドラに戻って二日が経過した今なおガーダの望みはかなっていない。

これには理由があった。今、アンドラはガーダの報告がかすんでしまうほどの大異変に見舞われていたのである。

長らくアンドラの脅威となっていた神獣ベヒモスが討伐されたのだ。


事の起こりはガーダらがリドリス遠征に向かった数日後。

ダークエルフ族にとって一千年にわたる憎悪と畏怖の対象であった神獣ベヒモスが、アンドラから離れて東へ移動しはじめる。これは過去数百年、一度として起こらなかったことであり、この動きが報じられるや、ダークエルフたちは老若男女を問わず騒然となった。長老衆はもちろんのこと、常はアンドラを動かない始祖ラスカリスでさえ行動を余儀なくされたほどの異変であった。

常にアンドラの周囲を徘徊するあの巨獣がどれだけダークエルフの重荷になっていたか、他種族には想像もつかないだろう。

過去、カタラン砂漠には多くのベヒモスが棲息しており、それらは例外なくアンドラに敵意を向けてきた。ダークエルフは長い時間と多くの犠牲を払ってベヒモスを討伐していき、ついに最後の一頭まで追い詰めることに成功する——が、最後に残った異常成長した個体だけは、何をどうしても討伐することができなかった。

あの巨獣が吐き出す星火によって、いったい幾人のダークエルフが消し飛ばされたことだろう。ラスカリスでさえ彼《か》の巨獣を討伐する糸口を見出すことはできず、アンドラを守るだけで精一杯だったのである。

そのベヒモスがアンドラを離れた。いったい何が起きているのか、と固唾《かたず》をのんで続報を待つダークエルフたちのもとにもたらされたのが、ベヒモスが討伐されたという知らせだった。

これを聞いたアンドラの住民は驚天動地の出来事に言葉を失ってしまう。

誰が、どうやって、あの不死身の神獣を滅ぼしたのかはわからない。知らせをもたらしたラスカリスは、討伐の詳細については公表しなかったからである。

しかし、方法はわからぬにせよ、ベヒモスが討伐された事実は動かない。これはダークエルフという種族にとって歴史的な転機であり、長老衆はこの問題にかかりきりになった。

現在、アンドラの政務はほぼすべて停止状態にあり、衆議という衆議はのきなみ中断されている。ガーダはこのあおりを食らった格好であった。

むろん、混乱は一時的なものであり、衆議は間もなく再開されるであろう。そして、再開されれば、リドリス侵攻の報告は真っ先に取りあげられる――そういってガーダをなだめたのは、長老衆のひとりであるガーダの父だった。

「この二日でより多くの証言を集めることもできた。ウィステリアが悪霊憑きであった事は明白であり、始祖様は間違いなくあの女の筆頭剣士《グラディウス》の任を解くであろう。次の筆頭剣士《グラディウス》に任じられるのはそなたをおいて他にいない。それが明らかなのに、何をさように苛立っておる？」

「父上、私は苛立ってなどおりませぬ」

有力者である父の前では、さすがのガーダもかしこまった態度をとる。

父親は鋭い視線で息子を見据えた。

「では言いかえよう。何をそのように焦っておる？　悪霊に身体を乗っ取られたウィステリアはすでに死んだものと考えてよい。仮に生きて戻ったところで、彼奴《きやつ》の失脚は確定している。衆議が一日二日遅れたところで何の問題もないのだ。その程度のこと、そなたとて理解していように」

父親の言葉にガーダは答えなかった。というより、答えられなかった。

たしかに父のいうとおりなのだ。悪霊と化したウィステリアはとうに死んでいるに違いない。万一、生きていたとしても、悪霊憑きであることを隠していた罪に問われて処断される。

ウィステリアがふたたび筆頭剣士《グラディウス》としてガーダの上に立つことはない。だから、始祖に会うのが数日遅れたところで気にする必要はない。

何から何まで父のいうとおりだった。それはわかっている。わかっているのだ。

――それなのに、どうしてこうも心臓が早鐘を打つのだろう。まるで蛇に追われたシマリスのように、全身の毛という毛が逆立っている。早くしなければ取り返しのつかないことになる、との焦燥が寝ても覚めてもガーダの意識をとらえて離さない。

はじめての戦にのぞむ前夜のように。あるいは、はじめて他者を手にかけた日の夜のように、自分の意思によらず身体が震えてしまう。

自分が慄《おのの》いている事実を、ガーダは認めざるをえなかった。そして、その感情が行きつく先にひとつの声が響いている。


――見ぃつけた。

そんな声と共に夜空から降ってきた黒い影。三日月形の笑みを浮かべて激しい剣撃を打ちこんできたその姿に、槍のような蹴りを放ってきたその姿に、どうして恐れを抱かずにいられようか

……！


「ガーダ！」

「ッ！」

耳元で名前を呼ばれ、肩を揺さぶられる。

ハッと我に返ると、すぐ近くに父親の顔があった。いつの間にかひどく息が乱れ、ねばつく汗が全身から噴き出している。

そんな我が子を見て、父親が眉根を寄せた。

「どうした、話の最中に放心するなどそなたらしくもない。それに、その汗は――」

「……申し訳ありません、父上。情けない前任の筆頭剣士《グラディウス》の尻ぬぐいを重ねたせいか、今になって

遠征の疲れが出てきたようです。少し部屋で休ませていただきたい」

「ふむ。幸い時間はあまっている。休めるうちに休んでおくのも上に立つ者の務めであろう」

父親はそういってから、鋭い眼差しで我が子を見据えた。

「ガーダ。ベヒモスが消え去った今、我らダークエルフは新たな時代を迎えつつある。これまでベヒモスに備えていた戦力を外に行使できるようになったのだ。始祖様のお考え次第ではあるが、エルフどもを根絶やしにし、彼奴《きゃつ》らの森を恒久的に占領することも可能であろう。その後、人間の領域に版図《はんと》を広げることもだ。そうなれば、軍事をつかさどる筆頭剣士《グラディウス》の役割はこれまで以上に重要なものとなる。わかっておるな?」

「承知しております、父上」

「ならば、そのような腑抜《ふぬ》けた顔を他者に見せるでない。傲慢とそしられるのはよい。だが、軟弱と侮られることは許さぬ。それが長老衆の一角たる我が氏族の掟だ」

その父の言葉に、ガーダがもう一度うなずこうとしたときだった。

部屋の扉があわただしく叩かれ、同じ氏族のダークエルフが室内に飛び込んでくる。

「申し上げます！　外郭守備隊より急報！　ウィステリアがただいまアンドラに帰着したとのことでございます！」

「なんだと！　まことか!?」

父親が驚きの声をあげると、報告をもたらしたダークエルフは息せき切って答えた。

「は！　守備隊によれば、たしかにウィステリアであるとのこと。他には元剣士隊のテパ、さらには人間やエルフが同行しているとのことです！」

それを聞いたガーダの父は即座に指示をくだそうとしたが、それよりも先に口をひらいた者がいた。ガーダである。

「おのれ！　おのれ、おのれ！」

三度おなじ言葉を叫んだガーダは、苛立ちを爆発させたように強く床を蹴った。

「ウィステリアは唾棄《だき》すべき裏切り者だ。彼奴《きやつ》ひとりだけでも許せぬところを、人間にエルフだと!?　守備隊に、いますぐ弓矢でハリネズミにしろと命令——いや、いい、私がいく！」

そう言い捨てると、ガーダは父親が止める間もなく脱兎の勢いで駆け出した。

父親と氏族の者はあっけにとられたようにその後ろ姿を見送る。父親はすぐに我に返ってガーダの後を追ったが、その顔はひどく険しく、眉間には深いしわが刻まれていた。

アンドラは広大な森林が面積の大部分を占めており、砂漠の魔物をはじめとした外敵が入り込まないよう、精霊による守りが幾重にも張り巡らされている。

報告のあった場所に駆けつけたガーダは、結界の外にウィステリアの顔を見つけるや、大声を張りあげた。

「ウィステリア！　この裏切り者め！　よくもおめおめと同胞たちの前に顔を出せたものだな！

貴様が悪霊憑きであったことはすでにアンドラ中に知れ渡っているぞ！」

「ガーダ」

怒りもあらわに声を張り上げるガーダとは対照的に、ウィステリアは平静そのもので、ことさら声を高めようともしていない。それでもウィステリアの澄んだ声音は、その場にいる者たちの耳によく響いた。

「私が同胞を危険にさらしたことは事実です。罰は甘んじて受けましょう。ですが、その前にひとつだけ始祖様にお伝えしたいことがあるのです。私が悪霊を祓《はら》う手段を見つけて戻ってきた、と始祖様に取り次いでもらえませんか？」

「戯言《たわごと》をぬかすな、裏切り者が！　こうして貴様の話す言葉を聞いているだけで耳が腐る思いがするというに、それを始祖様にお伝えするわけがあるまいが！」

吐き捨てたガーダは周囲の兵士に命令をくだした。

「すべての兵に命ずる。ただちに裏切り者ウィステリアを射殺《いころ》すのだ！」

高らかな命令に、しかし、従う兵はいなかった。

もともと、ウィステリアは長老衆をはじめとした有力氏族からは疎まれていたが、それ以外の配下からは慕われていた。強く公正な筆頭剣士《グラディウス》は戦士以外の民からも人気があり、特に堕ちた最上位精霊《フェニックス》の討伐は今でも語り草になっている。

そのウィステリアを射殺せ、と命じられたところで即座に動けるものではなかった。いまだ筆頭剣士《グラディウス》ならざるガーダに外郭守備隊を指揮する権限はなく、この点もガーダの不利に働いた。

動かない兵士たちに、ガーダは苛立たしげに言葉を重ねる。

「何を躊躇《ちゆうちよ》している!? 責任はこのガーダがとる。ただちにウィステリアを射殺すのだ！」

「し、しかし、ガーダ様。ウィステリア様は始祖様が任じた筆頭剣士《グラディウス》です。その方に矢を向けるのは……」

守備兵のひとりが反論すると、ガーダは怒髪天《どはつてん》を衝《つ》く形相でその兵士を睨みつけた。

「貴様、何を聞いていたのだ!? ウィステリアは悪霊憑きであることを隠していた裏切り者。このことは当人でさえ認めたではないか！ 彼奴《きやつ》が悪霊に変じた話は貴様も耳にしておろうが！」

リドリスにおけるウィステリアの変異は、すでにガーダの氏族によってアンドラ中に広められている。事実、ここにいる兵士たちもウィステリアが悪霊に変じた話は耳にしていた。だが、その事実がなおのこと弓矢を握る手から力を奪っていく。何故といって――

「で、ですが、ウィステリア様はあのとおり健在ではありませんか！」

そう。ひとたび悪霊に変じた者が元の姿に戻ることはありえない。本当にウィステリアが悪霊と化したのなら、こうして妖精としての容《かたち》を保ったままアンドラに戻ってこられるはずがないのだ。

兵士の言葉は正論だったが、ガーダは一顧《いつこ》だにせずに相手を怒鳴りつける。

「そんなものは幻術に決まっていよう！ 己の姿を以前と同じように見せかけているにすぎぬ。その証拠に――見よ！ 彼奴《きやつ》は人間とエルフを連れている！ アンドラの場所を敵に教えたのだ！

これが裏切りでなくて何だという？　貴様らの知る筆頭剣士《グラディウス》は、このような愚行をおかす人物だったのか!?」

この主張は確かな説得力をもって聞く者の耳に響き、兵たちは動揺したように視線を交わし合った。

たしかにガーダのいうとおり、アンドラに人間とエルフを連れてくるなど裏切り以外の何物でもないのである。

幾人かの兵士が意を決したように弓を持つ手に力をこめた。そして、ウィステリアに向けて矢をつがえる。

それを見たガーダは満足そうにうなずくと、あらためて射殺《しゃさつ》の命令を下すべく口をひらいた。

だが、その寸前、背後からガーダを止める声が響く。

「やめるんだ、ガーダ」

「黙れ！　これ以上邪魔をするのなら、まず貴様か……ら？」

反射的に言い返しながら勢いよく後ろを振り向いたガーダは、そこに立っている人物を見て絶句する。

ガーダよりも背が低く、一見少年ともとれる姿形《シルエット》。だが、ダークエルフであればその姿を見まがうはずもない。

始祖ラスカリスその人だった。

2

「なんとも予想外の展開だな」

激突必至とおもわれたウィステリアとガーダの対立は、ラスカリスの登場によって矢石《しせき》を交えることなく終結し、俺たちはダークエルフの国アンドラへと招き入れられた。

周囲をダークエルフに取り囲まれた俺たちは、半ば客人、半ば罪人といった具合だったが、少なくとも枷《かせ》は嵌《は》められていない。初手でアンドラと完全に敵対する可能性があったことを考えれば、現状に不満を抱くのは贅沢であろう。

俺はあたりを見回す。

あらかじめウィステリアから聞いてはいたが、アンドラは都市ではなく森そのものだった。城壁もなければ石畳《いしだたみ》もなく、あるのは雄大な自然のみ。樹齢何百年といった巨樹が当たり前のようにそこかしこに生えており、頭上を振りあおげば、それら巨樹の枝葉が自然の天蓋《てんがい》となって陽光を優しくさえぎっている。

降り注ぐ木漏れ日に目を細めていると、視界の端にひょいと顔を出した者たちがいた。どうやらダークエルフの子供たちが、頭上の枝に隠れて俺たちを見下ろしていたらしい。人間の親が見たら青ざめること間違いなしの高さだが、森の妖精であるダークエルフにとっては大した高さではないようだった。

こちらの視線に気づいた子供たちが、しまった、と言いたげに慌てて顔を引っ込める。それを見た俺はくすりと笑ってから視線を地上に戻した。

ふと隣を見ると、スズメが嘆声を発して近くの巨樹を見上げている。俺は、どこか懐かしそうな顔をしている鬼人の少女に声をかけた。

「どうかしたか、スズメ？」

「あ、これ楓《ふう》の木だな、と思いまして」

「ふむ？」

あいにく植物に詳しくない身には、はいともいいえとも言いかねる。見れば、スズメが楓《ふう》と呼んだ木は葉っぱが紅く染まりつつあり、紅葉《こうよう》の気配を漂わせていた。地面に落ちていた葉っぱを拾いあげると、けっこう特徴的な形をしている。

俺はこそっとルナマリアに問いかけた。

「これは楓《かえで》とは違うのか？」

「はい。楓《ふう》と楓《かえで》は似ていますが別の種ですね。ちなみに、こちらはスズメさんのいうとおり楓《ふう》の方です」

心得たルナマリアがこちらもこそっと返答してくれたので、俺は感謝の視線を送ってから、あらためてスズメに向き直った。

「スズメは何か楓《ふう》の木に思い入れがあるのか？」

「思い入れ、というのとは少し違うかもしれませんが、蛇鎮《へびしず》めの儀で舞いと貢物を奉納していたご神木が楓《ふう》の木だったんです。そのことを思い出していました」

それを聞いた俺は、む、と言葉につまる。

蛇鎮めの儀とは、スズメが母親から受け継いだカムナの里の儀式である。スズメにしても、母親にしても、自分たちが食べる分を削ってでも、蛇鎮めの儀だけは絶対に途切れないようにしていたと聞いている。

だが、スズメは蝿の王に捕らわれ、さらには鬼人を狙うハンターに襲われるなどの不運も重なり、儀式を執りおこなうことができなくなってしまう。

これによって出現したバジリスクによってカムナの里の結界は破られ、里の神木も魔物の毒によって枯死してしまったのだ。

当時、俺は蛇鎮めの儀とは蛇の王たるバジリスクを封じる儀式だと思い込んでいたが、今になって振り返ってみると、あのバジリスクはヒュドラ出現の前兆だったように思う。つまり、蛇鎮めとはバジリスクではなくヒュドラを封じこむための儀式だったのではないか、という気がした――今となっては確かめようもないことだが。

俺がはじめて神木を目にしたとき、すでに神木はバジリスクの毒で枯死寸前だったので、木の種類まで気にしていなかったが、スズメが楓《ふう》だというなら間違いなく楓《ふう》だったのだろう。

目をつむって何かを思い出しているスズメを、俺は無言でそっと見守る。

と、そんな俺たちに向かって、ダークエルフのひとりが苛立たしげに声をかけてきた。

「おい、お前たち！　いつまで立ち止まっているつもり――ひぃ!?」

スズメの追憶の邪魔をしたダークエルフを思いきり睨みつけてやると、向こうはたちまち竦《すく》みあがってその場に立ちつくした。俺が一歩近づくと、それだけで相手の顔が青ざめる。

と、そのとき、小さな手が俺のローブの袖に伸びてきて、くいくいと引っ張った。見れば、スズメが俺を見上げてふるふると首を左右に振っている。

少女の意を察した俺は、ぼりぼりと頭をかいてからダークエルフに背を向けた。そして、スズメを安心させるようにフードをかぶったままの頭をぽんと叩く。

去っていく俺たちの後ろ姿を、ダークエルフがあっけにとられたように見送っていた。


そうしてアンドラの森を歩くことしばし。

やがて俺たちの前にあらわれたのは世界樹と呼ぶべき超巨大樹だった。これまでは森の木々にさえぎられて見えなかったが、今や隠れようもない大きさで俺たちの視界を占領している。枝の上に家が建てられそうなこの巨樹に比べれば、ここに来るまでに見てきた樹木はどれも小枝に等しい。

世界樹の特徴は巨大さだけではない。もうひとつ、誰の目にも明らかな特徴があった。

途中でぼっきりと折れているのである。あたかも見えざる巨人が幹をわしづかみにし、力任せにへしおったかのように世界樹は無残な傷口をさらしていた。

これほど巨大な樹であるからには幹の太さも相当なもので、それをへし折るなど不可能に思えるが、たしかに樹は折れている。いったい何が起きたのか気になったが、ダークエルフたちにそれを説明する気はなさそうだった。後でウィステリアにでも聞いてみよう。

なお、ダークエルフの王ラスカリスの宮殿は、この折れた巨大樹の洞《ほら》の中につくられていた。

俺たちはその一室に案内され、旅の疲れを癒すよう言われ——たりするわけもなく、そのままダークエルフの重鎮たちが待ち構える部屋へ連行される。

そこは謁見の間というより、裁判の間を思わせる造りをしていた。形状は円柱型であり、俺たちがいるのは円柱の底の部分。周囲はぐるりと壁に囲まれ、その壁の上から十人ほどのダークエルフが俺たちを見下ろしていた。

正面にいるのはいわずとしれたラスカリス。その左右に居並ぶのは長老衆と呼ばれる重鎮たちである、とウィステリアが小声で教えてくれた。当然というべきか、ガーダの姿もある。ただ、他のダークエルフが椅子に座っているのに対し、ガーダは立ったままで長老衆の後ろに控えている。これはガーダがまだ長老衆に列していないことを意味しているのだろう。

ちなみに、ガーダの前に座っているダークエルフはガーダと良く似ており、おそらく親子なのだと思われる。

最初に口をひらいたのはこの父親だった。

「始祖様。火急の御用とうかがい、こうして罷《まか》り越しましたが……これはいかなる仕儀でございましょうか。悪霊憑きに人間にエルフ。宮殿に招き入れるにふさわしい者とはとうてい思えませぬ。さりとて、咎人《とがびと》として引き据えられたにしては枷《かせ》もはめられておらず、武器も取り上げられておりませぬ」

この言葉を聞き、居合わせたダークエルフの半分以上が同意するようにうなずいた。

ラスカリスは軽く肩をすくめて応じる。

「僕は彼らを客人として招いたわけじゃない。さりとて罪人として連行したわけでもない。リドリスへの遠征で何が起こったのか、そして僕が信頼する筆頭剣士《グラディウス》がどうして人間やエルフと行動を共にしているのか。そういったことを当人の口から聞くために呼んだんだ。そして、君たちにもそれを聞いてもらうためにここに来てもらったのさ」

不服なら退席してくれてもかまわないよ、とラスカリスはつけくわえる。その行動で不敬をとがめるつもりはない、とも。

この言葉にしたがって退席する者はひとりもいなかった。だが、不服を抱いた者はいた。その筆頭というべきガーダが猛然と口をひらく。

「恐れながら、始祖様！　何が起こったのかはすでに明白でございます。こたびの遠征においてウィステリアが悪霊と化したことは多くの証人がおりまする。こやつは始祖様や同胞たちをたばかって悪霊憑きであることを隠し、アンドラを危険にさらした裏切り者に他なりません。そのような者の申し開きを聞くことに、いったい何の意味がございましょうか。ましてや人間やエルフと行動を共にする理由など問いただす価値もないと存じます。全員、この場で首をはねてアンドラの土に帰してやることがせめてもの情けでございましょう！」

「始祖様。私も倅《せがれ》と同じ意見でございます。もしウィステリア殿にやむにやまれぬ事由があったとしても、悪霊憑きであったことを隠していた罪はぬぐえませぬ。アンドラを危機にさらした罪は死をもって償うほかなく、今になってどれだけ申し開きを重ねても無意味でございましょう」

ふたりの意見を聞いたラスカリスは、ふむ、とうなずいてから、おもむろにウィステリアに言葉をかける。

「と、彼らは主張しているけれど、ウィステリア、何か申し開きはあるかな？」

「始祖様！」

「ガーダ、君や君の父親の意見は理解した。けれど、一方の主張だけで事を決するのは不公平というものだ。君は君の意見を述べ、ウィステリアはウィステリアの意見を述べる。その上で判断を下さないと公平とはいえない。君が自分の正しさを確信しているのなら、相手の言葉をさえぎる必要はないはずだよ」

ラスカリスは声を荒らげるガーダを穏やかにたしなめる。

ガーダは満面を朱に染めたが、すぐに不承不承という感じで口をつぐんだ。ここでなおも食い下がれば、ラスカリスの不興を買って退席を命じられると思ったのかもしれない。

引き下がる際、一瞬ガーダの視線がウィステリアではなく俺に向けられた気がしたが、俺がそれを確かめようとしたときには、すでにガーダはこちらから視線を外していた。

そうこうしているうちに、ウィステリアがここに至る経緯を説明し始める。

俺は小さく息を吐き出すと、このさき何が起こっても対応できるように少しだけ腰を落とした。

3

「――以上が私の報告のすべてになります」

ウィステリアが言葉を結ぶと、長老衆の間から「まさか」「信じられん」といったざわめきが起こる。

そのざわめきを制するようにラスカリスが口をひらいた。

「なるほどね。今回の遠征で君の身に何が起こったのかは把握したよ、ウィステリア。悪霊《デーモン》はもうひとりの自分である。なんとも信じがたい話だが……」

ここでラスカリスはガーダに視線を向ける。

「ガーダ、ウィステリアが悪霊に身体を乗っ取られたことについては多くの証人がいる。そうだったね？」

「……はい、始祖様」

ガーダが低い声で問いに応じる。これを受けて、ラスカリスはパチンと強く手を叩いた。

「では、ウィステリアは間違いなく一度は悪霊と化したんだ。そのウィステリアがダークエルフとしてこの場に立っている。悪霊が同源存在《アニマ》とやらと同じ存在であるかはさておき、悪霊に身体を乗っ取られた者を元に戻す手段は存在する。この点において、ウィステリアの報告に間違いはない」

このラスカリスの言葉に、長老衆の幾人かが大きくうなずいた。

悪霊憑きに対する感情はそれぞれに異なれど、悪霊という得体の知れない存在に対する恐怖は多くのダークエルフが等しくかかえる感情である。その恐怖を取りのぞくことができるかもしれないと思えば、悪霊憑きを憎んできた者であってもこみ上げてくるものはある。

そんな同胞たちを見て、ガーダ父子は内心で苦りきった。今日までふたりはウィステリアが悪霊に変じた事実をおおいに広めてきた。結果としてその行動が「一度は悪霊に変じたダークエルフでも元の姿に戻ることができる」というウィステリアの主張を補強する形になってしまったのである。

ここでウィステリアの主張を否定することは、ウィステリアが悪霊に変じたという自分たちの主張を否定することと同じ。それがわかっているから、ガーダは拳を握りしめるだけで口をひらくことができなかった。

一方、父親の方は息子よりもしたたかだった。

悪霊に変じたダークエルフであっても元の姿に戻ることはできる。よかろう、そのことは認めよう。だが、たとえ元の姿に戻ったにせよ、ウィステリアが悪霊に変じた事実は消えていない。それはすなわち、悪霊憑きであることを隠していた事実も消えていないということだ。

「始祖様。ただいまウィステリア殿が発言した内容が事実だとすれば、これは我らダークエルフにとって喜ばしきこと。この事実をもたらしたウィステリア殿は称賛されてしかるべきでありましょう。ですが、だからといってウィステリア殿が犯した罪が消えるわけではございません。ウィステリア殿は筆頭剣士《グラディウス》としてアンドラを守護する身でありながら、我が身可愛さで悪霊憑きであることを隠し、我らはもとより始祖様まで危険にさらし続けてきたのです。この罪はつぐなってもらわずばなりますまい」

これを聞いたラスカリスは、この言葉を予測していたように大きくうなずいた。

「もっともだ。僕としてもウィステリアを無罪放免にするつもりはない。ウィステリアもそれについては覚悟しているだろう？」

「はい、始祖様。いかような罰でも甘んじて受ける覚悟でございます」

ウィステリアは落ち着いた面持ちで頭を下げる。それを見て、ラスカリスは満足げに言葉を続けた。

「よろしい。それでは、今このときをもって君の筆頭剣士《グラディウス》の任を解く。そして、今後百年の間、アンドラへの出入りを禁ずるものとする」

ラスカリスが言い終えた瞬間、無音の驚愕が場を圧した。

ここまでの始祖の言動をかえりみれば、いまだにウィステリアを信任していることは明らかである。ウィステリアに下される罰は最小限のものにとどまるであろう、とほとんどの長老衆は考えていた。

それが筆頭剣士《グラディウス》の解任にとどまらず、百年の追放刑までついてくるとは予想外というしかない。いかに長寿のダークエルフといえど、百年という期間は決して短いものではなかった。

ざわめく長老衆を尻目に、ラスカリスは澄んだ声音で先を続ける。

「なお、追放措置に関しては今日から十日間の猶予を与える。後任の筆頭剣士《グラディウス》については剣士隊の第二位であるガーダを据えるが、この決定に不満のある者はいるかな？」

「ございません、始祖様！」

ガーダが喜色をみなぎらせて大声で応じる。ガーダの父も満足そうにうなずき、他の長老衆やウィステリアからも不服の声はあがらなかった。

それらを確認したラスカリスはくすりと笑う。

「よろしい。さて、ウィステリア」

「は！」

「アンドラから追放してそれで終わりでは罰として不十分だ。これまで長きにわたってアンドラを危険にさらしてきた君は、これまで以上に同胞のために働く義務がある。そうだね？」

「御意にございます」

「では、君に命じる。アンドラの外に悪霊憑きが生活できる場を用意してくれ」

このラスカリスの言葉に対する周囲の反応は鈍かった。戸惑ったような空気が流れる中、ダークエルフの王は淡々と言葉を続ける。

「ベヒモスがいなくなったことは喜ばしいが、一方で新たな問題も発生した。僕たちはいまだに悪霊を鎮める手段を見出せておらず、悪霊を食らうベヒモスを利用していた面は否定できない。そのベヒモスがいなくなったんだ。今後は悪霊に憑かれた者に関して、これまでとは異なる方策が必要になってくる」

悪霊憑きを放っておけば、宿主は悪霊に身体を乗っ取られてしまう。それを避けるために死を選べば、悪霊は宿主の亡骸を触媒として復活する。どちらに転んでも惨禍をまきちらす存在になりはてるのだ。

それゆえ、多くの悪霊憑きはベヒモスとの戦いにのぞんだ。首尾よくベヒモスを倒せればそれでよし。負けたとしても、あの神獣は現界した悪霊ごと悪霊憑きを食い尽くしてくれるからである。

そのベヒモスが討伐されたことで、悪霊憑きの存在はこれまで以上にアンドラの重荷になってしまう。ラスカリスはウィステリアに対し、そんな悪霊憑きを受けいれる場所をアンドラの外につくれ、と命じたのである。

言葉をかえれば、始祖は悪霊憑きを厄介払いするつもりであり、その後始末をウィステリアに押しつけた、ともいえる。

悪霊憑きの存在を厭《いと》う者——たとえばガーダにとって、この始祖の決断は諸手《もろて》をあげて賛同できるものだった。悪霊憑きをアンドラの外に放逐してしまえば、アンドラは永久に悪霊の脅威から解放される。外で悪霊憑きが苦しもうが、悪霊が現界しようが、知ったことではなかった。

一方のウィステリアにとっても、始祖の決断は諸手をあげて賛同できるものだった。始祖は悪霊憑きが生活できる場所をつくれといったが、それ以上の指図はしていない。つまり、外に出た悪霊憑きが何をしようとも始祖は容喙《ようかい》しないということである。

悪霊憑きに対して同源存在《アニマ》の知識をさずけるのも、同源存在《アニマ》を統御する訓練をほどこすのも自由。その結果、悪霊憑きであることから解放されて平穏に暮らすのもまた自由ということだ――そこまで考えたとき、ウィステリアは初めて始祖の深慮に触れることができた気がした。

「承知いたしました、始祖様。粉骨砕身の覚悟でつとめさせていただきます」

ウィステリアは深々と頭を下げ、全身全霊をもって命令に従うことを誓う。

最も重い責任を課せられたウィステリアがそう応じた以上、この命令に異を唱える者はいないはずだった。繰り返すが、ラスカリスの命令は悪霊憑きを憎む者たちにとっても都合の良いものだったからである。ここでへたに不服を唱えれば「ではウィステリアにかわって君に命じよう」などとラスカリスにいわれかねない。

それを思えば、あえてここで異を唱える者などいるはずはなかったのだが――

「納得いきませせぬ、始祖様！」

眦《まなじり》を吊りあげたガーダが、ラスカリスに詰め寄らんばかりの勢いで叫んだ。

これには父親も驚きを禁じえず、とっさに我が子を制しようとするが、ガーダは父の制止をものともせずに抗議を続ける。

「始祖様の信任を足蹴《あしげ》にした裏切者に対して、追放など甘すぎまする！　今すぐ始祖様の御力《おちから》で粉《こな》微塵《みじん》に斬り刻んでこそ、罪にふさわしい罰であると申せましょう！　アンドラの場所を知ったその人間たちも今すぐ殺すべきです！」

「ガーダ！　始祖様に対したてまつり無礼であろう。控えよ！」

「控えませぬ！　敵は許すべからず。私は当然のことを申し上げているまででございます！」

「ッ！」

目を血走らせるガーダを見て、話にならぬと見極めた父が息子の口を力ずくで塞ごうとする。

しかし、その動きをラスカリスが止めた。

軽く右手をあげてガーダの父を制したラスカリスは、激情をあらわにするガーダに穏やかに話しかける。

「敵は許すべからず。ガーダ、その言葉は君の本心なんだね？」

「は、むろんでございます！」

「ふむ。たしかに、ウィステリアがやったことは一歩間違えればアンドラを破滅に導いていたかもしれない。罪に対して罰が軽いという指摘には一理あるだろう。アンドラの場所を知った者たちを生かして帰すことはできない、という意見にもね」

「それでは！」

ぎらりと目を光らせ、喜色をあらわにするガーダに対し、ラスカリスはくすりと微笑んでみせた。

「それではガーダ、新たに筆頭剣士《グラディウス》となった君に命じてもいいかな？　ウィステリアと、そこにいる者たちをひとり残らず血祭にあげよ、と」

「…………は？　い、いえ、しかし」

「どうしたんだい？　君は筆頭剣士《グラディウス》。そして、筆頭剣士《グラディウス》とは僕になりかわってアンドラの敵を斬る王の剣だ。ウィステリアたちの処断は君の役目だろうに、何をためらう？　なぜ即答しない？」

トン、トン、とひじ掛けの先端を指で叩いたラスカリスが、ここではじめて眼差しに鋭さを加えた。

「まさかとは思うが、僕の手を借りて邪魔者を始末してしまおう、なんてさもしい考えを抱いていたのかな？」

「始祖様、わ、私は決してそのようなことは……！」

懸命に釈明しようとするガーダを見据えながら、ラスカリスは表情を変えずに言葉を続ける。

「君がウィステリアのことを嫌っていたのは知っているよ。事あるごとにウィステリアに逆らっていたことも。けれど、僕は何もいわなかった。君の言動はたしかに圭角《けいかく》が目立っていたが、それでも君なりに僕と同胞のためを思って行動していると知っていたからだ」

「あ、ありがたき幸せ！」

「けれどね、ガーダ。今の君の言葉からはそういった誠心が感じられない。伝わってくるのは私心だけだ。僕は自分の命令に反対されたからって怒りはしない。むしろ、王の命令だからと何も考えずに従われるよりは、きちんと考えた上で反対してくれる方が嬉しいくらいだ。僕だって間違えることはあるからね」

でも、それは反対する者がきちんと誠心をもって行動しているときにかぎられる――ラスカリスはそういって、あらためてガーダを見た。

「繰り返すが、今の君から感じられるのは私心だけだ。私心をもって僕の命令にそむき、あまつさえ、自分の手に負えない相手を僕の力で葬ってしまおう、なんて考える輩《やから》の言葉に耳をかたむけるつもりはない。そういう痴《し》れ者にはこう返すことにしている――身のほどを知れ、たわけ！」

ラスカリスがその言葉を口にした瞬間、その場に凄まじいまでの重圧が満ちた。

鞭《むち》打つような激しい語調。物理的な圧迫感さえともなった吐声《しっせい》を浴びせられたガーダは、たまらずその場で膝をついた。

その顔は血の気を失って蒼白になり、額からは汗が幾筋も流れおち、身体は瘧《おこり》にかかったように震えている。それこそ、次の瞬間に心の臓が止まっても不思議はないくらいの狼狽《ろうばい》ぶりだった。

ぜいぜいと息を荒らげるガーダを見て、もう十分と見てとったのか、ラスカリスは重圧をゆるめる。

ガーダのみならず、周囲の者たちまでがそろって息を吐き出す中、ラスカリスはうってかわって軽やかな声でガーダの名を呼んだ。

「さて、ガーダ」

「は、はいぃ！」

「敵は許すべからずと君はいった。その言葉の正しさを自分の手で証明する気はあるかい？」

「い、いいえ、失礼いたしました！　私は始祖様のご命令に従います。先ほどの非礼、どうかお許しください！」

がばっと平伏するガーダを見て、ラスカリスが確認をとる。

「非礼については許そう。その上で確認するよ。この場で命令に従うといった以上、後になって不平を唱えることは許さない。僕の前でも、僕のいないところでも、だ。それをわきまえた上で、僕の命令に従うといっているんだね？」

「は、そのとおりでございます！」

「よろしい。さて、ガーダ以外に意見のある者はいるかな？　いないようであれば、ウィステリアへの命令は長老衆の了解を得たとみなし、この場で正式に発令されるものとする。皆、そう心得るように」

始祖がそう述べるや、長老衆はそろって「は！」と応諾《おうだく》の返事をする。

こうして衆議は終わり、アンドラにおける悪霊憑きの問題はいちおうの解決をみたのである。

4

「なんとも予想外の展開だな」

俺はアンドラに到着したときに発した言葉をもう一度つぶやいた。

てっきり、もっと侃々諤々《かんかんがくがく》の議論が数日がかりで繰り広げられるものと思っていたのだが、実際は一刻《二時間》とかかっていない。

俺に対しても「今ここで悪霊憑きの症状を治してみせよ」くらいは要求されるものと思っていたのだが、最初から最後まで脇役のままだった。

衆議においてウィステリアの主張は速やかに認められ、悪霊憑きであることを隠していた罪をとがめられることもなく、アンドラ外における行動の自由さえ認められた。予想外というしかないだろう、こんなの。

正確にはウィステリアは筆頭剣士《グラディウス》の任を解かれた上に追放刑に処されたわけで、罪をとがめられていない、という説明には語弊《ごへい》があるかもしれない。

しかし、もとよりウィステリアの身柄は俺がもらいうけるつもりであり、当人もそれを了承していたのだから、ラスカリスが下した追放刑はこちらにとって無罪放免のようなものである。

最後に下された命令――悪霊憑きの居場所をアンドラの外で確保するように、という指示についても大した問題にはならない。あれは事実上ウィステリアに悪霊憑きの処遇を一任したも同然であり、ウィステリアにしてみれば願ってもないことだろう。

実のところ、あの決定は俺にとってもありがたいものだった。

もともと、俺はダークエルフに同源存在《アニマ》の知識を伝えることにある懸念を抱えていた。

知識を伝えた結果、悪霊憑きと呼ばれる者たちがいなくなるのは問題ない。だが、知識を伝えた結果、ダークエルフが心装使いを輩出《はいしゅつ》するようになり、その力が侵略に用いられるようになったら最悪だ。俺はこの点を案じていたのである。

だが、悪霊憑きをアンドラの外に出すというラスカリスの決定によって、この心配は杞憂《きゆう》に終わった。これでダークエルフが種族として心装使いを輩出することはなくなる。外に出た悪霊憑きの中で心装を会得する者があらわれ、なおかつその者が心装を悪用しようとしたら、俺がしっかりとオハナシすればいい。

これで何の憂いもなくウィステリアに協力できるというものだ。

あらためて振り返ってみると、ラスカリスの決定は、俺にとっても、ウィステリアにとっても、さらに悪霊憑きを嫌うダークエルフたちにとっても都合の良いものだった。むろん偶然ではあるまい。ラスカリスがそうなるように仕向けたと考えるべきだ。

いったいどこまで見抜き、どこまで想定していたのか、まったく底が見通せない。今のところ、俺やウィステリアに対しては好意的なようにみえるが、決して油断してはならない相手であろう。

と、少し話がそれた。

俺がまず考えるべきは、ウィステリアが命じられた悪霊憑きの居場所を確保する件である。

もっともてっとり早い解決案は、悪霊憑きたちを『血煙《ちけむり》の剣』で引き受けるというものだ。イシュカの邸宅にはまだ空き部屋も多い。鬼人が暮らしている家にダークエルフが増えたところで、周囲は「ああ、またか」と思うだけだろう。

ただ難点もある。ダークエルフは法神教と敵対関係にあるため、俺が自邸にダークエルフを迎え入れれば、ノア教皇やサイララ枢機卿は俺がラスカリスと手を組んだと判断するに違いない。

そうなれば法神教との関係悪化は避けられず、法神教徒であるイリアやセーラ司祭との関係にも影が差す。それは俺としても避けたいところだった。

「ウィステリアひとりだけなら、な」

自邸に迎えるのがひとりだけなら何とかなる。かなりの無理押しになるが、竜殺しとしての実績やドラグノート公爵家の後ろ盾、シャラモンを討ってノア教皇を救った功績などを駆使して、人の世にウィステリアの居場所をつくることは不可能ではない。

しかし、ウィステリア以外のダークエルフも、となると法神教やカナリア王国も警戒を強めてしまうだろう。

俺は腕を組んで考え込む。

「イシュカに迎え入れようとすれば、どうしたって法神教やカナリア王国の意向を気にせざるをえない。なら、そういうことを気にしないですむ場所に迎え入れてしまえばいいわけだ」

たとえばティティスの森だ、と俺は思う。

蝿の王の巣があった場所をウィステリアに提供し、あそこを悪霊憑きの住居とすれば、今すぐにでも悪霊憑きたちを迎え入れることができるだろう。

ティティスの森の危険性を考えれば安全とは言いがたいが、同胞に疎まれながら生きるよりはマシなのではなかろうか。

それに、ウィステリアがいれば大抵の危険は問題にならない。食料や衣服は俺がクラウ・ソラスで運びこめばいいわけだし。

「問題は、ティティスはティティスでカナリア王国の領土だって点だな」

人目がないからといって、勝手に領内にダークエルフを連れ込んでいることがばれたら、それはそれで大問題になってしまう。

いっそ、今回魔物の大群を撃滅した恩賞としてティティスの森を要求してみるのも面白いかもしれない。

以前のティティスの森は、魔物の生息地であると同時に資源の宝庫でもあった。だからこそ国が直接管理していたわけだが、ヒュドラの死毒が蔓延《まんえん》した今のティティスに領地としての価値はほとんどない。

死毒の流出はノア教皇の結界で防げるにしても、深域に残った死毒はこれから先も森を侵し続ける。いつ次の魔獣暴走《スタンピード》が発生するとも知れず、ふたたび幻想種が出現する可能性さえ残っている。そんな危険きわまりない領地を竜殺しに押しつけてしまえるのだから、国王も案外簡単にうなずいてくれるのではないか。

ティティスの領主になれば、龍穴に関する権利も得られる。法神教が龍穴の確保を目論《もくろ》んでいるのなら、遅かれ早かれ俺に接触してくるだろう。間接的にラスカリスの言葉の正しさを確かめることもできるわけだ。

こう考えると、ティティスの森を手に入れるというのはなかなか良い案に思えた。

ただ、領地を手に入れれば、これまでのような行動の自由は失われる。しかも、自分から領地を要求するわけだから、けじめの上からもきちんと国王に忠誠を尽くさなければならない。他にも貴族としてやらなければならないことは山のようにあるだろう。

これは考えるだにうんざりする未来図だった。

だが、今《いま》述べたように利点はある。将来的な選択肢として考慮するべきだろうと思いつつ、俺はウィステリアに自分の考えを述べた。張本人のウィステリアを無視して、俺が勝手にああだこうだと盛り上がっても仕方ない。

これを聞いた筆頭剣士《グラディウス》は――もとい、元筆頭剣士《グラディウス》は琥珀《こはく》色の目をぱちぱちと瞬かせ、戸惑いをあらわにした。

どうしたのか、と首をかしげると、ウィステリアはおそるおそる口をひらく。

「も、申し訳ありません。衆議が終わって間もないというのに、ソラ殿がそこまで私どものことを考えてくださっているとは思いもよりませんでした」

「ああ、そういうことか。まあ、ウィステリアが俺と行動を共にすることは決定しているわけだからな。ウィステリアへの命令は俺にとっても他人事じゃない」

その言葉に嘘はなかった。積極的に協力することでウィステリアの歓心を買う、という下心もあるが、それは些細《ささい》なことであろう。

と、ここで俺たちの会話に口を挟んできた者がいた。ウィステリアの副官的な立場にいるテパである。

「少し待っていただきたい。これまでは詳しい話を聞く暇がなかったので後回しにしていましたが……ウィステリア様、まことにこれから先、この人間に仕えるおつもりですか？　たしかに悪霊憑きを解放する上でこの者の力は欠かせませぬが、だからといってウィステリア様が端女《はしため》の真似事をなさる必要はありますまい」

不服そうな口吻《こうふん》をもらすテパに向け、ウィステリアは毅然とした態度で告げる。

「テパ、それについてはリドリスで説明したとおりです。本来、私は侵略者の指揮官として斬り捨てられて当然の立場でした。悪霊に身体を明け渡し、魔獣と変わらぬ姿をさらしたのだから尚《なお》のことです。ですが、ソラ殿はそんな私を殺さず、傷の手当てをし、あまつさえ私の頼みを聞き入れてくださった。この恩に報いるために一身をささげるのは当然のことでしょう」

「それはわかりますが、しかし……」

テパが何かを主張しかけて言いよどむ。ウィステリアの言い分を理解しつつ、自分が心配しているのはそこではない、と言いたげだった。

かたわらで聞いていた俺はテパの心配の内容をおおよそ察する。ようするに、俺がウィステリアに恩に着せる形で不埒《ふらち》な振る舞いに出るのではないか、と疑っているのだ。

俺がテパと行動を共にしたのはごく短い期間だけだが、それでも眼前の剣士がウィステリアを深く敬愛していることはわかる。この先、ウィステリアが俺といっしょに行動すると聞けば平静ではいられまい。

俺は肩をすくめて口をつぐんだ。テパが案ずるような振る舞いをするつもりはない、といえば嘘になってしまうからである。

テパはそんな俺をじろりと睨んだ。

「恩を返すというのであれば、私がウィステリア様の代わりを務めても問題はありますまい。ソラ殿、いかがかな？」

「そうですね。私がウィステリア殿の身柄を欲したのは、同格の稽古相手が欲しかったからです。あなたの剣の腕がウィステリア殿と互角以上だというのであれば、こちらとしても特に文句はありませんよ」

これは遁辞《とんじ》の一種だったが、一方で俺の本心でもある。

テパがウィステリアと互角以上の実力者であれば、少なくとも稽古相手についてはウィステリアの代わりが務まる。魂の供給役についても、喰う方法が口から刃にかわるだけだと思えば許容できる範囲だった。同源存在《アニマ》を宿しているという意味では、テパもウィステリアも違いはないのである。ただ、俺は一度テパと戦っておおよその実力を把握している。当人の実力も、同源存在《アニマ》の格も、テパはウィステリアに及ばない。それがわかっている以上、やはり俺の言葉は遁辞《とんじ》に他ならなかった。

テパもそれに気づいたのか、ぎり、と歯を食いしばる。

「私はウィステリア様の補佐役として行動を共にするつもりだ。もし、ソラ殿が恩を笠に着てウィステリア様に無体を強いるようなら、恩人といえどもただではおかぬ。このこと、承知しておいていただこう」

「肝に銘じましょう」

テパの言葉に俺は深々とうなずく。

嘘をいったつもりはない。双方の同意があっておこなわれる行為は、ふつう無体とは呼ばれないというだけの話である。

と、俺たちの間にわだかまる険悪な雰囲気を感じ取ったのだろう、ここでウィステリアが口を挟んできた。

「待ってください、テパ。始祖様が追放をお命じになったのは私だけ。あなたにはアンドラに残ってもらいたいのです」

「な!? ど、どうしてですか、ウィステリア様!?」

「私が去った後、残った悪霊憑きを守れるのがあなたしかいないからです。それともうひとつ、私とアンドラの連絡役を務められるのもあなたしかいないからです」

ウィステリアはいう。

自分がアンドラの外で悪霊憑きを迎え入れる場所を用意したとして、百年の追放刑に処された自分はそれをアンドラに伝えることができない。ウィステリアになりかわって、外の状況をアンドラに伝える者が必要だった。

また、悪霊憑きを外に移住させる際にも連絡をとりあう必要があるのだが、ガーダや長老衆がそういった役割を真剣にこなしてくれるとは思えない。最悪の場合、彼らは悪霊憑きたちを砂漠に放り出して、後は勝手にウィステリアのもとに行け、などと言い出しかねない。そういったことを避けるためにも、外にいるウィステリアと緊密に連絡をとれる者がアンドラの中に必要なのである。

「その役目が務められるのはあなたしかいない、と私は考えています。外に出る私よりもずっと大変な仕事になるでしょう。本来、私が背負わなければならない責務をあなたに押しつけるようで申し訳ないのですが、引き受けてもらえませんか?」

そう請われたテパは、敬愛するウィステリアに頼られて顔を輝かせつつ、ウィステリアについていけないことを悟って顔を曇らせるという、なんとも器用な表情をつくる。

短くない時間、葛藤《かっとう》を見せたテパであったが、最終的にはウィステリアの頼みを受けいれ、アンドラに残ることを誓った。

そして、テパとの会話を終えたウィステリアがあらためて俺を見る。

「ソラ殿。始祖様は追放に関して十日の猶予を与えるとおっしゃいました。その間、私は隔離区画の同胞たちにソラ殿から伝えられた知識や、これから先のことを伝えてまわるつもりです。お手数ですがソラ殿も同道してはいただけないでしょうか。実際にソラ殿の力で悪霊を鎮める様を目にすれば、同胞たちも私の言葉を受け入れやすいと思うのです」

「承知した。もともとそのために来たんだし、問題ないぞ」

俺がそう応じると、ウィステリアは嬉しげに頭をさげる。

そんな俺たちのやり取りを見て、視界の端でテパが面白くなさそうに鼻を鳴らしていた。

5

ダークエルフたちが隔離区画と呼ぶ悪霊憑きたちの住まいは、アンドラの西端に位置していた。

隔離区域に住まう悪霊憑きの数は二十人あまり。半分はウィステリアやテパと同じ元剣士隊の戦士たちであり、もう半分は戦士以外の者たちである。少数だが女性や子供の姿もあった。

ウィステリアの話では、奈落に近づく者ほど悪霊に憑かれる危険は高くなる――少なくとも、ダークエルフは長年そう信じていたそうだ。悪霊の正体は奈落から這い出るデーモンである、との認識もここから生まれたものと思われる。

実際、この推測はそれほど的外れではないだろう。鬼ヶ島においても、同源存在《アニマ》が発現する可能性が最も高かったのは鬼門に近い青林旗士だった。

鬼門や奈落からあふれでる強大な魔力が、同源存在《アニマ》発現の呼び水となっていることはほぼ間違いない。それにくわえて、宿主の資質や同源存在《アニマ》の性質などが複雑に絡み合い、前線で戦っているのに発現しない者、逆に後方にいるのに発現してしまう者などの差異を生んでいるのだろう。

ともあれ、俺はアンドラに滞在中、ほとんどの時間をこの隔離区画で過ごした。はじめこそ怪しまれたが、肉体への侵食が進んだ悪霊憑きの症状をソウルイーターで改善させてからは、そういった態度をとる者はいなくなった。ただ、ソウルイーターで斬りつけるという過程に恐怖をおぼえる者もおり、その人たちからは明らかに距離を置かれたが、これはまあ仕方ない。

それでも三日目を過ぎたあたりからは、もうほとんどの悪霊憑きと普通に会話できるようになっていた。ラスカリスがウィステリアに与えた猶予は十日間。このまま期限ぎりぎりまで悪霊憑きの治療にあたることになるか――などと考えていた矢先、そのラスカリスが隔離区画にやってきて、ひどく気軽に声をかけてきた。

「やあ、神獣殺し《ホーリースレイヤー》。うまく同胞たちに溶け込んでいるようで何よりだ」

顔見知りの近所の少年みたいな態度で近づいてくるラスカリスを見て、俺は思わず半眼になる。

「……おかげさまでな。ウィステリアに用があるなら呼んでくるが？」

このとき、俺のかたわらにいたのはスズメとルナマリアのふたりで、ウィステリアはテパと共に今後のことを話し合っていた。

俺の言葉を聞いたラスカリスは軽くかぶりを振って応じる。

「その必要はないよ。僕とウィステリアが一緒にいると、ガーダや一部の長老たちを刺激してしまうからね。僕がここに来たのは君に会うためなんだ、ソラ」

「俺に？」

「ダークエルフのために尽力してくれてありがとう。君には君の目的があることは理解しているけれど、それでも君の行動がアンドラにもたらした利益は大きい。ダークエルフを統《す》べる者として、一言なりとお礼を言いたかったんだ」

それを聞いた俺は眉間にしわを寄せてラスカリスを見やる。

一見、気さくな少年に見える目の前の相手が、惑わす者《ウィル・オー・ウィスプ》と呼ばれる法神教の宿敵であり、不死の王の首魁《しゅかい》である事実を、もちろん俺は忘れていない。

この相手がリドリスを攻め落とし、ベルカに兵を向けた首謀者であることも、である。

「こちらとしては感謝の言葉より、これ以上の侵攻はしないという言質《げんち》をいただきたいところだがね」

嫌み半分で応じると、ラスカリスはこれまた何でもないことのようにうなずいた。

「ああ、それなら心配はいらない。リドリスの戦力をそぎ落としたことで目的は果たした。このうえ兵を送り込むつもりはないよ」

「なに？」

「大陸のエルフは法神教の盟友だ。中でもリドリスのエルフたちは、法神教と手を組んで僕たちダークエルフと激しく敵対してきた。彼らを討つことは一《いち》に同胞のためであり、二《に》にシャラモンを討った法神教への報復だった、ということだよ」

俺は、む、とうなり声をあげる。

ダークエルフの侵攻にシャラモンの死がからんでいたとなると、俺も無関係ではいられない。というか、シャラモンを斬った俺は思いきり当事者である。

「その理屈でいうと、最大の仇である俺への報復はまだ済んでいないということになるが？」

「たしかにね。でもまあ、僕としてはせっかくウィステリアがつないだ糸を、ここで断ち切るのはもったいないと思っている。シャラモンには悪いけど、死せる不死の王との関係よりも、生ける竜殺しとの関係の方が大切だ」

そもそもシャラモンは僕に仇討ちなんて望んでいないだろうしね、とラスカリスは肩をすくめてつけくわえる。

「少し話がそれてしまったけど、僕が君に感謝しているというのは本当だ。そこで、お礼として君たちが知らない情報を教えてあげようと思って、こうして足を運んだんだ。特にカムナの里の生き残り——スズメといったかな？　そこの君にとっては大切な話になると思うよ」

「……わ、わたし、ですか？」

まさかここで自分の名が出るとは思わなかったのだろう、スズメが驚いたように目を瞬かせている。

俺としてもラスカリスがスズメに注目を寄せるとは思ってもみなかったので、我知らず警戒心がつのった。

そんな俺の内心に気づいているのかどうか、ラスカリスは真摯《しんし》な声でスズメに語りかける。

「そう、君だ。僕は君の二親《ふたおや》のことは知らないが、君の二親が父祖から受け継いできた使命のことは知っている。カムナの鬼人たちが蛇鎮《へびしず》めの儀と称して代々継承してきた儀式のことだよ」

それを聞いた瞬間、スズメは大きく目を見開いた。

「どうして、あなたが蛇鎮めの儀のことを……？」

「僕たちダークエルフと君たち鬼人族は、共に神の封印にたずさわってきた同志なんだ。鬼人族にとっては神の封印ではなく蛇の封印ということになるけど、いずれにせよ、ふたつの種族は同じ目的を持っていた。その封印に関する知識を、僕は君に教えてあげることができる。君は蛇鎮めの儀のことを二親から正しく伝えられていないはずだ」

「そう言い切れるのは、なぜ、ですか？」

それまで驚きの感情に翻弄されているばかりだったスズメが、ここで腹に力を入れてラスカリスに言葉を返す。不死の王の首魁を前にしても、少女の眼差しに怖じた色は浮かんでいない。

これまでのスズメだったら、相手の言葉を聞くばかりで言葉を返すことはできなかっただろう。視線で俺に助けを求めてきてもおかしくないところだ。しかし、今のスズメはきちんと自分の頭で考え、自分の意思でラスカリスと対峙している。

——ああ、スズメも成長しているのだなあ、としみじみ思う。いざとなったら割って入るつもりだったが、余計なお世話だったようだ。

スズメの成長を目の当たりにしてひとり目頭《めがしら》を熱くする俺をよそに、スズメとラスカリスの会話は続いていく。

「幻想種の出現は儀式が途切れたことを示している。今も彼《か》の地の穴は閉じられておらず、にもかかわらず、君はこうしてティティスの森を離れて行動している。これは君がきちんと儀式を継承していればありえないことなんだよ」

「ありえない……で、でも、ご神木は失われてしまいました。ご神木がなければ儀式を続けることはできません！」

ラスカリスの言葉に非難の色を感じ取ったのか、スズメはきゅっと唇を引き結んで反論する。

これを受けて、ラスカリスはゆっくりとうなずいた。

「その点も含めて、きちんと知識が継承されていない、と僕は判断したんだ。もちろん、僕とてすべてを知っているわけではないけれど、それでも君よりは多くのことを知っている。これからそれについて教えてあげよう。僕は惑わす者なんて呼ばれているし、実際にそういう意図で動くこともあるけれど、君に関してはいっさいの欺瞞《ぎまん》をはさまないと約束する。場所も種族も違えど、かつて共に世界と戦った君の父祖に敬意を表して、ね」

その後、俺とスズメ、そしてルナマリアは、ラスカリスに導かれてアンドラの中心部に位置する奈落へとやってきた。

大地に深々と穿《うが》たれた底なしの大穴と、そこからあふれでる原初の魔力《マナ》。間違いなくティティスの最深部にあった龍穴と同一のものである。穴の大きさはティティスのものより小さかったが、それでも街ひとつがすっぽり入るくらいの規模はあるだろう。

ただ、ティティスの龍穴と比べると、湧き出る魔力《マナ》の量はだいぶ少ないように感じる。先ほどのラスカリスの言葉から推測するに、奈落はラスカリスによって蓋《ふた》——ある種の結界が張られており、それが魔力の湧出量の差となってあらわれているのだろう。

ただ、その蓋《ふた》があってなお、あたりに満ちる魔力の濃度は俺たちに負担を強いるレベルだった。

「…………あ」

スズメが呆《ほう》けたような声をあげて、ふらりと倒れそうになる。それを見た俺は慌ててスズメの身体を支えた。

俺とルナマリアは以前に龍穴を見ているのであらかじめ備えることができたが、スズメはそうもいかない。いちおう、ここに来る前に注意はしておいたのだが、この感覚は実際に体験してみないとわからないだろう。

「大丈夫か？」

「は、はい、大丈夫です。ごめんなさい、ソラさん」

そういってスズメは慌てて俺から離れ、自分の足で立とうとする。だが、奈落の魔力《マナ》にあてられたのか、その身体はまだ微妙にふらついていた。顔色も良いとはいえない。

「ほら、無理せず俺につかまって。耐えられないようならこの場を離れてもいいんだぞ？　話を聞くだけなら、別にここにいる必要はない」

「いえ、このままで、平気です……少しは、落ち着いてきましたから……」

スズメは二度、三度とゆっくり深呼吸する。自分で望んでやってきた以上、こんなところで弱音を吐くわけにはいかない、と自分に言い聞かせているように見えた。

俺としては心配でたまらないのだが、過度の干渉はスズメにとって害でしかない。今しがたスズメの成長を目の当たりにしたばかりだし、本当に危ないと思ったらスズメの方から言ってくれるはず。

そう信じて、俺はもうひとりの同行者であるルナマリアに視線を移した。

ルナマリアはきゅっと眉根を寄せて奈落を見据えている。その顔つきはひどく険しく、何やら思いつめている様子だった。

その表情が気になってルナマリアの名前を呼ぶと、思索《しさく》にふけっていたらしいエルフの賢者は弾かれたように顔をあげ、あわてて俺の方を見た。

「すみません、マスター。何かご用でしょうか？」

「いや、用というわけじゃないんだが、顔が苦しげだったんで気になってな」

「そうでしたか。すみません、このあたりは精霊の叫び声が特に激しくて、どうしても……」

その言葉で、以前ルナマリアと共に龍穴におもむいたときのことを思い出す。あのときもルナマリアは今と同じようなことを口にしていた。

龍穴の周囲の生き物は、動物と植物とを問わず、あふれでる濃密な魔力《マナ》によって異常な成長を遂げる。それは本来の種《しゅ》としての枠組みを踏み越えた変異であり、草木に宿る精霊にとっては生きながら身体を裂かれるに等しい苦痛なのだという。それゆえ、龍穴の周囲は絶えず精霊たちの悲鳴がこだましており、常に鼓膜を針で刺されているような痛みをおぼえる――というようなことをルナマリアは口にしていた。

「ここもティティスの最深部と同じ、ということか」

「はい」

苦しげに応じるルナマリア。精霊使いから見ても、やはり奈落と龍穴は同一のものであるようだ。

これでラスカリスが以前語っていたことのうち、アンドラに龍穴があるという一事は証明されたことになる。だからといって、これから語ることも真実だと決まったわけではないが、耳をかたむける価値はあるだろう。

俺はそう考えて、ラスカリスが話し始めるのを待った。

6

「さて、蛇鎮めの儀について語る前に、前提としてわきまえておいて欲しいことがある。それは龍穴とは何か、という点だ」

おもむろに語り始めるラスカリス。

俺とスズメ、そしてルナマリアの三人は真剣な表情で耳をかたむけた。

「龍穴からあふれ出る魔力は幻想種を現界させる触媒になる。これについては君たちも見当をつけているだろうけど、これでは真実の半分しかつかめていない。重要なのは順番なんだ」

「順番？」

俺が疑問の声をあげると、ラスカリスは生徒に物をおしえる教師の顔で答える。

「そう、順番だよ。龍穴が魔力を吐き出した結果として幻想種がうまれるんじゃない。幻想種をうみだすために龍穴は魔力を吐き出しているんだ。順番とはそういう意味さ」

それを聞いた俺は眉間にしわを寄せて考え込む。

今、ラスカリスが口にした二つは同じことのように思えるが、よく考えればずいぶんと意味が異なる。

前者なら龍穴はただの自然現象だ。幻想種は自然現象によって生じた偶然の産物にすぎない。しかし、後者ならば。

龍穴とは幻想種をうみだす機構《システム》そのものである、ということになる。

自然にできたものではないのだから、当然その機構《システム》をつくった何者かがいることになるわけだが
――人間にそんなものがつくれるはずはない。エルフだって鬼人だって無理だろう。

では幻想種をうみだす機構《システム》をつくったのは誰なのか。

この疑問の答えをラスカリスは口にする。

「神、世界、蛇。龍穴をうみだしたのはそう呼ばれる存在だ。幻想種とは人を憎み、妖精を呪い、鬼人を嫌う彼の者《かのもの》が送り込んできた使徒なんだよ。そして、龍穴とは使徒をうみだす祭壇だ。それを封じ込めるのが、アンドラにおいて現に僕がやっていることであり、ティティスにおいて鬼人族が執りおこなってきた蛇鎮めの儀の目的ということになる」

ここでラスカリスは言葉を切り、軽く肩をすくめた。

「まあ、神だの世界だのといったところでなかなか実感は湧かないだろう。だから、今はそういう説もある、くらいにおぼえておいてくれればいい。いずれ君たちも神の存在を間近に感じる日が来るだろうからね。なにしろ、ここには二度も幻想種を滅ぼした人間がいるんだから」

ラスカリスがくすくす笑って俺を見る。

俺はラスカリスに対して何もこたえなかったが、たしかにベヒモスを倒したとき、あの幻想種からそんな言葉を聞いた気がした。今この時より汝は世界の敵となる、とかなんとか。

ベヒモスが口にした「世界」というのは概念的な意味だとばかり思っていたが、もしかしたらもっと主体的な意志をもった存在を指していたのかもしれない。その存在を指して、ラスカリスは神と呼んでいるわけだ。

この世には法神教をはじめとしたいくつもの教団が存在し、それぞれの神官たちは仕える神の奇跡を行使できる。その意味で神が実在することに違和感はない。

ただ、俺の知る神は基本的に信徒を通して奇跡を起こす存在である。主体的な意志をもって龍穴を穿《うが》ち、幻想種をうみだしているとなると、それはもう俺の知る神の概念から外れた、もっと別の存在だ。

以前、ラスカリスが意味ありげに口にしていた光神教も、おそらく今の話につながってくるのだろう。それが鬼ヶ島でオウケンが口にしていた光神教とも結びついているのだとしたら、張り巡らされた地下茎《ちかけい》の大きさは俺の想像を絶している。

ひょっとしたら『銀星』のアロウはこの秘密に関わったことで行方不明になってしまったのかもしれない――そこまで考えた俺は、自分の思考が先走っていることに気づいて、ぺちんと頬を叩いた。

いかんいかん、少しラスカリスの言葉に呑まれかけている。あるかどうかもわからない組織や陰謀を過度に警戒しても仕方ない。もちろん注意するに越したことはないが、必要以上の警戒は心をすりへらすだけであろう。

と、ここでふたたびラスカリスが口を動かす。どうやら俺たちの頭に内容が浸透するのを待っていたらしい。

「ともあれ、蛇鎮めの儀の重要性は今いったとおりだ。鬼人族は儀式が途絶えることのないよう、幾重にも策を練っていたはずだよ。間違っても一本の神木にすべてを託すようなことはしないだろう」

　ここでラスカリスは語調をかえてスズメに問いかける。

「神木というのは楓《ふう》の木のことだよね？」

「え？　は、はい、そうですけど……どうして知っているんですか？」

「楓《ふう》の木は君たちが崇める鬼神　蚩尤《しゆう》と所縁《ゆかり》の深い樹木だ。鬼人族の結界、しかも封神《ほうしん》の儀式の基点とするのは楓《ふう》以外に考えられない。カムナの里に戻ったら、里にある楓《ふう》の木をよく調べてみるといい。神木の近くに新たな楓《ふう》を植えてみるのも良いと思う。欠けた基点をおぎなうことができれば、今でも蛇鎮めの儀を執りおこなうことは可能なはずだ」

「わ、わかりました……！」

　スズメがこくこくとラスカリスにうなずいている。どうやらダークエルフの王の言葉に真実の響きを感じ取ったらしく、まったく疑っている様子はない。その顔はとても嬉しそうだった。

その様子を見るに、スズメは母親から託された蛇鎮めの儀を継承できなかったことをひそかに気に病んでいたのだろう。俺の前ではそういった素振りを見せなかったから気づかなかったが、今のスズメの顔を見れば間違いあるまい。

俺はむむっと内心でうなる。

結界だの儀式だのは門外漢なので、ラスカリスのような助言ができなかったのは仕方ないことなのだが、よりにもよって惑わす者《ウィル・オー・ウィスプ》よりスズメの役に立てなかったというのは沽券《こけん》に関わる気がした。スズメがカムナの里に行くときは護衛を務めよう、とひそかに決意する。


異変が起きたのはそのときだった。


どくん、と。

まるで心臓が脈打つような音をたてて大地が――いや、奈落が震えた。

奈落から噴き出る魔力が急激に膨れあがり、あまりのおぞましさに全身の毛が一斉に逆立つ。

まったく同じことを感じ取ったのだろう、スズメが小さく悲鳴をあげた。俺の隣でルナマリアが両耳をおさえたのは、精霊の悲鳴が耐えがたいほどに強まったせいだと思われる。

一瞬、ラスカリスが何か罠を仕掛けてきたのかと警戒したが、見ればダークエルフの王も眉間にしわを寄せて警戒心をあらわにしていた。これが芝居なら大したものだ、と妙な感心をする俺の前で、ラスカリスは奈落に向けて手をかざし、複雑な印を結んで何やら試みている様子である。

と、次の瞬間、俺たちの全身を圧迫していた空気がわずかに緩んだ。思わず同時に息を吐き出す俺とスズメ、ルナマリアの三人を見やって、ラスカリスは真剣な表情で口をひらく。

「さっそく動いたようだね。予想はしていたけど、ベヒモスを討たれてそうとうお冠《かんむり》のようだ。君と僕をここでまとめて葬るつもりだよ」

「葬るつもり？　誰が――ああ、いや、そういうことか」

「そう。これが龍穴をつくり、幻想種をうみだし、世界を洗《あら》い浄《きよ》めんとする神の意志だ。一時的に僕の結界に穴をあけて、幻想種を送り込むつもりだろう」

もちろんそんなことはさせないけどね、とラスカリスはいう。

これまでも同じ試みは何度となく行われてきたが、自分はそのすべてを退けた、とも。

その声に込められた自信に嘘はないと感じた。おそらく、ラスカリスはこれまで何十、何百、へたをすれば何千という数の異変、いや、侵略を防ぎ続けてきたのだろう。

今しがたのおぞましいほどの魔力の狂奔《きょうほん》を押さえ込むのは、人の身ではとうてい不可能な業《わざ》。それはダークエルフであっても変わるまい。ましてそれが何百年という長きにわたって、数えきれないほど発生しているとなれば――眼前の人物がどうして不死の王と呼ばれるに至ったのか、俺はその理由の一端をかいま見た気がした。

「ただ、申し訳ないけど余波までは防げない。それに関しては君たちの助力を仰ぐことになってしまうね」

それを聞いた俺は、余波とは何のことか、とラスカリスに問い返そうとする。

だが、俺がその問いを発するより早く、ルナマリアの警告の声が耳朶を打った。

「マスター、精霊が襲ってきます！」

直後、警告どおりに風の精霊《シルフ》が襲ってきた。

ふつう、精霊使いではない人間は精霊を見ることができない。これは俺も例外ではない。我が家の風呂焚き要員である水の精霊《ウンディーネ》と火の精霊《サラマンダー》の姿を見ることができるのは、彼らがルナマリアと契約を交わした精霊だからである。

しかるに、俺は襲ってくる精霊を明確に視界にとらえることができた。常人でも姿が見えるほどに現界した精霊たち。もっとも、精霊本来の優美さを失い、ただ敵意をまきちらしながら殺到してくるモノたちを、精霊と呼んでいいものかはわからなかったが。

「堕《お》ちた精霊。神の強大な力で歪んでしまった精霊の成れの果てだ。こうなった精霊は力が尽きるまで暴れまわり、最後には消滅するしかない。斬って自然に還《かえ》してあげてほしい」

はじめて聞くラスカリスの哀しげな声にうながされるように、俺は腰の黒刀を抜き放ち、襲いかかってきた風の精霊《シルフ》を立て続けに斬り倒す。現界していることもあり、心装でなくとも攻撃は通用した。

ただ、動きは素早く、数も多い。

おまけに足元の地面から別の何かがボコボコと湧き出してきていた。おそらくは土の精霊《ノーム》だろうが、これが足場を乱してくるのが地味に厄介である。

風の精霊《シルフ》にせよ、土の精霊《ノーム》にせよ、並の下級精霊なら勁《けい》のひとつも浴びせてやれば消し飛ぶのだが、本来の在り方を失ってしまうほどの魔力を浴びたことで、堕《お》ちた精霊は勁《けい》に対しても強い耐性を得たようだ。勁技《けいぎ》ならともかく、何の着色もしていない勁《けい》をぶつけるだけでは大した効果は得られそうにない。

むろん、これは心装を抜いていない前提での話であり、心装を抜けば一蹴することも可能だろう。正直なところ、ラスカリスの前で心装を抜きたくなかったのだが、ここは出し惜しみをしている場合ではない。

手にしていた黒刀で手近にいた土の精霊《ノーム》の一体を地面に串刺しにした俺は、心装を顕現させるべく右手を前に突き出した。

7

すこし時をさかのぼる。

始祖ラスカリスの御前でおこなわれた衆議が終わり、自邸に戻ったガーダは喜色をあらわにしていた。始祖じきじきに念願の筆頭剣士《グラディウス》に任じられたことは、ガーダにとって積年の願いが成就したことを意味する。

衆目の前で始祖に叱責されたことは失態だったが、始祖はガーダを筆頭剣士《グラディウス》に任じるという言葉を取り消していない。その意味では、あの失態は致命的なものではない――ガーダはそう考えていた。

その楽観に冷水を浴びせたのは父親である。

「醜態《しゅうたい》をさらしたな、ガーダ」

その言葉が先刻の始祖の叱責を指していることは明白だった。少なくともガーダはそう考え、昂《こう》然《ぜん》と胸を張って応じる。

「たしかに多少のしくじりはありました。ですが、始祖様は筆頭剣士《グラディウス》を免ずるとはおっしゃらなかった。それほど気にする必要はありますまい」

「愚か者」

父親はガーダの言い分を即座にしりぞけ、苦々しげに床を蹴りつける。

「私はいったはずだぞ。腑《ふ》抜《ぬ》けた顔を他者に見せるな。傲慢とそしられるのはよいが、軟弱と侮られることは許さぬ、と。あの場にいた他の長老衆はお前のことをくみしやすしと見たであろう。そして、頼りないとも思ったはずだ。ウィステリアよりもずっとな」

「父上、言葉がすぎますぞ。この身はすでに始祖様より筆頭剣士《グラディウス》に任じられているのです。長老衆の雄たる父上といえど、根拠なき誹謗《ひぼう》は看過できませぬ」

はや筆頭剣士《グラディウス》の威を持ち出す息子を見て、父親はかぶりを振った。

「根拠ならあるとも。ガーダ、そなたは遠征より帰還してからずっと様子がおかしかった。それが何故なのかがわからなかったが、先刻の衆議で察したわ。そなた、あの場にいた人間――ソラといったな、あの者に敗れたのであろう？　そなたの言動の端々からあの者への恐怖が滲みでておった」

この父親の指摘にガーダは思わず顔を強張らせてしまう。

が、すぐに平静をとりつくろって言い返した。

「それはただの憶測でしょう。何の根拠にもなっていませんな」

「その態度が軟弱だといっておるのだ、愚か者！」

ガーダの態度に業を煮やしたのか、父親は声を高めて我が子を叱りつけた。

「勝敗は戦士の常だ。どれだけ優れた才を持っていても百戦百勝とはいかぬもの。ゆえに敗北した者を軟弱とそしることはせぬ。軟弱というのはな、ガーダ。敗北した者ではなく、敗北を匿《かく》す者を指す言葉なのだ。まさに今のそなたのことよ！」

それを聞いたガーダは、ぴくぴくとこめかみを痙攣《けいれん》させる。

「父上は、どうしても私が人間相手に後れをとったことにしたいのですな」

「ことさらそなたを貶《おとし》めるつもりはない。私とてあの者と戦えば敗北は免《まぬが》れぬだろう。あの者が内に秘めているのは何もかもを呑みこむ底なしの闇だ。精霊たちは心底おびえきって、近づこうともしておらなんだ」

「人間たちは金属を好みます。精霊が近づこうとしないのは当然のことでしょう」

ガーダが反論すると、父親は息子の洞察の甘さを嘆くように重い息を吐いた。

「実際に剣を交えていても見抜けぬのか。ならば問うが、そなたはなぜ始祖様にウィステリアとあの人間を斬ると言上《ごんじょう》しなかった？　斬って『敵は許すべからず』という己の言葉の正しさを証明すればよかったではないか」

「そ、それは……」

「始祖様のおっしゃるとおりだ。そなたは自分の手に負えない邪魔者を、始祖様の手を借りて葬ろうとしたにすぎぬ。余人ならば知らず、筆頭剣士《グラディウス》として王の剣とならねばならないそなたが、情けなくも始祖様にすがったのだぞ？　これを醜態といわずして何という！」

叱責を受けたガーダは唇を引き結んで押し黙る。

父親はなおも言葉を重ねた。

「まだ気づいておらぬようだからいっておく。今日までリドリス遠征の衆議が開かれなかったのは、始祖様がウィステリアの帰りをお待ちになっておられたからだ」

衆議における始祖の言動をつぶさに観察した結果、ガーダの父はその結論に達していた。

それがどうしたのだ、と怪訝そうな顔をするガーダに、父親はその事実の意味するところを説明する。

「わからぬか？　ウィステリアが悪霊に変じた一件は始祖様のお耳に達していたはず。大勢の証人がいることもな。にもかかわらず、始祖様はウィステリアをお待ちになった。おそらく始祖様は噂を耳にする以前からウィステリアが健在であることを知っておられたのだ。その意味をよく考えよ」

ラスカリスは東に移動したベヒモスの様子を探るためにアンドラを離れた。ウィステリアの健在を知ったのはこのとき以外に考えられない。まさか風の噂で耳に入ってくるはずもないから、どこかの段階でウィステリア本人を見たのであろう。

衆議における報告を聞くかぎり、ウィステリアはこのときすでにソラなる人間と行動を共にしていたと考えられる。そのふたりがベヒモスを見張るラスカリスの前にあらわれた。

ここで思い出されるのは、ベヒモスに関するラスカリスの通達である。ラスカリスは「ベヒモスが討伐された」と同胞たちに告げた。自分が討った、とは一度もいわなかった。

つまりは――

「ベヒモスを討ったのはあのソラなる人間だ。さすがにひとりで成したとは思えぬから、始祖様やウィステリアの助力があったのだろうが、とにかくあの者がベヒモス討伐において大きな役割を果たしたことは疑いない。それを見た始祖様は、ウィステリアを通じてあの者を我らの側に取り込もうとお考えになったのであろう。先の衆議は、そのことを長老衆に周知せしめるためのものだ」

ウィステリアの解任も、アンドラからの追放も、悪霊憑きに対する措置も、あらかじめ定められていたに違いない。

だから、ウィステリアも、ソラも、ラスカリスの決定に何の異議も唱えなかった。唱えたのは、蚊帳《かや》の外に置かれていた者だけである——父親はそう語った。

これは結果から逆算した思い違いにすぎず、実際にはウィステリアも、ソラも、衆議にのぞむまでラスカリスの思惑を知らずにいたのだが、言う者も言われる者もそれが事実であると思い込んだ。

そのくらい説得力のある推測だった。

父親《ガーダ》は声を震わせて父に問いかける。

「で、では、私が筆頭剣士《グラディウス》に任じられたのは、ウィステリアめよりも始祖様の信頼を勝ち得たからではなく——」

「外で働くことになったウィステリアの後釜《あとがま》に、剣士隊の二位であったそなたを座らせた。ただそれだけの人事にすぎぬ。始祖様の信は変わらずウィステリアにある。ウィステリアにしてみれば、必要のなくなった椅子をそなたに譲っただけであろうな」

お前は女《ウィステリア》の席を実力で奪ったのではなく、女から席を譲られて喜んでいたのだ。そう指摘されたガーダは、顔を真っ赤にして両の拳をわなわなと震わせた。

衆議のとき、ウィステリアは道化を見る思いでガーダを見ていたのか。そう思うだけで腹の底からふつふつと怒りがこみあげてくる。

いや、ウィステリアだけではない。ソラという人間も、何も知らずに一喜一憂するガーダを見てその滑稽《こっけい》さをあざ笑っていたに違いない。

父親が気づいたことに他の長老衆が気づかなかったとは思えないから、他の長老衆も同様であろう。

あの衆議において、本当に自分ひとりだけが何も知らずに跳ね回っていたことになる……！

息子の様子を見て、ようやく気づいたか、と言いたげに父親はため息を吐いた。

「あらためていう。醜態をさらしたな、ガーダ。こたびの汚名を返上するためには長い時間が必要になると心得よ」

そう告げるや、父親はガーダに背を向けて部屋を出ていく。ひとり室内に残ったガーダの顔は、屈辱と羞恥にまみれて醜く歪んでいた。

その後、数日にわたってガーダは自邸から出ず、己の部屋にこもり続ける。

衆議における醜態を自覚した今、どの面《つら》さげて始祖に顔を見せることができようか、という気持ちであった。

父親は何もいわず、氏族の者たちにもガーダを放っておくよう命じた。息子の失意に理解を示したのか、それとも見限ったのかはわからない。

氏族内でガーダは無視される形になったわけだが、これは氏族外においてもかわらなかった。

新たな筆頭剣士《グラディウス》が就任翌日から姿を見せないというのに、誰もガーダのもとを訪れない。自分のいないところで、ウィステリアやソラ、長老衆が自分の醜態をアンドラ中に広めているに違いないと思い、ガーダは焦燥に身をこがした。何故そう思うかといえば、自分が彼らの立場であったら間違いなくそうするからである。

自縄自縛《じじようじばく》におちいるガーダ。

せめてラスカリスが使いのひとりなりと送ってきてくれれば、まだ持ち直すこともできただろう。だが、それもなかった。それはつまり、新たな筆頭剣士《グラディウス》であるガーダがおらずとも、ラスカリスにとっては何の痛痒《つうよう》も感じないということだ。少なくともガーダはそう考えて身体を震わせた。

ガーダにとって、己が軽んじられることほど屈辱的なことはない。ウィステリアが悪霊と化したことで、ようやく自分の時代が来たと確信していただけに余計にこたえた。

傷ついた自尊心を抱えたまま、ガーダは手負いの獣のように室内を歩きまわる。その口からは絶えず罵詈雑言《ばりぞうごん》が発されており、ウィステリアを、ソラを、長老衆を、父親を、思うさまにののしり続けた。

今やガーダの憎しみは始祖ラスカリスにさえ向けられている。自分よりもウィステリアを評価していること。衆議において、誰よりも忠誠を捧げてきた自分に何も告げなかったこと。筆頭剣士《グラディウス》である自分が姿を見せないのに、様子をたしかめる使者ひとり遣わしてこないこと。

それらに対する反感が憎悪をはぐくむ温床《おんしょう》になった。そして、ひとたび芽吹いた憎悪はたちまちガーダの内心に根を下ろしていく。これまで心からの忠誠を捧げていた相手であればこそ、始祖に対する憎悪はより深くガーダの心を侵《おか》していった。

そして、その憎悪が心に残っていた始祖への忠誠心を完全に駆逐したとき、ガーダは己の深奥より響いてくる声を聞いたのである。

第三章　心装励起

1

どくん、と大地が生ある者のように震えた瞬間、ウィステリアとテパのふたりは勢いよく立ちあがった。それまでふたりは今後の連絡方法などを相談していたのだが、そのことはすでにふたりの頭にない。背後で椅子が音をたてて倒れたが、それを気にする余裕もなかった。

元剣士隊であるふたりは、今の不気味な揺れが、堕ちた精霊出現の前兆であることを知っていたのである。

「ウィステリア様、今のは！」

「ええ、間違いありません」

少し前のウィステリアであれば、言葉を交わす時間も惜しんで奈落に駆けつけていただろう。堕ちた精霊は時間の経過と共に奈落の魔力を吸収して強大化する。初動が非常に重要なのだ。

しかし、今のウィステリアは筆頭剣士《グラディウス》の任を解かれ、追放刑に処された身。当然、剣士隊からも除名されている。そのウィステリアが奈落に駆けつければ、新たな筆頭剣士《グラディウス》となったガーダを刺激してしまうし、剣士隊の隊員たちも戸惑うだろう。指揮系統に混乱が起き、その結果、被害が拡大してしまったら目もあてられない。

ここは我慢が肝要だ、とウィステリアは逸《はや》る心の手綱《たづな》をひきしめた。

堕ちた精霊は奈落以外の場所に出現することもある。隔離区画が精霊に襲われる可能性を考慮すれば、この場に留まるのも立派な選択肢であろう。

ウィステリアはただちに隔離区画の同胞に呼びかけ、彼らを一か所に集めていく。ただ、その途中、ソラたちが始祖と共に奈落に向かったことを耳にして、少しだけ迷いが生じた。

ベヒモスをも倒したソラにとって、堕ちた精霊などものの数ではあるまい。だが、堕ちた精霊は数が多く、おまけにその都度出現する種類が異なる。シルフやノームといった精霊ばかりではなく、ときにレプラコーンやザントマンといった稀少な精霊までが奈落の魔力によって変質し、襲いかかってくる。

彼らは自らが傷つくことを恐れない死兵の性質を持ち、堕ちた精霊との戦いに慣れたウィステリアであっても死と隣り合わせの戦いを強いられる。ソラは精霊との戦いに慣れていないはずであり、その点がウィステリアの不安を誘った。

これはスズメとルナマリアにも同じことがいえる。特にルナマリアは、森の妖精として精霊を傷つけることに躊躇するはずだ。その隙を突かれてしまえば不覚をとることもありえよう。そんなことになったら、はるばるアンドラまで足を運んでくれたソラに申し開きのしようがない。

この場はテパに任せ、自分は奈落に駆けつけるべきではないか、とウィステリアは真剣に考慮した。奈落周辺の地形はしっかり頭に叩き込んでいる。ガーダや剣士隊に見つからないように近づけば、無用の混乱を引き起こすこともないだろう。

逡巡《しゅんじゅん》するウィステリア。その逡巡を断ち切ったのは驚きに満ちたテパの声だった。

「貴様、こんなところで何をしている!?」

テパの視線の先には、隔離区画の木々の隙間をぬってあらわれたひとりのダークエルフが立っていた。間違いなくガーダである。

始祖から筆頭剣士《グラディウス》に任じられた人物を「貴様」呼ばわりするテパの物言いは礼を失していたが、何をしているのか、という問いかけ自体はウィステリアもまったく同感だった。

ガーダは長らく剣士隊で戦い続けてきた練達の戦士であり、先ほどの堕ちた精霊出現の前兆を感じ取れなかったはずはない。筆頭剣士《グラディウス》として真っ先に奈落に駆けつけなければならないガーダが、なぜアンドラの西端にある隔離区画でのんびりと突っ立っているのか。

テパの問いかけ——いや、詰問に対し、ガーダは奇妙に落ち着いた態度で応じる。

「何をしているか？　愚問だな、テパ。筆頭剣士《グラディウス》として、アンドラに害をなす者たちを排除しに来たに決まっているではないか」

語尾に鞘走りの音が続く。

抜剣したガーダを見たテパとウィステリアは、険しい表情を浮かべつつ、自分たちも腰の剣を抜き放った。

正眼《せいがん》に剣を構えたテパが鋭い声をガーダに向ける。

「貴様、正気か？　かりそめにも筆頭剣士《グラディウス》である身が、アンドラの危機に際して私怨を優先させるなど、始祖様がお知りになったら筆頭剣士《グラディウス》の任を解かれるだけではすまないぞ！」

「私怨、私怨か。くく、たしかに貴様から見ればそうとしか思えまいな」

「私以外の誰が見ても同じことをいうだろうよ。今すぐ剣を納めて奈落に向かえ、ガーダ！　さもなければ乱心したとみなし、この場で斬り捨てる。私とウィステリア様を同時に相手どって勝てると思うなよ！」

テパが言い放つと、ガーダはもう耐えられぬといわんばかりに大口をあけて哄笑した。

「あいかわらず口だけは勇ましいな、テパ！　この場で斬り捨てる？　ハ！　はじめから女の力をあてにしているくせに、よくもそんな大口が叩けるものだ！」

女の威を借りる軟弱者が、とガーダは憎々しげに吐き捨てる。

「貴様が剣士隊に所属していたときから、その卑しい性根が目障りでならなかった。そうやって死ぬまで女にしっぽを振っているがいいわ、ダークエルフの恥さらしめ!!」

いうや、ガーダがテパめがけて斬りかかる。

鋭い踏み込みからの苛烈な斬撃であったが、すでに構えをとっていたテパは余裕をもってこの攻撃を受けとめた——いや、受けとめたつもりだった。

だが、次の瞬間、テパの顔に驚愕が走る。

「ぐ、ぬ……!?」

重い。わずかでも気を抜けば、剣ごと吹き飛ばされてしまいそうな衝撃がガーダの剣から伝わってくる。

ウィステリアさえしのぐ剛武の一撃を受けて、テパは内心でうめく。テパの知るかぎり、ガーダの斬撃にこれほどの威力はなかったはずだ。

その動揺が隙になったのか、テパは次のガーダの攻撃に反応することができなかった。直前の剛剣から一転、ガーダの剣先が蝶のように軽やかに舞ってテパの剣にからみつく。

次の瞬間、キン、と乾いた音をたてて、テパの剣が宙高くはねあげられた。

「な!?」

「ふん」

わずか二合で剣を失って呆然とするテパ。

そのテパに冷笑を向けたガーダは、無造作に相手の身体を蹴り飛ばした。いかにも面倒くさげな一撃だったが、蹴られたテパにとっては戦槌《ウォーハンマー》で殴打されたに等しい衝撃だった。

たまらずテパは吹き飛ばされ、そのまま二度、三度と地面の上をはねた末、泥まみれになって地面に倒れ伏す。

ガーダは追撃の姿勢を示したが、それを実行に移す寸前、素早く地面を蹴って後ろに飛んだ。

直後、肉薄してきたウィステリアの剣撃が、寸前までガーダがいた空間を斜めに斬り裂く。長剣が宙を斬る音がぞっとするほどの滑らかさで耳にすべりこんできて、ガーダの肌が粟立《あわだ》った。

ガーダは鋭く目を光らせてウィステリアを見据える。

「少し見ぬ間にまた冴えを増したな、ウィステリア。それとも、それが本来の貴様の力であり、これまでは悪霊憑きであることを隠すために手控えしていたのか？」

ウィステリアはこれに答えず、静かに長剣を構え直す。

ガーダはせせら笑うように唇を歪めた。

「答えぬか。まあよい。どうあれ、貴様は今ここで私に斬られて死ぬのだ！」

激しく地面を蹴りつけたガーダが、肉食獣のような獰猛《どうもう》さでウィステリアめがけて躍りかかる。

テパを圧倒した剛剣が光の速さで振り下ろされ、ウィステリアの剣と正面から激突した。

「――――ッ！」

すさまじい衝撃に襲われたウィステリアは無言で奥歯を噛みしめる。

直前のテパとの戦いから、ガーダが短期間で驚くほど腕をあげていることは察していた。だが、ガーダの剣の重さはウィステリアの予測を大きく超えており、踏み込みの鋭さも以前とは比較にならなかった。

先の衆議以降、ずっと隔離区画にいたウィステリアはここ数日のガーダの行動を知らない。だが、仮に衆議が終わってから今までの時間をすべて鍛錬に費やしたとしても、これほどの剛力と素早さを得ることは不可能だろう。

すくなくとも、まっとうな方法では無理だ。であれば、ガーダはまっとうならざる方法を用いて今の異様な力を手にしたことになる。

「ガーダ、あなたはまさか……」

「おや、ようやく口をきいてくれましたな、元筆頭剣士《グラディウス》殿！」

哄笑を発しながら、ガーダが立て続けに斬撃を送り込んでくる。

ウィステリアはそれらの攻撃を、あるいは受けとめ、あるいは躱《かわ》し、巧みにしのぎ続けた。しかし、ガーダは息ひとつ乱すことなくさらなる攻撃を繰り出してくる。剣撃の応酬はたちまち十合に達し、二十合に迫ったが、それでもガーダの攻撃は途切れない。

これは三十合、四十合になっても止まらないと悟ったウィステリアは、体力が残っているうちに態勢を立て直すべく後ろに飛んだ。

ガーダは余裕の笑みを浮かべてそれを見送る。あれだけの斬撃を息つく間もなく繰り出しておきながら、呼吸をととのえる素振りも見せないその姿は、はっきりと異様だった。

「どうした、顔が強張っているぞ、ウィステリア。いつもの澄まし顔はどこへいった？」

「そういうあなたは自分の矜持《きょうじ》をどこへ捨てたのですか？　悪霊憑きは徹底的に排除してしかるべ

き。それこそがアンドラのためである、とあなたは常日頃広言《こうげん》していたはずです」

ガーダの嘲弄に対し、ウィステリアは静かに言い返す。

それを聞いたガーダはくつくつと愉快そうに笑った。

「まるで私が悪霊に憑《つ》かれたとでも言いたげだな？」

「違うのですか？」

「違う。私は大いなる意志によって選ばれ、神域の力を授けられたのだ。悪霊に憑《つ》かれた貴様らごときと一緒にするな。私はこの力をもってダークエルフの呪いを祓《はら》い、同胞たちを正しき道に引き戻す。私こそが真にダークエルフを救う者なのだ！」

それを聞いたウィステリアはわずかに眉根を寄せる。

ガーダは自分が悪霊に取り憑かれたことを認めたくないがために詭弁《きべん》を弄《ろう》している――はじめ、ウィステリアはそう考えた。

だが、それにしてはガーダの言葉は不思議なくらい確信に満ちており、それは悠然とした態度にもあらわれている。いずれもこれまでのガーダからは感じられなかったものだ。

少なくとも、ガーダ自身は己の言葉を正しいと信じて疑っていない。それが言葉によらず伝わってきた。

おそらくはガーダの中の悪霊――同源存在《アニマ》が宿主に対してそのように語りかけているのだろうが、だとしても今のガーダを見ていると奇妙な不安に駆られてしまう。

――まるで、ガーダの言葉こそが真実であり、悪の側に身を置いているのは自分である、とでもいうような。

ウィステリアはすっと目を細め、ガーダを見据える。

万に一つ、ガーダの言葉が正しかったとしても、それでウィステリアのとるべき行動がかわるわけではない。向こうがウィステリアを斬ると宣言している以上、ウィステリアはこれに抗《あらが》って勝たねばならないのだ。

そして、勝つためには相手の余裕を崩さなければならない。

ウィステリアは形の良い唇を意図的に吊りあげた。

「大いなる意志によって選ばれ、神域の力を授けられたのに、わざわざソラ殿がいないときを見計らって襲ってきたのですね。それではどれだけ強い力を授けられても宝の持ち腐れですよ、ガーダ」

ここでソラの名前を出したのは挑発のためである。先日の衆議で示した反応をみるに、明らかにガーダはソラの存在を危険視している。もっといえば畏怖している。この場にソラがいないのも偶然ではないだろう。

その点を指摘すればガーダを動揺させることができるに違いない。そのウィステリアの推測は正《せい》鵠《こく》を射ていた。

「黙れ!!」

眦《まなじり》を吊りあげたガーダが怒号と共に剣を振るう。両手で柄を握りしめた大上段からの一撃。防御をまったく考慮しない一閃《いっせん》は先ほどとは比較にならない威力を秘めており、受けとめれば剣ごと身体を両断されてしまう、とウィステリアは直感した。

それゆえ、ウィステリアはその攻撃を受けとめなかった。受け流したのである。

絶妙な角度で剣先を突き出し、相手の斬撃を刃の上で滑らせる。ガーダの剣が火花を散らしながら身体のすぐ横を通り過ぎていった。

一瞬の後、ウィステリアの前には必殺の一撃を躱《かわ》されて隙だらけになったガーダの姿があった。

攻撃を躊躇する理由はどこにも存在しない。ウィステリアは両手にあらんかぎりの力を込めて横一文字に剣を振るう。命中すれば防具ごと胴を両断したに違いない凄烈な一撃は、しかし、ガーダの身体に届くことはなかった。

ウィステリアの剣がまさにガーダの胴体を断ち割らんとした瞬間、何者かの手がウィステリアの長剣をガシリとわしづかみにしたのである。

ガーダの手は左右とも剣の柄を握ったまま。ゆえに攻撃を受けとめたのはガーダの手ではありえない。

だが、それはたしかにガーダの手であった。

正確にいえば、ガーダの脇腹から生え出た第三の手がウィステリアの斬撃を防いだのである。いくつもの木の枝が重なり合って形成されているその手は、樹腕《じゅわん》とでも呼ぶべき異様な形状をしていた。

いかにダークエルフが森の妖精とはいっても、こんな部位が存在するはずはない。

さすがのウィステリアもこれを予測することはできず、一瞬の半分の間、驚きで動きを止めてしまう。

直後、今度は背中から生えた二本目の樹腕が、鞭のようにしなってウィステリアの胴を激しく打ち据えた。

身体が「く」の字に折れ曲がるほどの衝撃を受け、ウィステリアは声をあげることもできずに吹き飛ばされる。

そのまま近くの木の幹に激突し、ずるずると地面にくずれ落ちるウィステリアを見て、テパが叫び声をあげた。

「ウィステリア様！」

その声にウィステリアはこたえない。今の一撃で意識を刈り取られてしまったようで、唇の端から少量の血がこぼれておちている。もしかしたら臓腑が傷ついてしまったのかもしれない。

テパは気を失ったウィステリアを守るべく、痛みを訴える身体を叱咤して立ち上がった。

「ガーダ、貴様――」

何事か口にしようとするテパに向け、ガーダは無言で樹腕《じゅわん》を振るう。目にもとまらぬ速さで、しかも二本同時に。

一本目はなんとか剣で受けとめたテパだったが、二本目を防ぐことはできず、こめかみを痛打されてぐるりと白目を剝《む》く。

たちまちふたりを制したガーダは、身体から異形の手を生やしたまま高らかに哄笑した。

「ウィステリアも、テパもこの程度か。これでは肩慣らしにもならぬ」

そう豪語するガーダの目は油膜を張ったようにぎらつき、その口は張り裂けんばかりに大きくひらかれていた。

2

ウィステリアは夢を見ていた。あるいは、それは夢よりももっと切実な色を帯びた、走馬灯とでも呼ぶべきものだったかもしれない。

夢の中でウィステリアはソラと語り合っていた。日にちをいえば昨日の夜の出来事である。

隔離区画にやってきてからというもの、ウィステリアとソラはもっぱら悪霊憑きの治療にあたっていたが、空いた時間をつかって心装を会得する訓練もおこなっていた。

己の内に棲む幻想《アニマ》と同調を果たして、幻想一刀流の奥義を修得する。ウィステリアがそれを実現することができれば、悪霊と同源存在が同じ存在であることが証明される。悪霊憑きは決して不治の症状ではない、と同胞たちに示すことができるのである。

ウィステリアがパズズと同調を果たすことは、二重三重の意味で重要なことだった。もっとも、ソラと共におこなった訓練が功を奏したかといえば、残念ながらそんなことはなく、ウィステリアはパズズと向き合うことすら出来ずにいた。

考えあぐねたウィステリアは、ソラにひとつの頼み事をする。ソラが同源存在《アニマ》と同調を果たしたときの話を聞かせてほしい、と願ったのである。

同源存在《アニマ》が十人十色《じゆうにんといろ》であるように、同調の仕方は百人百様《ひやくにんひやくよう》。ソラと同じことをしたからといって、ウィステリアが同源存在《アニマ》と同調できる保証はない。

そのことはソラから聞いていたが、同調の糸口さえつかめないウィステリアにとって、実際に同調に成功した人の体験を聞くことは重要な手がかりになるはずだった。

ソラは少したためらう様子を見せたが、すぐにウィステリアの頼みにうなずいてくれた。おそらく、思い悩むウィステリアの気持ちを汲んでくれたのだろう。

――その後、すべてを聞き終えたウィステリアはソラの身に起きたことに絶句し、しばらくは声も出なかった。

そして、ソラに話をせがんだことを深く後悔する。同調に至るソラの話は、何かの手がかりが欲しい、などという軽い気持ちで聞いてよいものではなかった。

ソラは気にするなと笑っていたが、ウィステリアは二度と同じことは聞くまいと心に決める。同時に、聞いたからには、今の話を参考にして必ず同源存在《アニマ》を統御してみせると心に誓った。

実際、ソラの話は同調に至るための示唆《しさ》を多く含んでいるように思えた。

裏切られ、虫に食われ、誰にも知られないまま、溶けるように死んでいく極限状態。そこに至って、ソラははじめて同源存在《アニマ》の声を聞き、同調を果たすことができたという。

逆にいえば、そこまで追いつめられなければ、ソラは同源存在《アニマ》の声を聞くことができなかった。全てを喰らう同源存在《アニマ》と心を重ね合わせるには、それだけの絶望が必要だったのだ。

それを聞いたとき、ウィステリアが真っ先に考えたのは、自分がソラに比べて恵まれているという事実だった。筆舌に尽くしがたい経験の末に同源存在《アニマ》の声を聞いたソラとちがって、ウィステリアは今の時点ですでに同源存在《アニマ》の声を聞くことができているからである。

声といっても、パズズが発するのはヒィヒィという嗤《わら》い声ばかりで、意味のある言葉を発したことは一度もない。しかし、たとえそれが宿主を嘲弄《ちようろう》するためのものだったとしても、パズズがウィステリアに己の意図を伝えようとしていることは確かなのだ。

長らく同源存在《アニマ》の声すら聞けなかったソラに比べ、恵まれているのは間違いないだろう。

なんとかしてパズズから意味のある言葉を引き出し、わずかなりと相手の真意に近づく。同調とは己の在り方と同源存在《アニマ》の在り方を重ね合わせることである、とソラは言った。己をパズズに合わせるにせよ、パズズを己に合わせるにせよ、向こうの在り方がわからなければ同調のしようがない。

実際、パズズは何を考えているのだろう。ウィステリアは伝説の一節を脳裏に思い浮かべる。

それは砂漠を駆ける悪しき風
獅子の顔と腕を持ち、鷲《わし》の脚と羽を持ち、蠍《さそり》と蛇の尾を持つ熱砂の王
熱病と蝗害《こうがい》をつかさどるその魔神の名は、風の王パズズ

伝説にうたわれる魔神は、ウィステリアの中でいったい何を考えているのだろう。

魔神の身になって考えれば、卑小な妖精の中に閉じ込められ、自分の意思で動くこともままならない状態など我慢なるまい。宿主を食い殺して自由を得たいと考えても何の不思議もない。

事実、ソラの話では宿主に牙を剝《む》く同源存在《アニマ》も存在するという。であれば、やはりパズズの狙いはウィステリアという存在を排除して肉体を奪うことなのではないか。

ウィステリアの考えはどうしてもそちらに傾いてしまう。

ただ、疑問もあった。パズズがウィステリアの排除を望むなら、これまでいくらでもその機会はあったと思うのだ。

ウィステリアがはじめてパズズの声を聞いてから今日まで、多くの時が流れた。その間、ウィステリアは強靱《きょうじん》な意思でパズズを心の奥底に封じ込めてきたが、それでもパズズからみれば付けこむ隙はあっただろう。

特にパズズが発現した当初、ウィステリアはまだ小さな子供だった。音に聞こえた伝説の魔神が十《とお》やそこらの子供の精神力に屈したというのも、考えてみればおかしな話である。

　そもそも、パズズはどうしてあの夜に——ウィステリアが父を殺した夜に発現したのだろうか。偶然ということはありえない。豹変した父を目の当たりにしたことで、ウィステリアの心に生じた恐怖が呼び水になったのかとも思ったが、それならそのまま幼いウィステリアの精神を侵し、身体を乗っ取ってしまえばよかった。

　もしパズズがそれを実行していれば、当時のウィステリアは抵抗することもできずに魔神に身体を明け渡していたに違いない。

　だが、そうはならなかった。それは何故なのだろう、とウィステリアは今さらながら疑問に思う。自分はあのとき、母に襲いかかる父を見て絶望していた。目の前の現実を否定していた。こんなものは父ではないと考えて、どこからか聞こえてくる声と、身に宿った力にすべてを委ねた。

　その結果として父は死に、ウィステリアは生き残ったのである。

　パズズはウィステリアの心の片隅に宿りはしても、身体を奪おうとはせず、その後もウィステリアに主導権をあずけ続けた。パズズの目的が宿主の排除にあるのなら、ありえないことである。

　その事実が意味するところをウィステリアが考えようとしたときだった。

「いやだ！　痛い！　放してッ！」

　甲高い子供の悲鳴がウィステリアに覚醒を強いる。

　カッと目を見開いたウィステリアは、自分が寸前までガーダと戦っていたことを思い出し、とっさにその場ではね起きた。

樹腕《じゅわん》に打ち据えられた腹部が激痛を発したが、奥歯を噛んでその苦痛を耐える。自分はどれだけ意識を失っていたのか、と焦りながらウィステリアは周囲を見渡す。その視界に飛び込んできたのは、先ほどよりもさらに奇怪な変形を遂げたガーダの姿だった。

ガーダはダークエルフとしての姿形《すがたかたち》を失いつつあった。身体のそこかしこから生えた樹腕の数は十を超えており、戦士として鍛えあげられた痩身《そうしん》は太く長く膨れあがって、あたかも木の幹のように節くれだっている。

その姿は、樹木の形をした悪魔の木《エビルツリー》と呼ばれる魔物に酷似していた。

長くうねる樹腕には複数のダークエルフが捕らわれており、その中のひとりに先ほど悲鳴をあげた子供がいた。地面にはテパの他、数人のダークエルフが倒れている。

捕らわれている者も、倒れている者も、悪霊憑きとして隔離区画で暮らしていた者たちだ。異変に気づいて駆けつけてきたところをガーダに襲われたのだろう。

「ガーダ!!」

ウィステリアが声を張り上げると、異形と化したガーダがぐるりと振り向いた。

木の幹にダークエルフの顔だけが埋まっているような不気味な造形を見て、ウィステリアの背に悪寒が走る。直後、キシシシシ、と古木が軋《きし》むような笑い声が耳朶を震わせた。

『なんだ、まだ生きていたのか、ウィステリア。そのしぶとさは流石《さすが》と褒めてやろう』

嘲弄を帯びたガーダの声。先ほどまでは滴り落ちるような敵意がはっきりと感じ取れたが、今のガーダの声音は奇妙に平坦であり、いちじるしく生気に欠ける。まるで植物が無理をして言葉を発しているかのようだった。

「今すぐ皆を放しなさい。あなたの狙いは私なのでしょう」

『笑止。もはや貴様など眼中にない。こやつらの後で食ってやるから、おとなしくそこで待っていろ』

それを聞いたウィステリアは、苦痛以外の理由で奥歯を噛む。

今、ガーダはここにいる同胞たちを斬るではなく、殺すでもなく、食うといった。ガーダにとって悪霊憑きは憎むべき敵に違いないが、だからといって食うという選択肢はありえない。ガーダの心が同源存在《アニマ》たる妖樹に呑まれつつあるのは明白だった。

と、そのとき。

「筆頭剣士《グラディウス》様、助けて！」

ガーダの樹腕に捕らわれていた子供が、ウィステリアに気づいて涙まじりの声をあげる。

その声に真っ先に反応したのは、ウィステリアではなくガーダであった。

『筆頭剣士《グラディウス》とは私のことだ、愚か者が!!』

「ああああああ!!」

胴に巻きついていた樹腕をきつく締めつけられた子供が金切声をあげる。それを見て、ウィステリアはとっさに駆け出した。

ガーダは哄笑を発して、ウィステリアめがけて新たな樹腕を繰り出していく。

一本、二本、三本、四本――不意をつかれた先刻とは異なり、ウィステリアは続けざまの攻撃を的確にさばいていく。長剣で受けとめ、体術で躱《かわ》し、精霊魔術で防ぎ、樹腕が身体に触れることを許さない。

そして、機を見て子供を捕らえている樹腕に痛烈な斬撃を浴びせた。

鉄と鉄がぶつかり合うような擦過音《さつかおん》が響き渡った直後、ごとりと重い音がして、子供を拘束していた樹腕が地面に落ちる。解放された子供が地面に落ち、小さな悲鳴をあげた。

素早く子供をかばうウィステリアに対し、ガーダは舌打ちをしてこれまで以上に攻撃を集中させていく。

ウィステリアはたちまち防戦一方に追い込まれた。先刻のダメージはまだ抜けきっておらず、それどころか時間を追うごとに痛みが強まりつつある。後ろの子供を守るために場所を移すことができない点も不利に働いた。

鞭のように振り回されるガーダの樹腕に阻まれ、攻勢に転じることもできない。

本来、ガーダのような植物型の魔物には炎を使うのが定石なのだが、規模の大きな精霊魔法を使うと他の者たちを巻き込んでしまう。また、上位の精霊魔法はそれだけ精神の集中を必要とするため、激しい攻撃の最中に実行するのは不可能といってよかった。

そもそも、同源存在《アニマ》と半ば同化している今のガーダに火が効くのか、という懸念もある。

懸命に頭を回転させながら、ウィステリアはガーダの攻撃を防ぎ続けた。

3

いつまでも終わらない攻防に、はじめに焦《じ》れたのはガーダだった。

ウィステリアへの攻撃はそのままに、他の悪霊憑きを捕らえていた樹腕《じゆわん》に力を込める。

悪霊憑きたちの顔に、首に、手足に、胴に巻きついていた樹腕が、鉄をもへし折る力でそれぞれの部位を締め上げていく。

悪霊憑きたちの悲鳴が重なりあって隔離区画の木々を震わせた。

それは樹腕の攻撃をしのぎ続けるウィステリアの耳にも届き、かつての筆頭剣士《グラディウス》は唇を引き結ぶ。

それを見たガーダは先刻よりもさらに潤《うるお》いを失った声で笑った。

『この者たちを助けたければ剣を捨てろ、などと言うつもりはない。貴様が何をしようと、こやつらは我の養分となってここで死ぬ。貴様はこやつらに構わず、存分に戦い、存分にあがけばよい』

うそぶきつつ、ガーダはこれみよがしに悪霊憑きを締め上げて、ウィステリアの集中を殺《そ》いでくる。

たとえ剣を捨てたところで、ウィステリアも悪霊憑きも、そして後ろにいる子供も殺されるだけだ。ガーダ自身がそう言明した。

しかし、そうとわかっていても、目の前で同胞が苦しんでいるところを見れば剣の動きは鈍ってしまう。

と、次の瞬間、ウィステリアの真下で地面が盛り上がり、地中から二本の樹腕が出現した。ガーダは複数の樹腕でウィステリアを襲う一方、地中をつたって死角となる足下に攻撃の手を忍ばせていたのである。

「しまッ!?」

真下から伸びてきた樹腕がウィステリアの両足をからめとる。一瞬で動きを封じられたウィステリアを見て、えたりとばかりに他の樹腕が一斉に襲いかかった。両足を拘束されているウィステリアにそれらを避ける術はなく、横殴りの一撃にこめかみを直撃され、視界がぐらりと揺れる。

次いで、ひときわ太い樹腕が剣を持っていた右腕をしたたかに打ち据えた。鈍い音がして手首が折れ、長剣が力なく地面に落ちる。

ガーダが心地よさげに高笑いした。

『キシシシ!　勝負ありだな、ウィステリア。これからたっぷりと時間をかけて、貴様の臓腑を食らってやろう。むろん、他の悪霊憑きも一緒だ。せいぜい苦痛と恐怖をまきちらしながら死んでいけ。そのすべてが、我、アールキングの糧《かて》となる!』

今やガーダの声は抑揚と音程を失って乱れたち、聞き取ることさえ困難になりつつあった。まだかろうじて意味を理解することはできるが、遠からず言葉としての機能を喪失するだろう。

そのことにガーダは気づいていない――いや、気づいていても気にしていないのか。

それが同源存在《アニマ》との同調によるものなのか、それとも同源存在《アニマ》による精神の侵食なのかは不明だが、ガーダは身体だけでなく心までもダークエルフとは別の何かに変貌しつつあった。

その証拠に、ガーダは自らをアールキングと名乗った。そのことが侵食の深度を物語っている。

アールキングとは伝説で語られる悪魔の木《エビルツリー》の最上位種。森に暮らす妖精や、森をおとずれた人間を惑わしては己の領域に誘いこみ、生気を食って成長する妖樹の王。

本来のアールキングは榛《はん》の木《き》と呼ばれる植物であり、痩せた土地でも育つ成長力の強い樹木である。

ただ、他の植物と比べてもあまりに成長が早いため、土以外からも養分を吸収しているのではないか、という疑念が人食い樹の風評を生んだ時代があった。そのとき、多くの榛《はん》の木《き》が伐採され、焼き払われた。アールキングはそのときの精霊たちの悲しみと怒りが凝《こ》りかたまってできた魔物だといわれている。

時にひとつの森を呑み込むほどに強大化することから、エルフやダークエルフはアールキングを魔王と呼んで恐れた。ガーダはこの魔王を同源存在《アニマ》として発現させたのだろう。

するすると伸びてきた四本の樹腕がウィステリアの左右の手足に巻きつき、抵抗する間もなく関節をへし折った。

耳をふさぎたくなる鈍い音が折り重なる。脳天を突き抜けるような激痛にさらされ、たまらずウィステリアは悲鳴をあげた。

ガーダの動きは止まらない。四本の樹腕でウィステリアを拘束したまま宙に吊りあげ、そこを他の樹腕を使って、顔といわず、身体といわず、全身を力まかせに打擲《ちょうちゃく》していく。奴隷を鞭《むち》で打ち据えるかのごとき攻撃。それが命中する都度、皮膚が裂け、血しぶきが飛び、ウィステリアの身体がみるみるうちに朱《あけ》に染まっていく。

とどめとばかりに繰り出された樹腕は、強引にウィステリアの口腔内に入りこむと、そのまま喉をとおって身体の内奥に侵入していった。

あまりの苦痛とおぞましさにウィステリアが叫ぼうとするが、口と喉をふさがれてはそれもできない。くぐもった嗚咽《おえつ》をもらすウィステリアを見て、ガーダは心地よさげに哄笑した。

——その哄笑を、ウィステリアは朦朧《もうろう》とする意識の中で聞いていた。

武器はなく、手足に力も入らない。精霊へ呼びかけようにも口はふさがれており、反撃する術はどこにもない。

死が近づいてくる気配があった。

ウィステリアは何とかガーダの拘束から逃れようともがく。ウィステリアの身体はもうウィステリアひとりのものではない。ソラが協力を承知した条件のひとつはウィステリアの身柄であり、ここで死ねばソラとの約束を反故《ほご》にすることになってしまう。

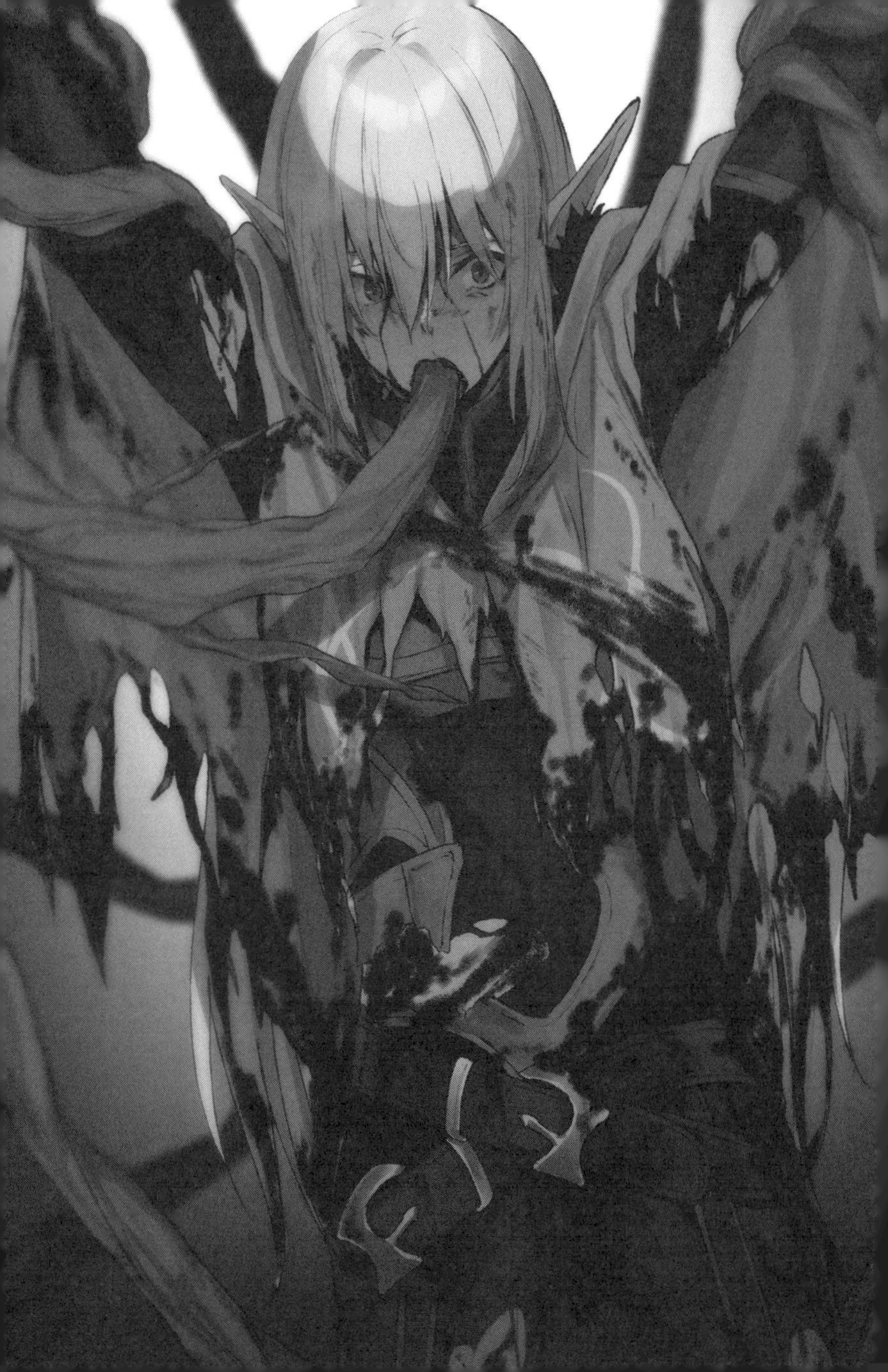

死を前にしたウィステリアの心を占めるのは、死にたくないという思い以上に、自分が忘恩の徒になってしまうという恐怖だった。

だが、その恐怖も拘束を退けるには至らない。そのことをウィステリアは心から申し訳なく思った。そして、後悔する。こんなことなら、さっさとソラに身を捧げていればよかった。そうすれば恩の一端なりと返すことができたであろうに、と。

その間にもガーダの樹腕はウィステリアの身体を内外から激しく痛めつけ、全身で激痛がはじける。

かすむ視界の中で、再びガーダに捕らえられた子供が泣き叫んでいた。せめてあの子だけでも助けたいと思ったが、すでにウィステリアにそれをなすだけの力は残されていない。

「お父さん！　お父さん！」

子供が涙を流しながら父を呼んでいる。薄れゆく意識の中で、ウィステリアはその子供にかつての自分を重ねた。

『お父さん！　お父さん！』

あの夜、母に襲いかかった父を見て、ウィステリアは無我夢中で父の背に飛びつき、直後、強い力で弾き飛ばされた。壁に叩きつけられたウィステリアは、今と同じように朦朧《もうろう》とする意識の中で、目の前の光景を否定した。目の前にいるのが父親であることを否定した。

こんなのは現実ではないと、あんなのは父ではないと。

そうしたら、その恐怖に呼ばれたパズズの声が聞こえてきて――――本当にそうだったろうか？

ウィステリアは、これまで思い出すことを避けていた過去の記憶に手を触れる。

あのとき、パズズの声を聞いたのは間違いない。だが、その前に自分は願ったのではなかったか。


誰か助けて、と。

父の形をした目の前の化け物を倒して、と。


その声に応じてあらわれたのがパズズだった。

ウィステリアの同源存在《アニマ》は恐怖に呼ばれてあらわれたのではない。助けを求めるウィステリアの願いに呼ばれてあらわれたのだ。そして、その願いをかなえてくれた。

先日のソラとの戦いのときもそう。あのとき、ウィステリアはソラを消耗させるために意図してパズズを解き放った――ウィステリアはそのつもりだったが、あれも見方をかえれば、ウィステリアが助けを求め、パズズがそれに応えたことになる。

ここに至って、ウィステリアは先刻の疑問の答えを得た。

パズズはどうして幼いウィステリアの精神を侵し、身体を乗っ取ってしまわなかったのか。

答えは簡単だ。宿主を助けるために同源存在《アニマ》として発現したパズズには、宿主を喰らう意思などはじめからなかったのである。

では、事あるごとにヒィヒィと嘲笑を垂れ流していたのは何のためなのか。

この答えも簡単だった。パズズはウィステリアにとって悪霊でなければならなかった。もし、子供のときに今の答えにたどりついていたら——自分の願いが父親を殺したのだと悟っていたら、きっと幼いウィステリアは壊れていた。

パズズを悪霊だと信じ、それを憎み続けたからこそ、ウィステリアは父母を失ってなお生きる意思を持つことができた。パズズは悪霊として振る舞うことで、ウィステリアの心を守ってくれていたのである。

伝説の魔神がどうしてそのような考えを持つに至ったのかはわからない。だが、ソラもいっていたではないか。どのような同源存在《アニマ》を宿すかは十人十色である、と。ならば、宿主を守ろうとする優しい魔神が同源存在《アニマ》として発現することもありえよう。

——すべては妄想なのかもしれない、とも思う。自分は死を前にして錯乱《さくらん》しているだけなのではないか、と。

だから、確かめてみることにした。

今の考えが正しいか否か、確認することはたやすい。実際にパズズに助けを求めてみればいいのである。

これまでさんざん悪霊として憎み、疎《うと》み、嫌ってきた相手だ。いつものようにあざ笑われて当然だったが、それでもウィステリアは不思議な確信にうながされて魔神に語りかける。どうか私に力を貸してください、と。

返答はあった。ほとんど間をおかずに、まるでウィステリアがその言葉を発するのを待っていたかのように。

――応《おう》。

嘲笑とは違う、短くも明晰《めいせき》な意思を宿した声。それはたしかにウィステリアがあの夜に聞き、これまで記憶の奥底に封じ込めてきた声だった。

4

それは突然の出来事だった。

ウィステリアを縛《いまし》めていたすべての樹腕が、すさまじい衝撃と共に消し飛んだのである。

『があああああ!?』

たまらずガーダの口から絶叫がほとばしる。

樹腕は外観こそ木の枝であるが、実際はガーダの身体の一部であり、痛覚も存在する。それを一度に五本も消し飛ばされたのだ。激痛がガーダの全身を駆け抜けた。

『貴様、ウィステリア、何をした!?』

ガーダの表皮は鋼《はがね》に等しい硬さを秘めている。火や魔法に対する耐性も高く、そんじょそこらの攻撃では傷ひとつ付けられない。先刻、ウィステリアは刃を振るって樹腕を断ち切っていたが、あれはウィステリアの剣の腕と、始祖ラスカリスが魔力を込めた長剣があってはじめて成し得る芸当である。

今、始祖の剣はウィステリアの手を離れて地面に落ちている。その上でガーダはウィステリアの手足を砕き、口をふさいだ。そんな状態にありながら、どのようにして樹腕を消滅せしめたのか。

この問いかけにウィステリアはこたえなかった。

縛《いまし》めから解き放たれて地面に降り立ち、折れたはずの両足でしっかりと立ち上がっている――いや、よく見ればウィステリアの両足はわずかに地面から浮いていた。まるで見えざる何者かに支えられているかのように、ウィステリアの身体は宙で静止している。

一瞬、その何者かに感謝するように微笑を浮かべたウィステリアは、次の瞬間、秀麗な顔に鋭い戦意を満たしてガーダを見据えた。射るようなその眼差しに、先刻までとは違う何かを感じたガーダは、反射的に捕らえていた悪霊憑きを盾にしようとする。

ウィステリアの攻撃がいかなるものであれ、こうしておけば、ウィステリアは先ほどのように同胞を案じて動きを鈍らせるはずだった。

しかし。

「──心装励起《しんそうれいき》」

その計算が通じるのは先刻までの話だということに、ガーダは気づいていない。

聞きおぼえのない言葉と共に、ウィステリアの手に一本の剣があらわれる。

二本の尾がからまりあった柄、獅子の顔が象嵌《ぞうがん》された鍔《つば》、冴え冴えとした輝きを放つ銀の刀身。

見るからに業物《わざもの》の雰囲気を漂わせる長剣は、次のウィステリアの言葉と共にさらなる変化をとげる。

「吹き荒《すさ》べ、風の王《パズズ》！」

ウィステリアが高らかに叫えた瞬間、白銀の刀身が風を帯びた。

ただの風ではない。焼けるような熱を帯びた砂漠の砂が、風と共に刀身を駆け巡っている。

この砂はすさまじい熱量を秘めており、触れるだけで肌が焼け、肉が燃え、骨が溶けるほどだった。今しがた、ガーダの樹腕を一瞬で消滅せしめたのもこの熱砂である。ウィステリアは──いや、パズズは宿主《いまし》を縛める樹腕《じゅわん》に灼熱の砂塵を浴びせることで、瞬きのうちに五本の樹腕を焼却したのだ。

この一事だけで、同源存在《アニマ》としてのパズズの力のほどをうかがい知ることができる。

心装を抜いたウィステリアは集束させた熱砂を鞭のように振るい、悪霊憑きを捕らえているガーダの樹腕を次々に焼き切っていった。自身はその場を動かずに、ただ風を操り、砂を束ねてガーダの身体を殺ぎ落としていったのである。

二十本近く生えていた樹腕がすべて失われるまで、かかった時間はごくわずかだった。

ガーダは愕然とした顔で、もはや樹木そのものと化した己の身体を見下ろす。その視線はウィステリアの心装で焼き斬られた樹腕の傷口に注がれていた。

『馬鹿な、なんだこれは!? なぜ斬れる!? なぜ再生しない!? おのれ、ウィステリア！ 忌々しい女豹《めひょう》めが！ この身は榛《はん》の木《き》の王、黒き森の支配者なるぞ！ その我がどうして貴様ごときに……！』

ぶるぶると身体を震わせながら、ガーダは悲憤の絶叫を響かせる。もはや己と同源存在《アニマ》の区別もつかないのか、しゃべっている内容は支離滅裂だった。

ウィステリアはそんなガーダをしっかと見据えながら、右手をまっすぐに空へと伸ばす。ガーダに打たれた傷がうずいたが、その痛みは意思の力で耐え忍ぶ。

突きあげたウィステリアの右手から、砂塵で形成された長大な刀身がみるみる空へと伸びはじめた。人はもちろんのこと、巨樹さえ一刀で両断できる熱砂の剣。

「せめて、苦しまずに逝《い》きなさい」

そんな手向《たむ》けの言葉と共に、ウィステリアが右手を振り下ろす。

――斬《ざん》、と。そんな音をたてて灼熱の大剣がガーダの身体を真っ二つにした。

身体を左右に断ち割られたガーダは悲鳴をあげることさえできずに絶命し、残った身体は熱砂に包まれてたちまち灰と化していく。

それが隔離区画における戦いの結末だった。


次に目を覚ましたとき、ウィステリアはひとりで寝台に横たわっていた。

ガーダとの戦いの後、自分は気絶してしまったらしいと気づき、慌てて寝台から起きあがろうとする。

だが、驚くほど身体に力が入らない。わずかに浮きあがった上半身はすぐ寝台に逆戻りしてしまう。直後、激痛が全身を走り抜けて、思わず悲鳴をあげそうになった。

涙目で痛みが引くのを待っていたウィステリアは、そこでようやく室内に人の気配があることに気づく。

おそるおそる視線を向けてみると、びっくりしたようにこちらを見ているスズメやルナマリアと目が合った。ふたりの手元には濡れた布が握られており、どうやら汚れたウィステリアの身体を清めてくれていたらしい。よくよく見れば、ガーダとの戦いで傷を負った箇所にはそれぞれ手当てがほどこされている。

「あ、あの、大丈夫、ですか？」

スズメがおっかなびっくりといった体《てい》で声をかけてくる。

ウィステリアは恥ずかしさで顔を赤くしつつ頷《うなず》いた。

「はい、驚かせてしまってすみません。それと、傷の手当てをありがとうございます、スズメ殿。ルナマリア殿もありがとうございます」

ウィステリアはソラの連れであるふたりにも丁寧に接している。ふたりの方も丁寧に「どういたしまして」と返答した。ソラを介して行動を共にするようになって数日たらず。打ち解けるための時間はまだまだ不足している。

ややあって、ウィステリアは事情を聞くために口をひらいた。

「あの、すみませんが状況を教えてください。ガーダは倒したと思うのですが、皆は無事でしょうか？　それと、堕ちた精霊が発生したと思うのですが、皆さんは怪我などなさっていませんか？」

このウィステリアの問いにはルナマリアがこたえた。

「ここで暮らしている方々は大丈夫です。怪我をした方もいらっしゃいますが、命に別状はありません。私とスズメさんも平気です。つけくわえれば、堕ちた精霊はすべて自然に還《かえ》しましたので、そちらも問題ありません」

それを聞いたウィステリアはほっと安堵の息を吐く。はじめから大丈夫だろうとは思っていたが、ただの推測と、実際に話を聞くのとでは安心感がまったく違う。

と、ここでウィステリアはルナマリアがじっと自分を見つめていることに気づく。嫌な視線ではなかったが、食い入るような眼差しが気になって問いかけた。

「何か、私の顔についていますか？」

「いえ、そういうわけではないのですが……」

ルナマリアはわずかに言いよどんでから、静かに言葉をつむぐ。

「心装を会得したのですね、あなたは」

「……わかるのですか？」

「はい。といっても、気づいたのは私ではなくマスターですが」

ルナマリアがマスターと呼ぶ相手はソラしかいない。ここでウィステリアは遅まきながらこの場にソラがいない理由が気になった。

「たしかに私は心装を会得したのだと思います。正直なところ、まだ実感はありませんが……あの、ところでソラ殿はどちらに？」

「マスターはラスカリス殿と共にガーダという方《かた》の家に行っておられます」

「ガーダの……もしや私のせいでしょうか？」

自分がガーダを斬ったことが長老衆の間で問題視され、ソラにまで迷惑をかけてしまったのではないか。ガーダの父は長老衆の中でも有力者のひとりだ。息子の死に黙っているわけがない。

そう思ってウィステリアは慌てたが、ルナマリアはかぶりを振ってウィステリアの推測を否定した。

「いいえ、それは違います。ガーダ殿の家で、同じ氏族の方たちが大勢殺されているのが発見されたのです。それを聞いたマスターは、ご自身の意思でそちらに向かうとおっしゃいました。ですので、あなたが原因というわけではありません」

ご心配なさらずに、と伝えた後、ルナマリアは惨劇の状況を知らせる。

「邸内からは十人以上の亡骸が見つかったとのことで、中には長老衆だったガーダ殿の父親も含まれていたと聞き及んでいます」

それを聞いたウィステリアは息を呑む。そして、ガーダが隔離区画に来るまでに何をしていたのか、直感的に悟った。

さらに問いを重ねようとしたウィステリアだったが、喉《のど》の渇きに耐えかねてけふけふとせき込んでしまう。心得たスズメがすぐに水の入った杯をくれたので、礼を述べて口をつける。

ソラの帰還が伝えられたのは、ちょうどウィステリアがその杯を空にしたときだった。

5

俺が隔離区画に戻ってきたとき、ウィステリアはすでに目を覚ましていた。

出迎えてくれたルナマリアたちからそのことを聞いた俺は、ちょうどよかったと思ってウィステリアのもとをたずねる。

ウィステリアは寝台の上で上半身を起こし、静かに俺を待っていた。ただ、どことなく顔が赤らんでいるように見えて、その点が気になった。

「気分がすぐれないようなら出直すぞ？」

相手の体調を気遣うと、ウィステリアは俺の戸惑いを察したのか、慌てたようにかぶりを振る。

「い、いいえ、大丈夫です。その、少し思うところがありまして……」

「思うところ？」

わけがわからず問い返すと、ウィステリアは何故か頬を染めてうつむいた。

「そ、それについてはまた後ほど……その、それを話す前にソラ殿にお伝えしなければならないことがあるのです！」

えらく力《りき》んだウィステリアが語りはじめたのは、先刻のガーダとの戦いだった。心装を修得した詳細も含まれており、俺は興味深く耳をかたむける。

ルナマリアたちにも伝えたが、ウィステリアが同源存在《アニマ》と同調を果たしたことは、奈落から戻って来た時点で気づいていた。魂の量が一目《ひとめ》見てわかるくらい増大していたからである。

はじめに気づいたとき、俺は思わず感嘆の声をあげてしまった。単純に魂の量だけを見れば、ウィステリアは青林八旗《せいりんはっき》の上席クラスに匹敵する。もともとの剣技に同源存在《アニマ》の力が加われば、そんじょそこらの敵に後れをとることはないと断言できた。

実際、ウィステリアは同源存在《アニマ》に身体を乗っ取られた（と思われる）ガーダを苦もなく撃破している。そのことをウィステリアの口から聞いたとき、俺は笑みを浮かべて手を叩いた。

「高熱を帯びた砂塵を操る力か。怪我が治ったら、ぜひとも手合わせ願いたいところだ」

「喜んで相手をつとめさせていただきます。ソラ殿のご助力がなければ、私はきっと死ぬまでパズズの真意に気づけなかったことでしょう。この御恩には必ず報いる所存です」

そういって微笑んだ後、ウィステリアは表情を真剣なものにあらためる。

「それで、ソラ殿。先ほどルナマリア殿からうかがったのですが、ガーダの父親や氏族の者たちが殺されていたとか」

「ああ。見つかった死体は、剛力で首をへし折られていたり、身体の内側を食われていたり、全身を滅多打ちにされて骨が粉々になっていたりと、どれをとってもひどい有様だった」

ウィステリアは眉根を寄せてたずねてくる。

「やはり、ガーダの仕業でしょうか？」

「今の話を聞くかぎり、そうとしか思えないな」

死因となった負傷は、どれもガーダがウィステリアに繰り出した攻撃と酷似している。犯人はガーダとみて間違いないだろう。

ただ、犯人はガーダに間違いないとしても、犯行にいたった理由がわからなかった。

単純に考えれば、同源存在《アニマ》に呑まれて暴走したのだろう。

しかし、俺の見たかぎり、先日の衆議の時点ではガーダは同源存在《アニマ》を宿していなかった。必然的に同源存在《アニマ》が発現したのは衆議の後ということになるのだが——衆議が終わってまだ数日たらず。

この短期間のうちに突如として同源存在《アニマ》が宿り、統御に失敗し、暴走したというのは、いささか展開が早すぎる気がする。

それにガーダの動きも不自然だった。

同源存在《アニマ》が暴走して父親や氏族の者を手にかけたはずなのに、その後、ガーダはわざわざアンドラの西端にある隔離区画に足を運んでいる。本当に暴走していたのなら、遠く離れた隔離区画ではなく、もっと近くの同胞に襲いかかるのが自然ではないか。

先ほど自分の目で確かめてきたが、ガーダ父子の邸宅はアンドラの中心地にあり、周囲には他の氏族の家が軒《のき》を連ねていた。わざわざ隔離区画まで来ずとも、襲う相手には不自由しなかっただろう。

にもかかわらず、ガーダは近くの同胞を無視して、まっすぐ隔離区画までやってきた。ウィステリアの話では、少なくとも当初はきちんと話が通じたというし、俺と遭遇する危険を避けていた節もあったという。同源存在《アニマ》に身体を奪われたはずなのに、きちんとガーダ個人としての意識を保ち、計算高く行動しているのだ。

こう考えると、暴走説には無理がある。

それならば、ガーダは暴走したのではなく、きちんと同源存在《アニマ》と同調したのだろうか。

だが、この考えにも首をかしげざるをえない。先の衆議において、ガーダはウィステリアが語った内容をまったく認めていなかった。ガーダにとって悪霊は悪霊にすぎず、同源存在《アニマ》などというのは裏切り者が語る妄言にすぎなかったのである。

そんな男がわずか数日で同源存在《アニマ》との同調に至れるとは思えない。なにより、きちんと同調したのなら、父親や氏族の者を手にかける必要はないだろう。

暴走説も、同調説も、それぞれに無理がある。俺はそこに表現しがたい違和感をおぼえていた。なにか得体の知れないものがうごめいている気配がするのである。

ウィステリアによれば、ガーダは大いなる意志に選ばれて神域の力を授けられた、と豪語していたそうだ。ガーダの不可解な動きの裏に、見えざる何者かの存在があった可能性は否定できない。

もしかしたら、それはラスカリスが言うところの神であり、世界なのかもしれない。

俺はそういったことを順を追ってウィステリアに語ってきかせた。神とやらが同源存在《アニマ》や、同源存在《アニマ》を宿した者に働きかける力を持っているなら、心装を修得したウィステリアにとっても他人事ではないからである。

神妙に俺の話に耳をかたむけていたウィステリアが、ゆっくりと口をひらく。

「ソラ殿は、まだ終わっていないとお考えなのですね？」

「俺の予想が当たっていれば、な」

言ってしまえば、実行犯はいなくなっても黒幕は残っている状況である。このまま黒幕が奈落の奥に引っ込んでくれる可能性もあるが、ラスカリスによれば向こうはベヒモスを討たれてお冠《かんむり》のようである。もう一手、何か別の行動を起こす可能性はあるだろう。

「というわけで、そちらも油断しないようにな。ま、すべては俺の考えすぎだった、という可能性もあるわけだけど」

俺はそういって部屋の外に出ようとする。すでにウィステリアの怪我の手当てはすんでおり、俺ができることは何もない。

強いていうなら俺の血を分け与えることもできたが、以前にも述べたように、ベヒモスを倒したことによるレベルアップで俺の血の効力は急激に増していると思われる。気力体力を消耗した今のウィステリアに毒見をさせるわけにはいかなかった。

と、俺が立ち去ろうとしていることに気づいたのか、ウィステリアはどこか焦った様子で声を高めた。

「あ、あの！」

「ん、どうした？」

「いえ、その……そうです！　ソラ殿は堕ちた精霊との戦い、大丈夫だったでしょうか⁉　非常に手ごわい相手だったと思うのですがっ」

なにやら勢いこんでたずねてくるウィステリアの態度を不思議に思いつつ、俺はこくりとうなずいた。

「たしかに厄介な相手だったな。おかげで心装を抜かざるをえなかった」

逆にいえば、心装を抜いた後は特に苦戦せずに蹴散らすことができたわけだが、それについては口にしなかった。

エルフにとって精霊は友に等しいと聞く。いかに堕ちたりとはいえ、精霊は精霊であり、ウィステリアに対して「俺はお前の友を皆殺しにしてやったぞ」などと話すのはいちじるしく配慮に欠けるであろう。

そんな俺の内心に気づいたのか、ウィステリアは優しく微笑んだ。

「流石です」

「お褒めにあずかり光栄だ——それで、何か俺に言いたいことがあるみたいだが？」

明らかに挙動がおかしいウィステリアに確認をとる。思えば、俺がこの部屋に入ってきたときから妙に緊張しているようだった。

ウィステリアは一瞬驚いたような表情を浮かべた後、観念したように目を伏せる。

「……その、わかりましたか？」

「ああ」

これだけ態度に出されれば、俺のような人間にも洞察力が芽吹こうというものである。このところ、ルナマリアやスズメとあれこれ話をしていたから、それも良い方向に働いたかもしれない。

ウィステリアの様子を見るに、さして深刻なことではないと思われるが、気がかりがあるなら早めに伝えてほしいところだ。まあ、俺がウィステリアの身柄をもらいうける条件を考え直してほしい、とかだったら言下に拒絶するけれども。

冗談半分で――その実、相手に釘を刺す意図も込めて――ウィステリアにそう告げると、向こうはびっくりしたように両目を見開き、とんでもないと言わんばかりに勢いよく首を左右に振った。

「そのようなことは考えておりません！　助けを請い、それをかなえていただきながら約定を反故《ほご》にするなど、恥を知らぬ者のおこないです！」

キッと鋭い眼差しを向けてくるウィステリアを見て、俺は自分が失言を口にしたことを悟った。あわてて相手に詫びる。

「すまない、失礼なことをいった」

「い、いえ、私の方こそむきになってしまってすみません」

余計な言い訳をしなかったことが功を奏したのか、ウィステリアはすぐに矛を収めてくれた。そして、何かを決意した面持ちで俺の顔を見上げる。

「実は、先の戦いでガーダに追いつめられ、死を覚悟したときに思ったことがあるのです」

「ふむ？」

何を思ったのだろう、と首をかしげると、ウィステリアは頬を赤らめつつ続けた。

「その……こんなことならさっさとソラ殿に身を捧げていればよかった。そうすれば恩の一端なりと返すことができたのに、と」

その言葉を聞き、相手の表情を見て、それはどういう意味かとたずねるほど俺は鈍感ではなかった。

そして、そんなことをするつもりはないと言って、ここで踵《きびす》を返すほど聖人君子でもなかった。もとより女性であるウィステリアの身柄をもらいうけるというのは、そういう意味を含んでのことである。

まあ俺の場合、根本にあるのは色欲よりも食欲なわけだが、やることは大してかわらない。負傷したウィステリアに無理を強いるような真似は避けねばならないが、魂を喰う分には何の問題もないのだ。

俺はそのことを行動で示すことにした。

静まり返った室内に、風で揺れる木々のざわめきが響きわたる。

窓の外を見れば、奇妙に生暖かい風が森の木々を揺らしていた。

まもなく夜を迎える時刻。アンドラの森は騒動の余韻を残したまま、人間と妖精を夜闇の中に呑み込もうとしていた。

6

ルナマリアはあてがわれた部屋で眠りについていた。もう少し正確にいうと、眠りにつこうと目を閉じていた。

隣の寝台からはすうすうとスズメの寝息が聞こえてくる。できることなら、ルナマリアも鬼人の少女のように夢の国の住人になりたかったが、先刻からいっこうに眠気がおとずれてくれない。むしろ、時間がたつごとに意識は冴え、身体は火照《ほて》り、心は焦燥《しょうそう》に包まれていく。思わず吐き出したため息は、想像以上に耳に響いた。

別段、ルナマリアは病にかかったわけでもなければ、呪いを受けたわけでもない。自分が眠れない理由が何なのか、エルフの賢者はとうの昔に気づいている。

寝返りを打つルナマリアの脳裏に先刻の記憶がよみがえる。なかなか戻ってこないソラのことが気になって様子を見に行ったルナマリアは、ウィステリアの部屋の扉をノックする寸前、室内からもれてくる艶《つや》めいた声に気づいた。

それが何なのか、ルナマリアはすぐに悟る。

ソラが魂喰いと称して女性と同衾《どうきん》することは、さしてめずらしいことではない。ルナマリア自身、日常的にその役目を務めているし、自分以外の女性が役目を務めていることも知っている。

それはたとえばミロスラフであったり、シールであったりしたが、そのときのルナマリアが今のように夜も眠れない状態になったかと問われれば、答えは否である。

ルナマリアがソラのもとにいるのは贖罪《しょくざい》のためであり、それ以外の感情をおぼえてはならない。そう思って常に自制し、平静を保ってきた。

いつものルナマリアであれば、ウィステリアの艶声《つやごえ》を耳にしても寝苦しさにあえぐことはなかったはずだ。

だが、今のルナマリアはそれができない。望みもしないのに先刻の声がよみがえり、室内の情景を想像してしまう。身体が勝手に熱くなり、たとえようもない不安が心を苛《さいな》む。

自分があのダークエルフの剣士を妬《ねた》んでいることを、ルナマリアは認めざるをえなかった。妬《ねた》みは、あるいは恐怖に通じていたかもしれない。

これまでルナマリアの心にはある種の余裕があった。ルナマリアはエルフであり、精霊使いであり、賢者《セージ》である。どれかひとつを持っている者はめずらしくないが、三つすべてを兼ね備えている者はそうそういない。特に、二十年後、三十年後も今とかわらない姿を保っていられる長命種《エルフ》の特徴は、ソラの周囲にいる女性たちには決して持ちえないものだった。それがルナマリアの余裕の源だったのである。

だが、同じ長命種であるウィステリアの参入によって、この余裕は失われてしまった。

しかも、ウィステリアはただ長命種であるというにとどまらず、心装をも修得している。今やウィステリアはすべての面においてルナマリアを上回っているといってよい。

その認識がルナマリアに常にない動揺を与えていた。ルナマリア自身、どうしてここまでと不思議に思うくらい不安がふくれあがり、心臓が早鐘を打つ。息が荒くなって全身に粘つく汗がにじみ出る。

――これはおかしい。

自身の異常を自覚したルナマリアは寝台から起きあがろうとしたが、まるで金縛りにかかったように指一本動かすことができない。

気がつけば視界も闇に覆われており、強制的な眠りにひきずりこまれる。坂道を転げ落ちるようにルナマリアの意識は闇に呑まれていった。


気がついたとき、ルナマリアはひとり暗闇の中に立っていた。

直前まで寝台で横になっていたはずなのに、すでに寝台はなく、それどころか部屋そのものがなくなっている。隣で寝ていたスズメも姿を消していた。

これははたして現実なのか、それとも夢の中なのか、と自問する。

すると、その疑問にこたえるように、眼前に白く輝く人影があらわれた。はじめはおぼろにかすんでいた人影は徐々に輪郭を整えていき、ほどなくしてひとりのエルフの容姿を形《かたち》づくる。

鏡や水面をのぞきこむとき、いつも見る姿。それは間違いなくルナマリアだった。

「ふふ、こんにちは。はじめましてというべきかしらね、ルナマリア」

蕩《とろ》けるような愛嬌をこめて、眼前の自分が語りかけてくる。

ルナマリアは思わず眉根を寄せて相手を睨んだ。これみよがしに媚びを含んだ物言いは、ルナマリアが決してしない類《たぐい》のものである。

「あなたは、誰ですか？」

「私はあなた。あなたは私。私が誰なのか、あなたはもう気づいているでしょう？　あれほど会いたいと望んでいたのですもの。私もあなたに会いたかった。もし私が誰なのかわからないなんて言われたら、ショックのあまりこのまま消えてしまうかもしれなくてよ？」

からかうように、あざけるように、眼前の存在はくすくすと微笑んでいる。その声、その口調、その仕草、すべてがルナマリアの不快感をかきたててきた。

どうしてこれほどまでに嫌悪感が湧きあがるのか、その答えがわからぬままに相手に応じる。

「あなたが私の同源存在《アニマ》であることはわかっています。その上で、あなたは誰かと問うているのです」

「なるほど、自分が宿した力の正体を早く知りたいということね。私がパズズより格上であれば、あなたはあのダークエルフの上に立てる。失った自信を取り戻すことがあなたの望み」

「解釈はご自由に。それで、まだ答えを聞いていませんが、あなたの名を聞くには試練が必要なのですか？」

戦えというなら喜んで相手になる。常になく好戦的になっているルナマリアが相手を睨みつけると、向こうは甲高い笑い声で応じた。

「キャハハハ！　それ、面白そう！　私を従えたくば私を倒してみよってね！　でも、あなたはそれでいいのかしら、ルナマリア？　私に勝てなければ、あなたはいつまでたっても心装を修得することができない。逆に私を倒して心装を修得したとしても、あなたが手にした力はあなた以下の代《しろ》物《もの》でしかない。どちらに転んでも、あなたの望みはかなわないのよ」

矛盾よね、と愉快そうに喉をならす同源存在《アニマ》の姿に、ルナマリアは射るような視線を向ける。

それを見た同源存在《アニマ》は、あら怖い、といってわざとらしく自分の身体を抱きしめ、ルナマリアを見返した。

「ふふ、これ以上からかうと本当に戦いになってしまいそうね」

「あなたはそれを望んでいるようにしか見えません」

「それは誤解よ。私は今すぐあなたと同調しても一向にかまわない。何故といって、私とあなたの望みはまったく同じものだから。この身に愛しき竜の精を浴び、その猛《たけ》き熱に酔いしれる。この願いがかなうなら、私とあなた、どちらが主《しゅ》となり、どちらが従《じゅう》となるかなんてささいなことよ」

自分とうりふたつの顔をした同源存在《アニマ》が、陶然《とうぜん》とした表情で語るのを聞き、ルナマリアはきつく眉根を寄せた。

そして、苦いものを吐き出すようにいう。

「私はそのような望みは――」

「抱いていない、とは言わないわよね、賢者さま？　自分の望みと、それを失うかもしれない恐怖。それを自覚したからこそ、あなたはこうして私の声を聞くことができたのだから」

「それは……」

ルナマリアは苦しげに言いよどむ。たしかに先刻、ウィステリアへの嫉妬を自覚したときから、これまで心の奥に隠してきた卑しい本心に気づいてはいた。

それがわかっているから、ルナマリアは相手の言葉を否定することができない。どれだけ認めたくなくても、心のどこかで相手の言葉が正しいと受けいれてしまっている自分がいる。

それも当然といえば当然のこと。

同源存在《アニマ》とは心の中、魂の奥に棲《す》むもうひとりの自分。いかなるごまかしも欺瞞《ぎまん》もきかない裸の本性。

同源存在《アニマ》を相手に己を偽ることなど出来《でき》はしないのだ。

認めなければならない。眼前の同源存在《アニマ》はもうひとりの自分であり、ひた隠しにしていた本音の具現である、と。それを認めることができて、はじめてルナマリアは心装へ至る一歩を踏み出すことができるのである。

苦渋の表情を浮かべるルナマリアとは対照的に、同源存在《アニマ》は愉快そうに笑っている。

ルナマリアが渋々ながらも同源存在《じぶん》のことを受けいれたことを察したのだろう。同源存在《アニマ》は笑みを浮かべたまま、大仰《おおぎょう》に一礼した。

「それでは、あらためて挨拶しましょう。私は罪人の血を浴びて芽吹《めぶ》く妖《あやか》しの花。殿方《とのがた》の精を飲んで育つ淫蕩《いんとう》の乙女。育てる者に知恵を授け、富を授け、快楽を授ける人食い植物《マンイーター》アルラウネ。これからよろしくお願いするわ、私の半身《ルナマリア》」

7

アルラウネは古い説話の中に登場する妖花の名前である。

断頭台にかけられた罪人の首から流れた血が溜まった場所、あるいは絞首刑で死んだ罪人が死後にもらした尿が溜まった場所から生えるとされている。

特異な魔力を秘めており、魔術や錬金術において重宝されるが、上記の誕生理由から生息しているアルラウネを発見するのは困難であった。仮に発見できたとしても、無理に引き抜けば凄まじい悲鳴をあげて採集者を死に至らしめるとされており、この特徴からマンドラゴラと同一視されることもある。

うまく引き抜いて持ち帰ることができれば、アルラウネは持ち主に対して知恵を授け、秘密を語り、貨幣を増やすなどの利益を与える。また、夜になると美女の姿をとって持ち主の寝台に忍んで来るともいわれていた。

アルラウネに関する伝承を記憶から引っ張り出したルナマリアは、しみじみと思う。

ここまでの同源存在《アニマ》の言動を振り返ってみても、向こうがアルラウネを名乗ることに違和感はない。むしろ、なるほどと納得してしまうくらいに説話と言動が一致している。

自分の同源存在《アニマ》が刑場で咲く妖花にして、夜ごと男性の精を求める淫蕩《いんとう》な魔性である、というのはルナマリアにとって不本意だった。それはもう心の底から不本意だった。

だが、眼前の同源存在《アニマ》が自分の半身であることを受けいれると決めた以上、その不本意な事実とも向き合わねばならない。

それに、せっかくこうして同源存在《アニマ》と言葉を交わす機会を得られたのだから、たずねてみたいこともあった。

「さきほどあなたは言いましたね。私が自分の望みと、それを失うかもしれない恐怖を自覚したからこそ、こうしてあなたの声を聞くことができた、と」

「ええ、たしかに言ったわね」

「それはこの地に龍穴があったこととも関係しているのですか？」

ルナマリアは以前から、龍穴からあふれる魔力こそが同源存在《アニマ》発現の鍵であると考えていた。その正否をアルラウネの口から確認したかったのである。

この問いに対し、アルラウネはおとがいに人差し指をあてて考え込んだ。

「んー、そうね。たしかに同源存在《アニマ》が発現するにおいて、龍穴が鍵となることは多いわ。その意味であなたの推論は間違っていないでしょう。ただし、あなたに関しては龍穴の有無は関係なくてよ」

「関係ない？」

どういうことか、とルナマリアが怪訝そうな顔をする。アルラウネはくすりと微笑んで言葉を続けた。

「人であれ、妖精であれ、定命《じょうみょう》の者が根源の扉を開くためには、生まれ持った容《かたち》を歪めるほどの強い魔力を浴び続けることが一番の近道なの。そして、それだけの魔力を恒常的に生み出すことができるのは、今の世界において龍穴くらいのもの。だから、龍穴こそが同源存在《アニマ》発現の鍵であるというあなたの推論は間違っていない」

そこまでいってから、アルラウネは「けれど」と言葉を続ける。

「必要な魔力量さえ満たせれば、必ずしも龍穴は必要ではない。たとえば、神をも殺す竜の血精を日常的に浴びていれば、龍穴などなくとも同源存在《アニマ》を宿すことはできるでしょう。あなたのように」

相手の言葉の意味を悟ったルナマリアがカッと顔を赤らめる。

アルラウネはおとがいにあてていた指を唇に押し当て、ぺろりと舌でなめあげた。

「結論をいえば、あなたはいつでも私の声を聞くことができたのよ。もっとも、自分の本性に気づかなければ、せっかくの魔力も意味をなさない。あのウィステリアというダークエルフに感謝なさい。彼女がいなければ、あなたはきっとこれからも私の声を聞くことができず、必要もない龍穴を延々と調べ続ける羽目になっていたでしょうから」

「その助言はありがたくもらっておきましょう。それで本題ですが、あなたは先ほど自分の望みがかなうなら、私とあなた、どちらが主であり、どちらが従であるかはささいなことだと言いました。

ですが、何もせずに心装として私に力を貸す気はないのでしょう？」

それを聞いたアルラウネは喉を鳴らして嬉しげに応じる。

「さすがによくわかっているわね。ささいなことではあるけれど、なおざりにしてよいことではない。そうね、こういうのはどう？　心装としてあなたに力を貸してあげるかわりに、夜の務めは私にゆず――」

「お断りします」

相手に最後までいわせることなく、ルナマリアが拒否の意思を示す。

アルラウネは思わずという感じで苦笑した。

「即答とはまさにこのこと。それでは交渉にもならないのではなくて？」

「譲れない部分を譲れと求めるのは交渉とは呼びません。あなたという同源存在《アニマ》を宿した私が、そこを交渉の材料にするはずがないでしょう」

「ふふ、なるほど、それはたしかにそのとおり。どうやら、この短い間にあなたもずいぶんと欲望に素直になったようで喜ばしいかぎりだわ。それなら、こうしましょうか」

アルラウネがパチンと指をはじくと、不意にルナマリアの視界から同源存在《アニマ》の姿が消えた。かわって、暗闇に包まれていた周囲が急速に色彩を取り戻していく。

気づいたとき、ルナマリアは廊下を歩いていた。こつこつと律動的な音をたてながら、ルナマリアは歩を進めていく。つい先ほどまで寝台で横になっていたはずなのに、いったいいつの間に部屋を出たのだろう。

不思議に思いながら足を止めようとしたルナマリアだったが、足は持ち主の意思に反して一向に止まってくれない。

慌てて手を動かそうと試みたが、結果は変わらなかった。口も同じで、うめき声ひとつ発することができない。

まるで自分の身体が、自分以外の誰かに乗っ取られたようだ――そう思ったとき、ルナマリアは遅まきながら異変の元凶に気がついた。

と、ルナマリアがその答えに至るのを待っていたかのように、頭の中にアルラウネの声が響きわたる。

『そう、これは私の仕業。ふふ、悪いようにはしないから、少しの間、そこで見ていてちょうだい』

そういうと、アルラウネはルナマリアの抗議の声を聞き流してさらに進んでいった。

その足が止まったのは、案の定というべきか、ソラの部屋の前である。

こんこん、こん、という控えめなノックの仕方はルナマリアのやり方とそっくりであり、ルナマリアは内心で歯噛みする。アルラウネがルナマリアになりすまそうとしていることは明白だった。

その推測どおり、次にアルラウネの口から発されたのは、普段のルナマリアとまったく同じソラへの呼びかけだった。

「マスター、夜分おそくに申し訳ありません。少しお時間をいただきたいのですが、よろしいでしょうか？」

ややあって扉がひらかれ、ソラが顔を出す。どうやらウィステリアの部屋からは早めに戻っていたらしい。

ソラは扉の前に立つアルラウネにいぶかしげな目を向けつつ、ゆっくりと口をひらいた。

「別にかまわないが、急を要することか？」

「いいえ。ですが、なるべく早くお伝えしたいことではあります」

「ふむ？　よくわからないが、まあ話は聞こう」

ソラはそういってアルラウネを部屋の中に招じ入れる。

隔離区画の建物は悪霊憑きのために建てられたものであり、部屋はお世辞にも広いとはいえない。

ソラはアルラウネにひとつしかない椅子をすすめると、自身は寝台の端に腰かけた。

「それで、話というのは？」

その問いにアルラウネは答えなかった——言葉にしては。

椅子から立ち上がり、その場でゆっくりとチュニックの紐《ひも》を解いていく。

ルナマリアはアンドラに来てからというもの、危急にそなえて寝るときも夜着ではなく普段使いのチュニックを着ている。ただ、さすがに服の下に防具を着込んだりはしていない。チュニックを脱いでしまえば、後に残るのはわずかな肌着に守られた裸身だけだった。

「マスター。私はウィステリアさんに負けたくありません。なんでもいたしますので、どうか可愛がってくださいませ」

頰を赤らめ、身体を火照らせ、したたり落ちんばかりの媚びを声に乗せて、アルラウネはソラの前に己をさらした。

豊満な胸を強調するように組んだ腕で乳房を押し上げ、腰を淫靡《いんび》に揺らし、濡れた舌でそっと唇をなめる仕草はいやおうなく男性の劣情をかきたてる。ルナマリアには逆立ちしても真似できないことである。

おそらく、アルラウネは実際に閨房《けいぼう》の術でソラを満足させることで、ルナマリアよりも己の方が同衾《どうきん》相手として優れている、と証明するつもりなのだろう。

ソラのため、という手札はルナマリアから譲歩を引き出すための有効な手段である。

アルラウネの意図を察したルナマリアはとっさに声をあげようとしたが、やはり口は思い通りに動いてくれない。視界の中でソラが口をひらくのを見て、ルナマリアは我知らず目を閉じようとする。

ソラが自分の姿をしたアルラウネを求めるところなど死んでも見たくなかった。

だが、今のルナマリアには目を閉じる自由さえない。アルラウネとしても、ルナマリアに己の勝利を誇示する絶好の機会である。視線をソラの口にあわせて、強制的にルナマリアにソラの姿を見せつける。

そんなふたりに見つめられながら、ソラは静かに口をひらいた。

「お断りだ」


聞き違いようのない拒絶の言葉。

それを聞いたアルラウネは思わず、え、と驚きの声をあげてしまう。

「な、何故でしょうか、マスター？」

「何故もなにも、俺には名前も知らないやつの相手をする趣味はない。それだけだ」

いうや、ソラはそれまでとはうってかわって鋭い視線で眼前のアルラウネを見据えた。

その迫力にアルラウネはびくりと身体を震わせる。

「おまえがルナマリアでないことはわかっている。かといって、化けているにしては精巧すぎる。魂の量から察するに、お前はルナマリアの同源存在《アニマ》だな？　名乗れ」

アルラウネを見据えるソラの双眸《そうぼう》には刃を思わせる勁烈な光がきらめき、へたにごまかしたり、とぼけたりすれば、次の瞬間、心装の一刀で斬り捨てられるだろう。アルラウネはいやおうなしにそのことを悟った。

思わず居住まいを正し、神妙に応じる。

「……アルラウネ。それが私の名です」

初回版限定
封入
購入者特典

特別書き下ろし。

スズメの得意料理

※『反逆のソウルイーター　～弱者は不要といわれて剣聖（父）に追放されました～ 6』をお読みになったあとにご覧ください。

EARTH STAR NOVEL

スズメの得意料理

その日の朝――というのはダークエルフがベルカを襲撃した翌朝のことであるが、スズメはまだ夜も明けやらぬ時刻から宿の厨房に立っていた。

その手にはよく手入れされた包丁が握られており、鏡のような光沢を放っている。

トン、トン、ト、トン、と多少の拙《つたな》さを見せながらも丁寧に野菜を刻んでいくスズメ。自分の腕前をよくわきまえ、早さよりも丁寧さを心掛けた切り方を見た宿の料理人は、この分ならうっかり指を切り落とすことはないだろうと考え、自分の作業にとりかかった。

スズメとは比べ物にならない手際の良さでテキパキと下ごしらえを進めながら、料理人はぼやくように言う。

「しっかし、悪いなあ。お客に朝の仕込みを手伝わせちまって」

「いえ、私から頼んだことでもありますので、気になさらないでください」

スズメは真剣な表情で包丁を扱いつつ相手に応じる。その言葉どおり、はじめに厨房を訪れたのはスズメの方であり、その目的はソラのための食事を用意することだった。

どういうことかと言うと。

ソラは先夜の襲撃からまだ戻ってきておらず、スズメはそのことに不安を募らせていた。その一方で、ただ心配するだけではこれまでの自分と何もかわらない、とも思っていた。無理をいってベルカに同行させてもらった以上、自分なりに頭をひねり、ソラのため、クランのために行動しなければならない。

そうしてあれこれ考えた末にスズメが出した結論

が、ソラが戻ってきたときのために食事を用意しておくこと、というものだった。

スズメにとって問題だったのは、泊まっている宿がベルカでも有数の高級宿だったことである。このレベルの宿になると、厨房は専門の料理人たちによってしっかり管理されている。平時であれば、厨房を貸してほしいというスズメの頼みは丁重に断られていただろう。

だが、幸か不幸か、現在ベルカは非常事態の真っ只中だった。魔物の咆哮が一晩中轟きわたった翌朝ということもあり、厨房にいるのは料理長のみ。やむなくひとりで朝食の仕込みをしていた料理長は、仕込みの手伝いを条件にスズメの頼みを引き受けた――というのがここに至る顚末《てんまつ》であった。

ティティスの森で暮らしていたころ、スズメにとって食事とは腹を満たすための行為であり、味を気にしたことはなかった。焼くときは焦げるまで焼き、焦げ目をそぎおとしてから食べる。煮込むときは鍋の中身がドロドロに溶けるまで煮込み、喉に流し込む。

ひとり暮らしだったスズメにとっては、ほんの数日の体調不良も命とりになる。上記の料理法は身体を壊さないために必要なことだったのである。

その後、イシュカに移住したスズメは、シールやルナマリアの手伝いをしながら包丁の扱いなどの手ほどきをしてもらった。セーラ司祭が来てからは、やはりその手伝いをしながら料理のコツを教えてもらった。

それらの教えは着実にスズメの中に根を下ろしており、スズメは無事に料理長から求められた仕事を完遂する。窮地を救われた料理長はスズメに感謝し、余った食材の一部を無料で譲ってくれた。その上、貴重であるはずの香辛料まで使わせてくれるという。

ただ、一口に香辛料といっても種類が多いし、中には香辛料の風味が嫌いな人もいる。料理長はスズメに問いを向けた。

「お前さんの連れはどういう味が好みなんだ？」

「ええと、そうですね、なんでも美味しそうに食べる人なんですが……あ、昨日『砂とかげ亭』というところで食べた串焼きはすごく美味しいと言ってました！」

「『砂とかげ亭』か。あそこの味付けが好みってことは、濃いめで甘辛くしておけば外れないだろう」

そういった料理長がスズメに勧めたのはパン料理だった。切り分けた薫製《くんせい》肉と刻んだ野菜に甘辛ダレをかけ、それをパンの中に挟み込むのだ。こうしておけば、ナイフやフォークを使わずに手軽に食事を済ますことができる。これはベルカにおいて、食事に時間をかけられない冒険者や労働者が好む料理であった。

もちろんスズメに否やはない。こくこくとうなずいて了承するスズメを見て、料理長はパチンと手を叩く。

「決まりだな。食糧庫に砂とかげの薫製肉があったはずだ。ちょっと待っててくれ」

料理長はスズメの働きへの感謝を込めて真剣に食材を選び、丁寧に作り方を指導してくれた。

結果から言えば、プロの指示に従って完成させた料理はソラからおおいに喜ばれ、スズメは喜びと安堵で胸をなでおろすことになる。

つけくわえれば、このとき料理長から教わった知識――特に香辛料を用いた甘辛ダレは、後にスズメの得意料理の中核となり、ソラからたびたび激賞されることになるのだが、さすがにこの時のスズメにそこまで予期することはできなかった。

「ではアルラウネ。ルナマリアは無事か？」

間髪を容《い》れずに突きつけられる第二の問い。これに対しても、事実以外で応じれば即座に斬られることがわかった。

「はい。今このときも私とあなたの声を聞き、姿を見ています」

「――そうか」

嘘ではないと判断したのだろう、ここでようやくソラの声から殺気が消える。

アルラウネにしてみれば、首筋に突きつけられていた刃が外れたようなものである。我知らず、胸をおさえて安堵の息を吐いていた。

8

その後、ソラに服を着させられたアルラウネは今に至る経緯を説明した。

すべてを聞き終えたソラはあきれた様子でぼりぼりと頭をかく。

「どんな同源存在《アニマ》を宿すかは十人十色《じゆうにんといろ》。そのことはわきまえているつもりだったが、男に選ばれるかどうかを同調の条件にする同源存在《アニマ》がいるとは思わなかった」

「相手が並の男性であれば、このような条件はもうけません。マスターがマスターであればこそ、私はそうしたのです。神殺しの竜を宿せし御方」

アルラウネが濡れた瞳で応じると、ソラは興味なさそうにうなずいた。

「意図はどうあれ、お前は賭けに負けたんだ。おとなしくルナマリアに従え。まあ、ルナマリアの半身であるお前が、今になって条件を反故《ほご》にするとは思わないけどな」

「まあ。信じていただけて光栄ですわ」

「信じているのはお前ではなくルナマリアだが……いや、同源存在《アニマ》がもうひとりの自分ということは、一周まわってお前を信じていることになるのか？　ややこしいな」

ソラにしても、ここまでぺらぺらしゃべる同源存在《アニマ》を相手にするのは初めてのこと。いつもと勝手が違うのは否定できなかった。

むろん、だからといって話の主導権を渡したりはしない。続いて投げかけられたアルラウネの誘いは言下に拒絶した。

「それがおわかりならば、一度で結構ですので、私にもお情けをいただきたく――」

「断る、といったはずだ」

ソラの声音に再び冬の気配が宿る。

アルラウネはひっと小さな悲鳴をもらし、慌てて頭を垂れた。だが、ここで口をつぐめばアルラウネとしてソラと語る機会は永くおとずれないだろう。

先刻、ルナマリアに語ったとおり、そうなったとしてもそれはそれでかまわない。竜の精を浴びることができるなら、それが宿主《ルナマリア》経由であるか否かはささいなことである。

だが、どうせならアルラウネ自身としてソラと交わりたいという思いがあるのも事実だった。

「ルナマリアを騙《かた》って御身に触れようとしたことは謝罪いたします。お怒りはごもっともと存じますが、これは御身にも利があることなのです。この身は同源存在《アニマ》であり、ルナマリアを介するよりも効率よく魂を喰らうことができるでしょう。代わりに御身の血精をいただけるなら、幾日でもお相手することができます。くわえて、私は御身に多くの知識と富をお授けすることも――」

アルラウネは懸命に言い募るが、どれだけ言葉を重ねてもソラの表情は動かない。その表情こそが千言万語を費やすよりも雄弁にソラの内心を物語っていた。

それに気づいたアルラウネは残念そうに肩を落とす。そして、どうあっても自分の願いはかなわないと悟り、あーあ、とぼやきながら両手を突き上げて大きく伸びをした。口調も先ほどルナマリアと話していたときのものに戻る。

「ちぇ、良い機会だと思ったんだけどな」

「なんだ、それが素か？」

「そういうこと。あなたに気に入られるには、ルナマリアみたいにおしとやかに振る舞った方がいいと思ったんだけど」

失敗したわ、と舌を出すアルラウネを見て、ソラは苦笑する。

「おしとやかなやつは、いきなり男の前で服を脱いだりしないだろうに。ま、しとやかで清楚な人に惹かれるのは事実だがね」

「あら、それなら私のように淫蕩《いんとう》な本性を持つルナマリアは、好みから外れてしまうのかしら？」

「いいや、むしろその逆だな」

ソラの返答を聞いたアルラウネが不思議そうに首をかしげる。

ソラは別段力を込めるでもなく、常とかわらぬ口調で続けた。

「俺のいうしとやかとか清楚とかは、その人がこれまで生きてきた中で練りあげてきた人格のことだ。おまえのいう本性とやらは、出発点がどちらだったのかを示しているにすぎない。淫蕩な本性を持ちながら、自分を律して欲におぼれなかったルナマリアは称賛されてしかるべきだろうさ」

「そしてあなたは、そういう女性を自分の手で淫らに喘がせることに男としての欲望を感じるわけね？」

「そうだな。ま、否定はしない」

あっさりと認めるソラを見て、アルラウネはなるほどなるほどとうなずく。

そして、お手上げだ、というように両手をあげた。

「つまるところ、はじめっから私が割り込む余地はなかったということね。残念ではあるけれど、ルナマリアがあなたの嗜好《しこう》に刺さっていることがわかっただけでもよしとしましょう。あの子は私であり、私はあの子。あの子が愛されているとき、私もまた愛されているのだから」

「そう思うなら、はじめから素直にルナマリアに力を貸しておけ」

「ふふ、それはそれ、これはこれよ」

アルラウネはくすりと笑った後、不意に表情を真剣なものにあらためた。

そして、ゆっくりと口をひらく。

「マスター。こうしてじかにお話しすることができて楽しかったわ。そのお礼というわけではないけれど、ひとつ助言をさせてちょうだいな。今、この地にはあなたへの強い敵意が渦を巻いている。それは幻想種を葬ったあなたへの敵意であると同時に、あなたの中に宿る神殺しの竜に向けられた敵意でもあるの。そして、この敵意は共鳴する」

「共鳴？」

「あなたがこの地に留まれば、あの哀れなダークエルフのように世界の敵意に引きずられてしまう者もあらわれるでしょう。できるだけ早く、この地から離れることをおすすめするわ」

アルラウネの言葉は、先だってのラスカリスの言葉をソラに想起させた。ベヒモスを倒されてお冠《かんむり》だ、といっていたあの言葉を。

ソラは素直にわかったとうなずく。

「助言、感謝する」

「どういたしまして。それじゃあ、そろそろ私は引っ込むことにするわ。ルナマリアのことを大切にしてあげてね、マスター。そして、できることならもう少し信じてあげて。私を宿すほどにあなたに恋焦《こいこ》がれ、世界の敵意に微塵《みじん》も染まらなかったあの子のことを」

そう口にすると、アルラウネは椅子に座ったまま目を閉じる。

――数秒後、夢からさめたようにぱちっと目を見開いたエルフは、困惑と焦慮と羞恥がまざりあった表情を浮かべてソラを見る。その顔は間違いなくソラのよく知るルナマリアのものだった。

「マ、マスター！　あの、今のは、今までのは、その……違うのです！　いえ、違わないのですが、ええと、ええとぉ！」

ソラがかつて見たことのないレベルで狼狽《ろうばい》したルナマリアは、あわあわと両手を振って慌てふためいている。

そんなエルフの賢者を見て、ソラはばつが悪そうにぽりぽりと頬をかいた。

その心底には、当人が関与できないところで相手の本音を知ってしまったばつの悪さがある。ソラがルナマリアの立場でも平静を保つことは難しいだろう。

ここは真面目な話をすることで互いの決まり悪さを相殺《そうさい》するべきだ。ソラはそう判断した。

「ルナマリア」

「は、はい！」

「言いたいことはいくらでもあると思うし、それは俺も同じなんだが、その前に確認しておきたい――心装は出せそうか？」

その問いを向けられるや、ルナマリアはすぐにソラの意図を察したようだった。ハッと表情をあらためると、何かを確かめるように胸に手を当て、数秒のあいだ沈黙する。

ややあって、ルナマリアは澄んだ青色の双眸をソラに向け、しっかりとうなずいた。

「出せます、マスター」

「そうか。それならどれほどの力があるのか、ぜひ確かめておきたいな」

「かしこまりました。ここでは他の方々の迷惑になってしまいますので外に出ましょう。よろしいですか？」

「ああ、わかった」

もともと隔離区画はアンドラの西端にあるため、周囲にダークエルフの住居は存在しない。鬱蒼《うっそう》と広がるアンドラの森をかきわけて手ごろな場所を見つけたふたりは、さっそく行動に移った。

「不思議なものです。マスターに置いていかれるのが嫌で、ずっとこの力を探し求めていたというのに、こうして手にしてみると、まるで生まれてからずっと持っていたような気持ちになる——マスター、参ります」

「ああ」

ソラの声に応じて、ルナマリアは自らの心装を顕現させた。

「心装励起《しんそうれいき》——吸い尽くせ、アルラウネ」

ルナマリアが静かに抜刀の文言を紡ぐや、エルフの賢者からむせかえるほどに濃密な魔力が立ちのぼった。それはたちまちルナマリアの手の中で集束し、一張《いっちょう》の弓を形づくる。

あらわれたのは弓幹《ゆがら》の長さがルナマリアの身長ほどもある長弓だった。

漆を塗ったように黒々と光る弓幹《ゆがら》。鮮やかな紅色が映える弓柄《ゆづか》。装飾らしい装飾はほどこされておらず、唯一、鳥打と呼ばれる弓幹《ゆがら》の上部に一輪の赤い花が巻きついている。

妖花の心装と聞いて思い浮かべるような禍々《まがまが》しさは少しも感じられず、無骨なまでに実用一点張りの仕様になっていた。

ただ、簡素な外見とは裏腹に、内包する魔力は心装の名に恥じない強大なもので、ソラは思わず舌なめずりをしてしまう。

「矢はどうなってる？」

「こちらに」

ルナマリアが短く応じると、弓があらわれたときと同じように空中から一本の矢があらわれ、ルナマリアの手に握られた。

「勁《けい》が尽きないかぎりは撃ち放題か」

「はい。アルラウネによれば、この矢は傷口に素早く根を下ろし、相手の生気を吸い取る力があるとのことです。根には毒が含まれており、無理に引き抜こうとすれば大変なことになる、とも言っていました」

「寄生に吸収に毒か。またずいぶんとえげつない能力だな」

ソラが感心したようにうなずくと、ルナマリアはどこか困ったような表情で説明を続ける。

「それとですね、マスター」

「む？」

「どうやら私が心装で生気を吸い取れば吸い取るほど、この赤い花が成長していくようで――これが大輪の花を咲かせたとき、アルラウネの力も最大になるそうです」

それを聞いたソラは愉快そうに手を叩いた。

「抜刀状態の先があるということか。めずらしい型《タイプ》の心装だな。そう聞くと実際に見てみたくなるが、毒があるとなると、ためしに俺の生気を吸ってみるというわけにもいかないか」

「そうですね。私としましても、マスターを試射の標的にするのはお許し願いたいところです。その間に幻想種なり堕ちた精霊なりが出現したら目もあてられません」

そう言うと、ルナマリアは顕現させた心装を静かに納《おさ》めた。このまま心装を出しっぱなしにしていると、本当にソラが「やっぱり試してみよう」などと言い出しかねない、と危惧したのだろう。

ソラはそのことを察したが、自分ならばやりかねないと思い、苦笑するだけですませた。

その後、ふたりはそろって来た道を戻り、それぞれの寝室に引き取ったのだが、ふたりが寝室に戻るまでに多少の時間がかかった。その理由について語る必要はないだろう。

気がつけば、先ほどまでアンドラの森に吹きつけていた生暖かい風はやんでおり、かわって、かすかな冷気をともなった夜風が優しく木々を揺らしている。

ソラたちがアンドラに着いてから最も多事多端だった一日は、こうして終わりを告げた。

第四章　鷹の贈り物

1

ウィステリアとルナマリア、ふたりの妖精族が心装を修得した二日後、俺たちはベルカへの帰途についた。

早くこの地を離れるべき、というアルラウネの助言に従った格好である。

アンドラでは堕ちた精霊の出現や、新しく筆頭剣士《グラディウス》に任じられたガーダの死、そして長老衆の有力者であったガーダの父親が殺害されたことによる混乱が続いていたが、これについて俺たちにできることは何もない。

俺とスズメ、ルナマリアは部外者であるし、ウィステリアは追放刑に処された罪人だ。へたに関わろうとすれば、余計に混乱を助長してしまう。それもあって、俺たちは早々にアンドラを離れたのである。ラスカリスからは特に何もいわれなかった。

なお、心装を修得した翌日ではなく二日後に発ったのは、ウィステリアの怪我の回復を待ったからであった。四肢の関節を砕かれた者が二日で歩行に支障がないレベルまで快復したのは、俺の血入りの回復薬の効果もあったろうが、心装を修得したことでウィステリア自身の治癒力が増したからだと思われる。

ともあれ、俺たちはアンドラを出てカタラン砂漠に入った。砂漠を渡る方法は砂ソリを用いる。ソリというのは雪の上を走るあのソリのことで、ダークエルフたちはさして大きくもないソリに風の精霊をまとわせ、その上に器用に立って砂漠を高速で疾走するのである。

この移動方法はリドリスからアンドラに向かうときにも用いられた。ルナマリアは早い段階で砂ソリのコツをつかんでいたが、俺やスズメはそもそも精霊を使役することができないので、勁《けい》によ る空中歩法で乗り切った。もちろんスズメは俺が背負ったのだが、高速で走る俺の背で楽しげに声をあげるスズメはたいそう可愛かったと付記しておく。

こうして俺たちは一路ベルカに向かったわけだが、ベルカに戻るにおいて、はじめに決めておかなければならないことがあった。ウィステリアの扱いをどうするか、である。

ウィステリアはダークエルフの指揮官として今回の侵攻を指揮した身だ。その指揮官が今後俺の下で行動すると知られれば、どうあっても反発は避けられない。

ウィステリアのことを隠すのか、明かすのか。明かすなら、どのタイミングで、誰に対して、どこまで明かすのか、そのあたりのことを決めておく必要があった。

これまでも折に触れて考えてはいたが、まずダークエルフ側で話を進めてから決めようと思っていたので、まだはっきりした結論は出していなかったのである。

アンドラでラスカリスはこれ以上の侵攻は企図《きと》していないと明言した。これについては偽りの可能性もあるが、前述したように今アンドラはかなり混乱しているため、早期の侵攻再開はないと断言できる。

それを踏まえて、今後ウィステリアをどうするかであるが――まず「隠す」という選択肢は真っ先に排除した。

これは単純に不可能だからである。先だってベルカに滞在していたときのように、一時的に宿にかくまう程度なら何とかなる。だが、俺はウィステリアをイシュカの自邸に招き入れるつもりであり、その状況で何年もの間、ウィステリアの存在を隠しとおせるとは到底思えなかった。

隠せば隠すほど知りたがるのが人というもの。秘密は遠からず明るみに出るだろう。そうなったとき、ウィステリアの存在を隠していたこと自体が俺の弱みになってしまう。そのときになってどれだけ正当性を主張しても、最初に隠していた事実が枷《かせ》になって、誰も俺の話に耳をかたむけてはくれないだろう。

それに、ウィステリアの存在を隠すということは、ウィステリアに対して人目をはばかる生活を強いるということである。これはどう考えてもよろしくなかった。

俺は同格の稽古相手が欲しい、同源存在《アニマ》を持つ供給役が欲しいという私的な理由でウィステリアを欲し、その望みをかなえた。である以上、それにともなう問題に対処するのは俺の責任であろう。ウィステリアには極力負担をかけたくない。

そう考えていくと、隠すというのはやはり悪手だった。物事ははじめが肝心。ここは堂々とウィステリアを『血煙《ちけむり》の剣』に迎え入れることにしよう。ダークエルフを憎む各勢力の反発は避けられないが、そこは粘り強く対話を重ねていくしかあるまい。結果としてそれらの勢力と敵対することになったとしても、それはそれで仕方ない――遠くにそびえたつベルカの城壁を眺めながら、俺はそう考えを定めた。

間もなく足元の砂が少なくなってきたので、俺たちはそれぞれ移動手段を徒歩へと切り替える。と、そのとき。

「マスター」

隣を歩いていたルナマリアが真剣な顔で話しかけてきた。どうした、とたずねると、エルフの賢者は強い意思を感じさせる口調で言葉を続ける。

「以前にも申し上げましたが、リドリスの同胞との話し合いは私がお引き受けいたします。ダークエルフを、ひいてはウィステリアさんを最も憎んでいるのは彼らです。逆にいえば、彼らにウィステリアさんのことを認めさせてしまえば、他の方々との話し合いを楽に進めることができるでしょう」

ルナマリアは綺麗に俺の内心を見通した上で、いちばんの難題を引き受ける、と申し出てきた。

俺はかすかに眉根を寄せてルナマリアを見やる。

「それはそのとおりだが、リドリスのエルフたちはまず納得しないぞ？」

先の侵攻では多くのエルフが殺された。身内を殺されたエルフたちを説得するのは一筋縄ではいかないだろう。そもそも説得できる可能性なんぞ残っていない、という気もする。俺が彼らの立場であれば、ウィステリアはもちろんのこと、ウィステリアの肩を持つ者も許さない。肩を持つ理由が私欲ならば尚《なお》のことだ。

アンドラに向かう前、リドリスの族長にはできるかぎり恩を売っておいたが、それを考慮してもエルフたちとの話し合いは決裂に終わる可能性が高い。へたをすれば、その場で戦闘になるかもしれない。そんな役目をルナマリアに任せるのは、さすがに無責任が過ぎる。

俺はそう思い、実際にルナマリアにもそう言ったのだが、エルフの賢者はすべて承知しているというように穏やかに微笑んだ。

「だからこそ、お任せいただきたいのです。このようなときでなければ、私は本当の意味でマスターのお役に立つことはできないでしょうから」

「そんなことはないと思うが」

その返答はおためごかしではなく、俺の素直な気持ちだった。仮にルナマリアがアンドラで心装を修得していなくても、俺は同じ言葉を使っただろう。

そのことを感じ取ったのか、ルナマリアは嬉しそうに微笑んだが、それでも自らの主張は譲らなかった。

「マスター。出過ぎたことを、と叱責されてしまうかもしれませんが、カティアさんのこともあります。任せられるところは他人に任せてしまいませんと、身体がいくつあっても足りませんよ？」

思いのほかグイグイと踏み込んでくるルナマリアに、俺は若干気圧《けお》される。

心装を修得してからというもの、ルナマリアからこれまでのような焦燥を感じることはなくなった。それにともなって言動にも以前の落ち着きが戻ってきていたが、少しだけ以前と異なる点もある。

積極性が増しているのだ。必要以上の遠慮をしなくなった、と表現してもいいかもしれない。

今のように、必要とあらば俺に対してもどんどん踏み込んでくる。これまではあまり関わろうとしなかったウィステリアとも頻繁に言葉を交わし、何やらふたりで相談していることもあった。

その変化を一皮むけたと評すべきか、俺に本性を知られて開き直ったと評すべきかはわからないが、いずれにせよ、ルナマリアがこれまで以上に俺の役に立とうとしていることは間違いない。

それは俺にとっても喜ばしいことだ。さすがにリドリスとの話し合いをルナマリアひとりに押しつけるつもりはないが、同席してもらう分には問題ないだろう。俺はそう結論した。

「わかった。そういうことなら、リドリスの族長に会いにいくときは一緒に来てもらおう」

「かしこまりました。必ずお役に立ってご覧に入れます」

リドリスとの交渉を任せてほしい、という向こうの要望には応じなかった形になるが、ルナマリアは不満を見せず、反論もせず、丁寧に頭を下げて俺の決定を受けいれる。これ以上踏み込めば俺が機嫌を損ねる、と正確に見切ったのかもしれない。

――なんだかルナマリアの姿が以前より大きく見えるのだが、これははたして気のせいなりや否や。

俺はルナマリアの変化に戸惑いと頼もしさを同時におぼえつつ、城門に向かって歩き続けた。

「おや、君は――いや、あなたは竜殺し殿ではないですか」

城門にやってきた俺に声をかけてきたのは、顔の下半分を濃いひげで覆った強面《こわもて》の衛兵だった。

この衛兵、俺たちがベルカにやってきたときに出迎えてくれた人物であり、ダークエルフの襲撃があった夜にも少しだけ顔を合わせている。

こうして会えたのは三度目の偶然――というわけではなく、意図した結果だった。俺はこの衛兵に会うために、わざわざ砂漠に面した西の城門ではなく、反対側の東の城門にやってきたのだ。

この衛兵は俺の顔を知っているし、熊を思わせる外見とは裏腹に人柄も穏やかだ。ベルカにやってきたばかりの俺たちに都市の内情を話してくれたように、他者への親切心も持ち合わせている。

この衛兵ならウィステリアを見てもむやみに騒ぎ立てたりせず、こちらの話を聞いてくれるのではないか、と期待したのである。

俺の顔を見て驚きの表情を浮かべた衛兵は、後ろに続くスズメとルナマリアに気づいて顔をほころばせる。その顔が強張ったのは四人目――フードを脱いで素顔をあらわしたウィステリアに気づいたときだった。

とっさに腰の剣に手をかける衛兵に対し、俺はその動きを制するように衛兵とウィステリアを結ぶ直線上に身体を割り込ませる。

衛兵は低い声でたずねてきた。

「……どういうことか、おたずねしてもよろしいか？」

その声は強い警戒心に満ちていたが、即座に斬りかかってくる様子はなく、大声で「敵襲！」と騒ぎ立てることもなかった。

これだけで東にまわった甲斐はあったと思いながら、俺は衛兵におおまかな事情を説明する。

ちらと後ろを見やると、ウィステリアが眉根を寄せて衛兵の顔を凝視《ぎょうし》していたが、これは相手を警戒してのことであろうと思い、特に気にとめなかった。

2

ウィステリアを連れてベルカに帰還した俺たちは、そのままベルカ政庁に連れていかれた。

城門から政庁までは馬車を用意されたが、これは俺たちへの配慮ではなく、ウィステリアの姿を住民に見せないようにするためだろう。

政庁に着いた後も、枷《かせ》こそ付けられなかったが、すみやかに一室に押し込められ、扉の外に監視役の兵士を配置された。体《てい》のよい軟禁《なんきん》である。

俺たちを閉じ込めている間、ベルカ政庁は都市の有力者に使者を差し向けてこの建物に呼び出したらしい。ほどなくして俺たちが連れていかれた会議室には、ベルカを代表する者たちがずらりと勢ぞろいしていた。

アンドラに着いたときとまったく同じ展開だな、と思いながら俺は居並ぶ有力者に視線を向ける。

知っている者の名をあげれば、アストリッドにサイララ枢機卿、冒険者ギルドのマスターであるゾルタン、さらにはリドリスの族長ナーシアスの姿もある。

俺はそういった者たちを前に、ウィステリアを連れてきた理由を説明していった。ウィステリアが元筆頭剣士《グラディウス》であり、ラスカリスの側近だったことも隠さない。ただし、アンドラで起きた出来事については言及を避けた。

そのあたりまで内容に含めると日が暮れても話が終わらないし、そもそもベルカのお偉方にアンドラの内情を教える理由もない。後で私的にアストリッドに伝えておけば十分であろう。

話を聞き終えた後、最初に声をあげたのはギルドマスターのゾルタンであった。

「つまり、ソラ殿はダークエルフの指揮官を処罰することなく自分のクランに迎え入れる、とおっしゃるのか？　これは我が国の英雄の言葉とも思われぬ」

さも驚いたかのように声を高めたゾルタンは、ねずみを思わせる相貌《そうぼう》を険悪に歪めて俺を睨んだ。

「先の襲撃では多くの死傷者が出ているのですぞ。その被害をもたらした敵の指揮官が何のとがめも受けずにのうのうと生きのびるなど、道理に背くことはなはだしい。ソラ殿におかれては、戦死した者の家族がどう思うかをぜひともご考慮いただきたいものですな！」

明確にこちらを敵視してくるゾルタンを見て、俺は少しだけ意外の感に打たれた。カティア言うところの「こずるい人」であるゾルタンは、ドラグノート公爵家と関係が深い俺との敵対を避けるだろうと踏んでいたからである。

ところが現実はごらんのとおり。過日、カティアと共にギルドをたずねたときのやり取りが、よほどにお気に召さなかったとみえる。

まあ俺はゾルタンに関して「率先して敵対しようとはしないだろう」と思っていただけであり、別に「敵対されると困る」と思っていたわけではない。なので、向こうの言葉に反論はせず、沈黙を保った。ようするに無視したわけだが、ゾルタンは俺が反論できずに押し黙っていると思ったらしく、ほくそ笑んでサイララ枢機卿に話を振った。

「サイララ猊下《げいか》も吾輩《わがはい》と同じ考えであると拝察いたしますが、いかがで？」

「言うにやおよぶ」

問われた枢機卿が重い声で応じる。

枢機卿はゾルタンほど険悪さを顔に出していなかったが、それは嫌悪感の存在を否定するものではない。俺に向けられた射抜くような眼光が枢機卿の胸のうちを物語っていた。

「竜殺し殿には知人《カテイア》が世話になった。聖下からいただいた書状にも、貴殿にはできるかぎり助力するように、と認《したた》めてあった。それゆえ、よほどのことがないかぎり貴殿に力を貸すつもりでおったが、今回のことは話が別である。神に背き、世界に災いを振りまくダークエルフを囲《かこ》うなど正気の言《げん》とも思われぬ」

これを聞いたゾルタンは、我が意をえたり、というように深々とうなずいた。

「まこと猊下《げいか》のおっしゃるとおり。リドリスの族長殿はいかがであろうか？　貴殿らエルフ族は今回の戦いでもっとも多くの被害を出している。こうして問いを向けること自体が失礼と存ずるが、念のために存念をうかがっておきたい」

ゾルタンが族長に問いを向けると、こちらもサイララ枢機卿と同じく重々しい声音で応じた。

「そこにいるダークエルフは多くの同胞を手にかけた張本人。二なき腹心であった戦士長もそやつに討ち取られた。許すことなど到底《とうてい》できぬ」

「やはり吾輩の問いは愚問でしたな。族長殿、このとおり非礼をお詫び申し上げる」

ゾルタンは族長に対してどこか芝居がかった仕草で頭を下げると、会議室の中央の椅子にすわったアストリッド・ドラグノートに視線を向けた。

アストリッドがベルカにやってきたのはサイララ枢機卿を王都まで護衛するためであり、ベルカの施政に口を出す権限は与えられていない。

ただ、ベルカはイシュカと同じくカナリア王国の直轄領であり、政庁の長は国王が派遣した代官にすぎない。王国内における位階はドラグノート公爵家の嫡女《ちゃくじょ》であり、竜騎士団の副長であるアストリッドの方がずっと上なのである。

代官本人もそのことをわきまえており、この場においてはアストリッドの判断に従う旨をあらかじめ明言していた。それもあって、アストリッドはベルカ政庁の代表者として中央の席に座っている。

そのアストリッドに向けて、ゾルタンはかしこまって己の意見を述べた。

「アストリッド様におかれましては、身内の情に惑わされることなく、公正な判断をお下しくださいますよう、このゾルタン、伏してお願い申し上げます」

身内の情というのは、言うまでもなく俺とクラウディアの婚約のことを指している。アストリッドにとって俺は義弟にあたるが、そのような理由で道理を曲げることのないように、と釘を刺しているわけだ。

なかなかに厭味《いやみ》ったらしい物言いでイラっときたが、ゾルタンにしてみれば、先日、衆人環視の中で恥をかかされた意趣返しのつもりなのだろう。俺を見やってふっと鼻で笑うような態度をとってきた。

さすがにそろそろ言い返しておいた方がよかろうか、と口をひらきかけたとき、俺に先んじて口をひらいた者がいた。リドリスの族長である。

「しばし待たれよ」

「おや、族長殿。まだ何かおっしゃりたいことがございますか？」

ゾルタンが問い返すと、族長は先ほどと同じ重々しさでうなずいた。

「うむ。そこのダークエルフを許すつもりはない。これは今しがた申したとおりだが、ソラ殿がその者の身柄を引き受けるというのであれば、それに反対するつもりはない。このことははっきりと申し上げておく」

「……は？　なんと言われた？　仇を討つ絶好の機会を放棄するとおっしゃるか？」

ゾルタンが慌てて問い返すと、族長は忌々しげにため息を吐く。

「そこなダークエルフに勝ったのはソラ殿であって、我らリドリスのエルフ族ではない。今の我らではどうあがいてもその者に勝つことはできぬ」

族長はウィステリアを見据えて眉間に深いしわを刻む。先日、俺の同源存在《アニマ》に気づいた族長のことだ。先にリドリスで見《まみ》えたウィステリアと、今のウィステリアの間に大きな力の開きがあることを見抜いたのかもしれない。

次いで、族長は俺を見て、さらにルナマリアにも視線を向けた。

「あの夜、ソラ殿がダークエルフどもを食い止めてくださらねば、同胞たちの被害は今よりもさらに膨れあがっていたであろう。負傷者の治療に関しても多くの助力をいただいた。そのソラ殿に対し、捕らえたダークエルフを引き渡せと強いることはできぬ。狩りで捕らえた獲物は、狩りをした者のものだ。狩りをしなかった者が分け前をよこせとしゃしゃり出るのは恥ずべきことである」

「いや、族長殿。狩猟ならばさもあろうが、事はそんな小さくはありますまい。こたびの戦いで死んだ者や、残された家族の無念をいかがなさる？」

「それを考えるのはリドリスの長たる私の務め。失礼ながら貴殿にとやかくいわれる筋合いはない。貴殿がソラ殿に反対することについては何もいわぬが、その名目としてエルフ族を引き合いに出すのはやめていただこう」

それを聞いたゾルタンは明らかに驚いた様子であった。自分に与《くみ》するに違いないと考えていたリドリスの族長から突き放され、きょろきょろと視線をさまよわせている。

そのゾルタンに畳みかけるように、ここでアストリッドが口をひらいた。

「カナリア王国としても、ソラ殿に対してダークエルフの身柄を要求する意思はありません。ソラ殿は自身の判断でダークエルフと戦い、自身の力量で指揮官を捕らえた。そこにはカナリア軍も、冒険者ギルドも、法神教も、リドリスのエルフも関与していません。であれば、捕らえた指揮官の処遇を決定する権利を持つのはソラ殿をおいて他にいないでしょう。もちろん、生かして使うと決めた以上、今後そこなダークエルフが罪を犯せば、その責任はソラ殿に及びます。そのことはきちんとわきまえていただきますが」

アストリッドはそう述べると、真剣な面持ちで先を続けた。

「この決定が身内への情けと取られるのは本意ではありません。ですので、ここに集った方々にひとつの情報を提供します。ソラ殿がダークエルフの襲撃のみならず、その後に起こった魔物との戦いでも奮戦されたことは方々も知っていると思います。城壁に攻め寄せた魔物を退けたソラ殿は、藍色翼獣《インディゴワイバーン》に乗って砂漠を飛び、魔物の主力と対峙しました。その中にベヒモスとおぼしき巨獣が存在したことが、オアシスの生存者の証言によって明らかになっています」

アストリッドがそれを告げた瞬間、会議室の中にどよめきが起きる。

そのどよめきを貫くように、アストリッドの明晰《めいせき》な声がその場に響きわたった。

「一方で、ベルカの守備隊はベヒモスの姿を目撃しておりません。ベヒモスがどうなったかは語るまでもないでしょう。このとき、ソラ殿に助力したのがそこのダークエルフ――ウィステリア殿なのです」

アストリッドはそこまでいうと、いったん言葉を止める。

そして、自分の話した内容が人々の間に浸透するのを待って、おもむろに言葉を重ねた。

「ふたりの活躍によって、ベルカに襲来するはずだった魔物の多くは途中で息絶えることになりました。すなわち、ウィステリア殿にはベルカを防衛した功績があります。むろん、それで彼女の罪が相殺《そうさい》されるわけではありませんが、少なくとも、ウィステリア殿にはソラ殿に従う意思があり、竜殺しに並び立つ力がある。このふたつは証明されたといってよいでしょう」

アストリッドはわずかに顔を伏せ、自身の未熟を嘆くようにそっと息を吐いた。

「先の魔獣暴走《スタンピード》においても、こたびの侵攻においても、ソラ殿は多くの危難をくぐりぬけて、カナリア王国とそこに住まう人々を救ってくれました。その武勲は並びなきものですが、ソラ殿もまたひとりの人間。戦いが続けば疲労もたまりますし、戦いの最中に不覚をとることもありえるでしょう。そんな事態を防ぐためにも、ソラ殿に助力してくれる者はひとりでも多いことが望ましい。たとえ、それがダークエルフであったとしても、です。私はそう考えて、ソラ殿の望みを容《い》れると決めました」

このことを承知しておいてください、とアストリッドは告げる。

別段、声を高めたわけでもなければ、威圧感を込めたわけでもない。それでもアストリッドの語調には容易に反駁《はんばく》を許さない何かが含まれていた。

その証拠に、ゾルタンはもとよりサイララ枢機卿も難しい顔をするばかりで口をひらこうとしない。

結局、このアストリッドの発言が決め手となり、ウィステリアを『血煙《ちけむり》の剣』に加えるという俺の案はカナリア王国公認となった。ウィステリアが問題を起こした場合、クランのリーダーである俺が責任をとらなければならなくなるが、これは当然のことだから問題はない。また、今後カタラン砂漠周辺でダークエルフが動いた場合、『血煙《ちけむり》の剣』は対処を求められることになるだろうが、これもまあ仕方ないだろう。心装を修得したウィステリアを手に入れる利益《メリット》と比べれば、ささいな不利益《デメリット》である。

いってしまえば、俺はウィステリアを迎え入れたことで、カナリア王国における対ダークエルフ問題の主要責任者に据えられた形だった。冒険者ギルドや法神教など、明らかに不服を持っている勢力が異を唱えようとしないのは、これから先、ダークエルフが動いた場合に『血煙《ちけむり》の剣』の助力をあてにできる、という計算があってのことだと思われた。

3

会議を終えた俺たちは軟禁を解かれ、元の宿に戻った。できればアストリッドに一言なりと礼を言いたかったのだが、今の状況で俺とアストリッドが私的に会うのは避けた方がいいだろう。

ベルカ政庁に部屋を用意するという申し出もあったが、これは丁重に辞退した。政庁ではのんびり風呂に入ることもできやしない。

というわけで、宿に戻った俺はさっそく風呂を沸かしてこれまでの汚れを洗い落とした。ちなみにイリアとカティアは外出中であり、ルナマリアたちは別室で入浴中だと思われる。

俺はひとり風呂を堪能しつつ、今後のことに思いを及ばせた。

最大の問題と考えていたウィステリアの処遇が、思いのほかあっさりと決まったことは俺にとって幸運だった。ただ、サイララ枢機卿やリドリスの族長に対して、あの会議の報告だけで事をすませるのはさすがに不義理であろう。

そのことを踏まえて俺が考えた予定は次のとおりである。

まずは俺とルナマリアでリドリスの族長と話をし、それが終わったらルナマリアとスズメ、そしてウィステリアを一足先にイシュカに帰す。クラウ・ソラスに乗れば移動時間は短くすむし、心装使いがふたりもいれば道中で危険な目に遭《あ》うこともあるまい。ウィステリアの存在を快く思わない者は多いが、わざわざイシュカまで追いかけようとする者はそうそういないはずだ。

ルナマリアたちを送り出したら、俺はサイララ枢機卿と話をし、その後でイリアと共にカティアの問題を片付ける。もっとも、カティアに関しては解決に至る方策がまったく思い浮かばないので、頭が痛いというのが正直なところであるが。

冒険者ギルドに関しては特に何もしない。もとより俺はイシュカでも冒険者ギルドと険悪な関係にある。ベルカのギルドと対立したところで何の問題もないのである。

風呂を出た俺はその後もあれこれ考えを重ねていたが、ややあってノックの音が聞こえてきたので思考を中断する。

扉越しに誰何《すいか》すると、やってきたのは宿の使用人だった。

「失礼いたします、ソラ様。一階にお客様がおみえですが、いかが取り計らいましょうか」

「来客？　名前は？」

「カティア様のご友人で、ユニ様、マルコ様と名乗っておられます。まだお若いお二人でございました」

それを聞いた俺は興味をおぼえて階下におりる。下で待っていたのは、使用人のいったとおり若い二人組だった。

ひとりはカティアと同じ年ごろのおかっぱ頭の少女。

もうひとりは銀色の鎖帷子《くさりかたびら》を身に付けた少年で、まず間違いなく冒険者であろう。目元は涼やかで声に張りがあり、いかにも才気ある若手冒険者といった感じである。どことなく『隼《はやぶさ》の剣』を率いていたラーズを彷彿《ほうふつ》とさせる少年だった。

少年は俺に対して丁寧に頭をさげ、自らの名前を名乗る。

「はじめまして、竜殺し様。僕はマルコと申します。王国で知らぬ者とてない英雄にお目にかかれて光栄です」

「私はユニと申します」

マルコに続いて、おかっぱ頭の少女が名前を名乗る。

名乗られたら名乗り返すのが礼儀というもの。俺は自らの名前を名乗りつつ、そっとふたりの様子をうかがった。

ユニという少女はともかく、マルコの名前については以前にカティアから聞いたことがある。聞いたといっても、向こうがちらっと口をすべらせただけなのだが、この状況で同名の人物がたまたま俺をたずねてくるとは思えない。ふたりがカティアの友人というのは嘘ではないだろう。

俺は右手であごをこすりつつ問いかけた。

「今、カティアは外出中だが、かまわないのかな？」

「はい。正直に申し上げれば、カティアが不在であることを承知の上で参りました」

マルコはまっすぐに俺の目を見ながら返答する。

俺は内心でため息を吐いた。当人がいないときを見計らってやってきた時点で、あまり楽しい用件でないことは察しがつく。とはいえ、話を聞かずに追い返すわけにもいかない。

俺は素早くまわりを見渡し、聞き耳をたてている者がいないことを確認してから、ふたりを壁際の席にいざなった。そして、椅子に腰をおろして先をうながす。

はじめに口をひらいたのはユニと名乗った少女だった。

「お願いします、竜殺し様。どうかカティアに力を貸すのをやめてください！　このままだと、カティアはいつまでたってもリーダーのことを諦めることができず、いつか倒れてしまいます……！」

懸命に言い募るユニの声は甲高く、まるで悲鳴のように聞こえた。周囲から、何事か、という視線が向けられてくる。

それに気づいたマルコが優しくユニをさとした。

「ユニ、落ち着いてゆっくり話そう。それでは竜殺し様も何が何やらわからないと思う」

その言葉でユニも周囲の視線に気づいたらしく、すみません、と慌てて頭を下げてくる。

俺はかぶりを振って、ユニに気にしないように伝えた。

「謝ることはないよ。カティアの身を案じてのことだというのはわかっているつもりだ。それと、君が言わんとしていることも理解していると思う。今のカティアは『銀星』のアロウ卿のことで明らかに思いつめている。私が協力をやめれば、カティアもアロウ卿の捜索を諦めて普通の生活に戻ってくれるかもしれない、と考えたんだろう？」

「あ……は、はい、そうです、そのとおりです！」

俺の言葉を聞いたユニは、驚いたように目をみはった後、こくこくと勢いよくうなずいた。

おそらく、ユニはこんな短時間で俺が意図を汲んでくれるとは思っていなかったのだろう。門前払いされることも覚悟していたのかもしれない。びっくりした様子で俺のことを見つめている。

そのユニに向けて、俺は難しい顔で告げた。

「ユニ君、そしてマルコ君。率直に聞くけど、たとえばここで私が協力を取りやめたとして、それでカティアがアロウ卿の捜索を諦めると思うかい？」

「それは……」

正面きって問いかけると、ふたりは困惑したように顔を見合わせる。

たぶん二人もわかっているのだろう。カティアは諦めない、と。

「私はカティアから君たちのことは聞いていない。けれど、共にアロウ卿の捜索をしていた仲間がいたという話は聞いている。その仲間たちと袂《たもと》を分かったことをきっかけにイシュカに来た、ということもね。これはおそらく君たち――というかマルコ君のことなんだろう？」

「……はい、そのとおりです」

マルコが苦しげにうなずく。それを見れば、マルコがカティアへの協力をやめた理由もおのずと想像がついた。仲間がいなくなれば、カティアも無謀な捜索を諦めるのではないか、とマルコは判断したのだろう。

だが、カティアは仲間を失っても諦めることなく、縁もゆかりもない竜殺しをたずねてはるばるイシュカまでやってきた。アロウを捜し出すというカティアの目的は、仲間を失ってもいささかも揺るがなかったのである。

俺は穏やかな口調で話を続けた。

「私が協力を取りやめたとしても、結果は変わらないだろう。カティアは次の協力者を求めて国中をさまよい歩くことになる。それこそ倒れてしまうまでね。であれば、誰かがそばについていた方がまだ危険は少ないと私は思うのだが、どうだろうか？」

俺の問いにマルコは力なくうつむき、ユニは唇を噛む。

ふたりの反応を見て、俺は結論を口にした。

「そういうわけで、カティアへの協力を取りやめることはできない。友人を思う君たちの頼みにこたえられないことは申し訳なく思うが、理解してもらいたい」

そういってぺこりと頭をさげると、マルコとユニは慌てたように口をひらいた。

「い、いいえ、とんでもありません！　こちらこそ、突然おしかけて失礼なことを申しましたッ」

「マ、マルコのいうとおりです！　その、失礼ですが、竜殺し様がそこまでカティアのことを考えてくださっているとは思っていなくて……その、変なことをいうようですが、ありがとうございます。カティアの頼みを引き受けてくださった方が、あなたのような人で良かった」

目をうるませて頭をさげるユニを見るに、相当カティアのことを気にかけていたようである。

カティアに力を貸すのはやめてほしい、という当初の頼みとは矛盾する言動であるが、きっとどちらもユニの本心なのだろう。

――この顔を前にしては、実はカティアの頼みを引き受けたのはイリアやセーラ司祭の歓心を買うためでした、とは口が裂けても言えやしない。

俺はつとめて平静な顔でユニにうなずいてみせた。

そんな俺に何を見たのか、マルコが何かを決意した面持ちで話しかけてくる。

「竜殺し様、リーダーのことでお伝えしておきたいことがあります。その、僕の直感のようなものなので、お耳を汚すだけになってしまうかもしれませんが……」

「かまわないよ。聞かせてもらおう」

微笑んでうなずくと、マルコは感動したように頬を紅潮させた。

「ありがとうございます！　竜殺し様が先ほどおっしゃっていたように、僕はカティアの仲間として先日まで一緒にリーダーを捜していました。そして、カティアと袂《たもと》を分かってギルド直属の冒険者になりました。カティアを諦めさせるためだった、なんて言い訳をするつもりはありません。リーダーたちが砂漠で行方不明になってもう何ヶ月もたちます。僕はリーダーたちが生きているとは思えなかったし、そのリーダーを捜すために危険を冒して砂漠に行くことに疲れていました。僕だけではなく、他の仲間たちも皆そうだったんです」

それを聞いた俺は小さくうなずく。

マルコの気持ちは理解できる。マルコとて、アロウたちを見つけ出せるものなら見つけ出したかっただろう。だが、時間の経過と共に捜索の気持ちが萎《な》えてしまうことを、どうして責めることができようか。カティアのように、何ヶ月たっても疑うことなく行方不明者の生存を信じていられる方が特別なのである。

マルコは口にしなかったが、金銭的な問題もあったと思われる。依頼を受けての捜索ではないから前金や報酬はどこからも出てこない。食事も、水も、道具もすべて自前でそろえねばならない。そんな捜索を何度も何度も繰り返していれば、資金などあっという間に尽きてしまう。

そうなれば私生活にだって影響が出てしまう。カティアのように確固たる目的と信念があればともかく、そうでない者たちにとっては精神的にも財政的にもさぞきつい日々だったろうと推測できた。

最終的に袂《たもと》を分かつことになったとはいえ、数ヶ月にわたってカティアと行動を共にしたマルコたちは褒められてしかるべきであろう。ぶっちゃけ、俺ならもっと早い段階で離脱している。

そんなことを考えている間にもマルコの言葉は続いていた。

「これはカティアには話していませんでしたが、実はリーダーたちを捜している間、何度かギルドマスターから声をかけられていたんです。あたら若い命を散らすような真似はやめて、ギルド直属の冒険者としてやり直さないか、と」

「ふむ」

ギルドマスターというのは言うまでもなくゾルタンのことである。俺はマルコにうなずきつつ、以前にカティアから聞いた話を思い出した。

それによれば、『銀星』が解散を余儀なくされた理由のひとつは、ゾルタンが『銀星』所属の冒険者たちをギルド直属の冒険者として引き抜いたからだという。マルコも結局はギルドマスターを選んだ、とカティアは口惜しげにつぶやいていた。

今のマルコの言葉は、あのときのカティアの話を肯定するものである。そして、マルコの話はここからが本番だった。

「僕はこのことがずっとおかしいと思っていました」

「ほう？」

「ギルドマスターは自分より地位が上の人には従順ですが、下の人には傲慢に接します。リーダーが健在だった頃も、リーダーをはじめとした『銀星』の幹部にはぺこぺこしていましたが、僕たちのような若手には無愛想でした。ギルドの建物で会ったとき、僕が冒険者ギルドではなく『銀星』を選んだことを遠まわしに皮肉られたこともあります。僕はカティアやユニのように、子供の頃からリーダーのお世話になっていたわけではありません。その僕が冒険者ギルドではなく『銀星』を選んだことが、ギルドマスターは気に入らなかったのでしょう」

マルコはここで一度言葉をとめ、ゆっくり息を吸い込んだ。

そして、ひたと俺を見つめながら言葉を続ける。

「そんな人がどうして僕やカティアたちを気にかけるのかがわかりませんでした。『銀星』が解散する前であれば、ギルドマスターは『銀星』を解散に追い込むために少しでも構成員の数を減らそうとしている、と考えたでしょう。ですが、ギルドマスターが声をかけてきたのはすでに『銀星』が解散した後だったんです」

「たしかに不自然だな。ギルドマスターの思惑はもうわかったのか？」

「いえ、残念ですが、それはまだです。ただ、こうじゃないかという推測はあります——たぶん、ギルドマスターは、いつまでたってもリーダーの行方を捜し続ける僕たちが邪魔だったのではないでしょうか」

推測だと口にしながらも、マルコはかなりの確信を抱いているようで、双眸《そうぼう》には強い光がきらめいていた。

ゾルタンがアロウを捜索する者たちを邪魔に思っているのだとしたら、その理由はゾルタンが行方不明に関与しているから。それ以外に考えられない、とマルコは興奮した面持ちで続けた。

それまで黙っていたユニがここで口をひらく。

「マルコ、あなた、そんなことを考えていたの？　まさか、ギルドに加わった理由って……」

「今まで黙っていてごめん、ユニ。でも、どこから話がもれるか分からなかったし、もしギルドマスターに勘づかれたら、カティアや君にまで迷惑がかかるかもしれない。だから、これまで黙っていたんだ」

それを聞いたユニは不服そうに口をとがらせたが、口に出して文句をいうことはなかった。隠し事をされていたことは気に入らないが、マルコなりに自分のことを考えてくれていたのだ、と理解したからだろう。

俺がそんなふたりの様子を眺めていると、不意に宿の入り口の方から、ダンダンダン、と聞えよがしに荒い足音が近づいてきた。

見れば、足音の主は外出から戻ったばかりのカティアで、その顔にははっきりと、不機嫌です、と明記してある。

それを見たユニは、しまった、と言いたげに表情を曇らせる。

マルコはといえば、ユニと同じような表情を浮かべつつも、そこには少しだけカティアに会えたことを喜ぶ気持ちも含まれているように思われた。

4

カティアとユニ、そしてマルコの話は長く続かなかった。怒りながらふたりを追い払おうとするカティアに対し、マルコは何か釈明しようとしていたが、ユニはそのマルコを引っ張るようにさっさと宿から出ていってしまったからである。

今のカティアには何を話しても無駄、と判断したのかもしれない。

実際、カティアは俺に対しても不満と不信の入り混じった目を向けてきて、マルコたちと何を話したのかを知りたがった。俺がしばらくベルカを留守にしていたことも不満の一因だったかもしれない。

俺はカティアの不満をなだめる一方で、マルコたちについては沈黙を保った。ふたりの行動は君を心配してのことだ、と伝えても今のカティアは素直に受け取れないだろう。

俺がしゃしゃり出たことで、かえって三人の仲がこじれたりしたら目もあてられない。申し訳ないが、そのあたりは自分たちで何とかしてもらいたい。

ともあれ、数日ぶりにカティアとイリアのふたりと再会した俺は、ウィステリアのことも含めてこれまでの経緯を説明した。これまでカティアに対してはウィステリアのことを伏せていたが、ウィステリアを公《おおやけ》にクランに迎え入れた今、あえて隠さなければならない理由はない。それに、カティアは『銀星』に関わらない出来事にはたいした関心を持たないだろうという読みもあった。

案の定というべきか、カティアは多少の驚きを見せたものの、それ以上の反応は示さず、今後の捜索方法を考えて頭をひねっている。

ちらとイリアを見やると、神官戦士は困ったようにかぶりを振ってみせた。その反応を見るに、俺たちがアンドラにいる間もずっとこんな感じだったのだろう。

思うに、カティアの気持ちをなだめる最善の方法は『銀星』の手がかりを見つけることだ。生存者を発見することができれば最善だが、それが不可能なら遺品の類《たぐい》でもいい。とにかく、なんらかの成果を見つけないことにはカティアの足は止まるまい。

ここで俺の脳裏をよぎったのは、先刻のマルコの話に出てきたギルドマスター ゾルタンの不審な行動である。

マルコの疑念には何の証拠もないとはいえ、ゾルタンがアロウを捜索する者たちを邪魔に思っていた、という話には信憑性《しんぴょうせい》があるように思えた。ゾルタンが若手のマルコを執拗《しつよう》に勧誘する理由が他に見当たらないからである。

そう考えると、ゾルタンが『銀星』の行方不明に関与している、というマルコの疑いにもいちおうの理があることになる。

もちろん、関与といっても、ゾルタンが裏で手をまわしてアロウたちを襲ったとか、そういう直接的な関与ではないだろう。ゾルタンに『銀星』を謀殺するような大胆さや能力があるとはとうてい思えない。

だが、ゾルタンが『銀星』に対して何らかの妨害をしかけ、それが明るみに出ることを恐れている、というのは十分にありえることだった。

ここまで見聞きしたゾルタンの性格を考えるに、いかに『銀星』がAランクパーティであるとはいえ、自分よりもずっと年下のアロウにへりくだらなければならないことを屈辱と感じていたのは容易に想像できる。

もしかしたら主犯は他におり、ゾルタンは従犯の位置にいるのかもしれないが、いずれにせよ、『銀星』が行方不明になった一件で調べるべきは、カタラン砂漠ではなく冒険者ギルドであろう。

俺はそう考えを定める。

——これまで事態の外にいた『砂漠の鷹』から接触があったのは、そんなときだった。


『砂漠の鷹』。

『銀星』とならぶもうひとつのAランクパーティの存在を、俺はもちろん忘れていなかった。

ただ、ベルカに着いてから今日にいたるまで、『砂漠の鷹』の名前こそ耳にしていたが、実際に関わることはなく、意識から外れがちであったことは否めない。

話を聞くかぎり、積極的に接触しようと思える相手でもなかったし、『砂漠の鷹』の幹部たちはカタラン砂漠のオアシス群にいた。その意味でも関わる機会はなかったのである。

「はっはっは！　良い飲みっぷりじゃねえか、竜殺し！」

乾杯のかけ声と共に麦酒《エール》の杯をあおった俺を見て、男は機嫌よさげに笑って自らも一気に大杯を傾けた。見事な飲みっぷりで、俺の杯の倍ほどもある容器がみるみる空になっていく。

ちなみに向こうの中身は麦酒《エール》ではなく火酒《スピリッツ》である。酒精《アルコール》の量は俺の倍ではきかないだろうに、水でも飲むようにごくごくと嚥下《えんか》していた。

黒騎士ジョエル。

それが眼前の飲兵衛《のんべえ》――もとい『砂漠の鷹』の団長の名前である。もちろん黒騎士というのは異名だ。たぶん、アロウの「白騎士」に対応して付けられたものだろう。

年齢は三十代半ば。無精ひげを生やした容貌《ようぼう》は一見したところ粗野に見えるが、ひげをそって髪をととのえれば案外秀麗な容姿が現れるかもしれない。

先刻、前触れもなしにひとりで宿にあらわれたジョエルは、自らの名を名乗ると馴れ馴れしくこちらの肩に手をおき、一杯付き合えと誘いをかけてきた。

当然のように俺は相手の素性を疑ったのだが、ジョエルを睨むカティアを見て、向こうの言葉が真実であることを悟る。『銀星』のメンバーだったカティアにとって、ジョエルは不倶戴天《ふぐたいてん》の敵――かどうかはわからないが、少なくとも仲良く酒をくみかわす間柄ではないのだろう。さっさと追い返してくれ、と訴えるように俺を見ていた。

俺としても今さら『砂漠の鷹』と話す必要は感じなかったのだが、気になることもある。『砂漠の鷹』はカタラン砂漠を活動拠点とする冒険者パーティであり、先のベヒモスの出現でかなりの打撃をこうむったと思われる。

当然、団長であるジョエルは『砂漠の鷹』の立て直しのために寝る暇もないくらい多忙であるはずだ。そのジョエルが単身で俺に会いに来た。何かある、と考えるのは当然だろう。

そして、その予想どおり、ジョエルは俺の耳元で「アロウのことで話がある」とささやいた。カティアはまったく聞き取ることができなかったに違いない。

その言葉が俺をこの場にいざなった。おとなしく酒に付き合っているのは、向こうが口をひらくのを待っているからである。

ちなみに飲んでる場所は野外だった。それもあまり治安のよろしくない場所であり、周囲にはガラの悪い酔客がたむろしている。まあ、人相の悪さをいえば、俺とジョエルが抜きん出ているような気もするが、あまり細かいことを気にしてはいけない。

あたりには乱雑に机や椅子が並べられているだけで、注文を聞きに来る店員はおらず、酒にせよ、つまみにせよ、自分でまわりの屋台から調達してくる方式だった。

料金はおしなべて安く、そのかわりねずみの肉とか、サボテン（のような植物）からつくった酒とか、怪しげな品も散見された。

酔客も屋台の店主も、まさか『砂漠の鷹』の団長と竜殺しがこんな場所で酒をくみかわしているとは思っていないようで、こちらを気にする者は誰もいない。みな大声で談笑したり、酒の飲み比べをしたり、喧嘩したりと騒がしいが、その分こちらも声をひそめる必要はない。へたに密室で話すより、こういうところの方が密談には向いているのかもしれない。

ジョエルが口をひらいたのは、四杯目の火酒を空にした後のことだった。

「お前さん、アロウが消えた一件を調べているっていうのは本当か？」

昨日の夕食は何だったのか、とたずねるような何気ない口調。だが、こちらを見据えるジョエルの目が、これが本題であると告げていた。

俺はこくりとうなずいて応じる。

「何か手がかりがないかと探しているのは本当だ。ギルドにも依頼を出している」

「らしいな。報酬が破格すぎる上、依頼主が依頼主だ。ギルドの冒険者どもは色めき立つより先にびびっちまってるらしいぞ。『銀星』の一件には何かとんでもない裏が隠されているんじゃないかってな。『銀星』のことはベルカじゃほとんど忘れられてたんだが、お前さんは見事に消えかけた火を熾《おこ》したことになる。高額の報酬がこれを意図したものだとしたら大した策士だよ」

「それは買いかぶりだな。そんな意図はかけらもなかった」

「はっは、ぬかしやがる」

軽く笑って火酒をあおったジョエルは、ふう、と満足気に息を吐くと、二の矢を放ってきた。

「お前さん、法神教徒か？」

「いいや、違う――アロウ卿について話があると聞いたから来たんだが、神殿が何か関係あるのか？」

「慌てなさんな、ちょっとした確認ってやつだよ。神殿にべったりの奴にはなかなか話せない内容だからな」

ジョエルはおもむろに自分の懐に手を入れると、服の下から小さな細工物を取り出した。

銀色の星をかたどった印章《エンブレム》。

それを見た俺は思わず目をみはる。ジョエルが取り出した印章に見覚えがあったからである。カティアが肌身離さず持っている物と同じ『銀星』の認識票だ。

「その顔を見るに、これの説明は必要なさそうだな。こいつの裏には持ち主の名前が刻まれている。見てみろ」

そういってジョエルはひょいと印章を投げてよこした。空中で受け取った俺は、言われるままに印章の裏に刻まれた名前に目を向ける。

予想どおり、というべきだろうか。

そこには『銀星』のリーダーの名前が記されていた。

5

「――どこでこれを？」

白騎士アロウが死の間際まで身に着けていたはずの『銀星』の認識票。それが『砂漠の鷹』の団長の手にある事実をどう解釈するべきなのか。

そんなことを考えながら、俺は当然の質問を放った。

するとジョエルは、軽く肩をすくめてみせる。

「先回りして言っておくと、奪ったわけでも拾ったわけでもないぞ。こいつは忘れ物だ」

「忘れ物？」

「そうだ。アロウの奴と最後に飲んだときにな。あいつ、これを忘れて帰りやがった」

予期せぬ答えに眉根を寄せる。仮にも一団の長である者が自分の認識票を忘れて帰る、というのは不自然に思えたし、それ以前に対立する『銀星』と『砂漠の鷹』のリーダー同士が酒をくみかわしていた、というのもいぶかしい。

そんなこちらの疑念を予想していたのだろう。ジョエルは火酒で口を湿らせつつ、己とアロウの関係を説明しはじめた。


ジョエルは十三歳、すなわち成人してすぐにベルカの冒険者ギルドに加入した。親もなく、金もなく、学もない。そんな人間が上を目指そうと思ったら冒険者以外に道はない。当時のジョエルはそう考えていたそうだ。

そんなジョエルにとって、自分より三年後にギルドに加入してきたアロウの存在は目障りで仕方ないものだったという。

親なし、金なしという意味では似た境遇だったが、アロウにはサイララ枢機卿――当時は枢機卿ではなかったが――から授けられた学があった。文字も読める。礼儀も学んでいる。挙措の一つ一つに正規の作法を叩き込まれた芯《しん》があり、ジョエルのような無学の荒くれ者が多かったベルカ冒険者ギルドにおいて、アロウの存在ははっきりと異質だったという。掃溜《はきだ》めに鶴、という表現そのままに。

アロウに実力がなければ、すぐにもギルドから叩きだされていただろう。だが、アロウの剣の腕は当時から図抜けており、ちょっかいを出した冒険者はことごとく叩きのめされた。冒険者としての功績の面でも瞬く間に頭角をあらわしたアロウは、ベルカギルドの一翼を担う存在となっていく。

「不愉快なガキだったよ、本当に。まあ、俺だってまわりからはそう思われていただろうけどな」

ジョエルはそういって残った火酒を一気にあおった。そして、空になった杯を手酌で満たしつつ、口を動かす。

「俺はあいつが嫌いだった。あいつも俺のやり方が気に入らないとみえて、何かと突っかかってきやがった。いろいろ張り合って、バカをやったもんさ。そうこうしているうちに『砂漠の鷹』も『銀星』も身代《しんだい》が大きくなって、やり合うにしても部下同士ってことが増えた。俺としちゃあアロウの澄まし顔を見ずにすんで願ったりといったところだったんだが……時には上《うえ》同士で話し合わないとまずいことも出てくる」

そんなとき、ジョエルはアロウと示し合わせて場末の酒場に繰り出したという。

たしか、カティアによればアロウは下戸《げこ》だったはずだが、と首をかしげると、ジョエルは人の悪い笑みを浮かべた。

「酒を飲むという楽しみがなければ、アロウのやつとサシで話なんてできるものかよ。それに酒場で会うと決めておけば、向こうも滅多なことじゃ声をかけてこないからな」

逆にいえば、アロウが声をかけてきたときは、それだけ重大な問題が起きているということになる。

ジョエルはそういってまた火酒をあおった。

「アロウから連絡がきたとき、おかしいとは思ったんだがな。下で揉め事が起きてるって話は聞いてなかった。ただまあ、下戸のあいつが何の用もないのに俺を呼び出すはずがないと思って出かけたわけだ。そしたらやっこさん、何を思ったのか『久しぶりに話をしたかった』とかぬかしやがる」

寝言は寝て言いやがれと席を立ったジョエルに、アロウはニヤリと笑ってドワーフ謹製《きんせい》の火酒を見せたという。

ドワーフが酒造りに優れた種族だというのは周知の事実。ジョエルがアロウを知っているように、アロウもまたジョエルのことを知っていたわけだ。話だけを聞いていると、ふたりはけっこう良い関係だったのではないかと思えた。

ジョエルはどこか遠くを見るように目を細め、当時のことを語る。

「話の内容は、まあ昔話の類《たぐい》だったな。あのときはああだった、このときはこうだった、そんなことばかりいっていた。めずらしくあいつも酒を口にして、顔を真っ赤にしたりもしてたな。いま思い出しても、隠された意図なんてまったく思い浮かばん」

そうしてジョエルと共にドワーフの火酒を空けたアロウは——九分九厘ジョエルが飲んだらしい

が——付き合ってもらった礼だといって、さらにもう一本の酒瓶を差し出すと、ジョエルより一足早く帰っていったそうだ。

二本目の火酒の影に置かれた印章《エンブレム》にジョエルが気づいたとき、アロウの姿はとうの昔に雑踏の向こうに消えていたという。

「わざわざ追いかけてやる義理はなかった。かといって、放っておいて誰かに見つかったら、白騎士が店にいたことがばれちまう。そうなりゃ俺のことに気づくやつも出てくるだろう。『銀星』と『砂漠の鷹』の団長が酒場で密会していた、なんて広まったら面倒なことになりかねん。だからまあ、俺があずかってやったんだ」

すぐに向こうから何かいってくるだろうとジョエルは考えていたが、予想に反してアロウからは何の連絡もなく、『銀星』はさっさと未踏破区域の遠征におもむいてしまった。

——そして、アロウは帰ってこなかった。

ジョエルは忌々しげに舌打ちする。

「砂漠で冒険しているとな、予期せぬ事態なんてのはいくらでも起こる。予定より帰りが遅れて死亡扱いされるのもめずらしいことじゃない。だから、話を聞いたときは『またか』と思っただけだった。アロウと『銀星』のやつらが砂漠の魔物ごときにやられるわけがねえ」

そう口にしたときのジョエルの顔は、怒りと苛立ちに満ちていた。その感情が誰に向けられたものなのかを測りかねている間にもジョエルの話は続いていく。

『銀星』の行方不明をうけて、アロウと付き合いの深いサイララ枢機卿が音頭《おんど》を取り、大規模な捜索がおこなわれた。これには『砂漠の鷹』も協力したそうだが、やはり『銀星』を発見することはできなかった。

その後の出来事は以前にカティアから聞いている。主力を失った『銀星』は解散を余儀なくされ、かわって『砂漠の鷹』が大きく影響力を増した。この事実からジョエルがアロウを謀殺したのではないか、という疑いを持つ者も多いと聞く。

ジョエルは、ふん、と鼻で息を吐いた。

「たしかにアロウの奴は目障りで仕方なかった。いなくなったらどんなに清々するだろう、とも思っていたさ。特に身軽だった若い頃はな。だが、今の俺がアロウを嵌《は》め殺すような真似をしてみろ。下にいる連中もただじゃすまねえ。そんなあほうなことができるものかよ」

ジョエルは自身に疑いの目を向ける者たちをあざけった。この様子を見るに、俺が思っていた以上にジョエルを疑う者は多いのかもしれない。

それはさておき、ジョエルはアロウの死を怪しんだ。

アロウと『銀星』の主力が砂漠の魔物ごときにやられるはずがない。未踏破区域で遭難したとも考えにくい。カタラン砂漠は一瞬の油断が命とりになる魔境だが、それをいうならアロウたちは、その魔境で十数年もの長きにわたって活躍してきた熟練者《ベテラン》中の熟練者《ベテラン》だ。

長年『銀星』と競ってきたジョエルは、へたな味方よりも『銀星』の実力を知っている。だからこそ、余計に不審を抱いた。

だが、その不審を裏付けるものは何も出てこなかった。

「その印章《エンブレム》には器械的な仕掛けも、魔法的な仕掛けもない。『砂漠の鷹』の情報網で『銀星』に恨みを持つ奴がいないかを調べもしたが、それらしい奴は浮かんでこなかった。さて、ここまでの話を聞いてお前ならどう判断するよ、竜殺し？」

唐突に話をふられた俺は、率直に思ったことを述べた。

「自分が勘ぐり過ぎたか、と判断するんじゃないか」

行方不明直前のアロウの行動はすべて気まぐれの産物であり、『銀星』は十数年の間に幸運を使い果たし、今度こそ魔物に殺された。つまり、今回の一件に裏なんてなかった。そう考えれば、いくら調べても何も出てこないこともうなずける。

俺がそう応じると、ジョエルは低い声でくつくつと笑った。

「まあ、普通はそう考えるよなあ」

肩をすくめたジョエルは、そのままぐいっと火酒をあおった。

いったい何杯目だ、と思いつつ、俺は言葉を続ける。

「さもなければ、敵の巨大さを認識して慎重に振る舞うか、だ」

「…………ほう？」

じろ、とジョエルが俺を見据えた。睨むようなその眼差しを見返しながら、俺は脳裏で自分の考えをまとめる。

アロウの行動に意図があったのだとしたら、その意図とはジョエルに後を託すことに他ならない。自分にもしものことがあった場合は『銀星』をよろしく頼む――残した印章にはそんな意味が込められていたのではないか。

だが、この推測が当たっていた場合、二つの疑問が生じる。

一つ目の疑問は、自らに迫る危険を察知していたアロウは、どうしてそれに対処しようとしなかったのか、という疑問である。

ベルカで知らぬ者とてない白騎士アロウ。人望もあり、名声もあり、武力もあるアロウならば、たいていの敵は自力で対処することができたはずだ。仮にアロウの手にあまるほどの敵だったとしても、周囲に協力を求めることくらいはできただろう。

だが、アロウはそれをしなかった。後を託したジョエルにも、敵の存在を匂わせるようなことはしなかった。それは何故なのか。

――おそらくアロウは、敵の正体を知れば協力した者たちの身も危うくなってしまうと考えたのだ。

別の表現を用いれば、アロウは『銀星』と『砂漠の鷹』が協力してもこの敵には太刀打ちできないと判断したことになる。

二つ目の疑問であるが、これはアロウがどうして『銀星』を託す人物としてジョエルに白羽の矢を立てたのか、というものだった。

たしかにふたりの間には余人の知り得ない共感があったようだが、それでも対外的に『銀星』と『砂漠の鷹』は対立していた。後を託す相手としてふさわしいとはいえないだろう。

実際に『銀星』が『砂漠の鷹』に吸収されたことで、ベルカではいくつもの問題が発生している。アロウがそのことに気づかなかったとは思えない。

俺がアロウであれば、親子二代にわたって付き合いのあるサイララ枢機卿に後を託す。もちろん枢機卿に冒険者になってもらって『銀星』を継いでもらう、という意味ではない。次代を担う若手を選び、法の神殿にはその若手の後ろ盾になってもらうのだ。そうすれば、多少規模縮小することになったとしても『銀星』は存続できたはずである。

俺が思いつく程度のことをアロウが思いつかなかったとは思えない。だが、アロウはそれをせず、ジョエルに後を託した。それは何故なのか。

——それは、アロウにとってサイララ枢機卿は安心して後を託せる人物ではなかったからだ。

一つ目の疑問でも、二つ目の疑問でも、明確な証拠があったわけではないだろう。だが、気のせいだと無視できるような浅い疑いでもなかった。

どうあれ、自分に迫るひそやかな害意を察知したアロウは、もしもの事態に備えてできるかぎりの手を打とうとした。証拠がないゆえに誰にも頼らず、誰かを疑う素振りもみせず、けれど気づいた者には自分の意図が伝わるように。

一見《いっけん》奇妙とも思えるアロウの行動の裏には、そんな意図が隠されているように思えてならなかった。

6

ジョエルの話を聞き終えた俺の胸には、これまで以上に法神教に対する疑念がわだかまっていた。ただ、以前にラスカリスが法神教の関与を示唆《しさ》したときにも思ったことだが、法神教への疑念には裏付けとなる証拠がない。

ジョエルも話の中で具体的な証拠は出てこなかったといっていた。ベルカで生まれ育った『砂漠の鷹』の団長が調べても見つからなかったわけだから、証拠はよほど巧妙に隠蔽《いんぺい》されているか、もしくは、そもそも法神教は無関係で証拠なんてものは初めから存在しないか、である。

そう考えると、やはり法神教相手の証拠探しは避けた方が無難だった。成果がまったく期待できない上、もし法神教が無実だった場合に失うものが大きすぎる。

だから、探るのであれば法神教よりも冒険者ギルドの方を選ぶべきだろう。ぶっちゃけ、こちらなら敵対したってかまわない。

幸い、ねずみ顔のギルドマスターに働きかける材料はある。ジョエルがアロウからあずかった認識票である。

アロウが自分の認識票をジョエルに渡したことは、当人たち以外は知らないはずだ。俺がアロウの認識票を持っていることを知ったとき、ゾルタンがどのような反応を見せるのか。それ次第でいろいろと見えてくるものはあるだろう。

問題はジョエルが認識票をゆずってくれるかどうかだったが、俺が頼むと『砂漠の鷹』の団長は思いのほかあっさりとゆずってくれた。

思わず、いいのか、とたずねると、ジョエルはぼりぼりと頭をかきながら応じる。

「今もいったように、俺も俺なりに『銀星』の一件を探ったんだ。だが、手がかりを見つけることはできなかった。その認識票を使うことも考えなかったわけじゃないが、『砂漠の鷹』の団長がアロウの認識票を持ち出したら、まわりがどう思うかは火を見るより明らかだからな」

俺はジョエルの言葉にうなずく。

たしかに、そんなことをしたら周囲は「ジョエルがアロウを謀殺して認識票を奪ったのだ」と判断するだろう。ジョエルが何を主張したとしても、まわりは色眼鏡でジョエルを見る。ましてやジョエルが疑っている相手は法神教だ。そのことが知られれば、ジョエルはたちまち非難と敵意に囲まれるに違いなく、それは『砂漠の鷹』という組織にも及んでしまう。

ジョエルには『砂漠の鷹』を守る責任があったし、アロウ亡き後の『銀星』のメンバーを引き入れたことによる内外の問題に対処する必要もあった。むろん、その間も砂漠の魔物への対処は続けなければならない。

どこにいるのかもわからない、そもそも本当に存在するのかもわからない黒幕を探っている時間はなかったのだろう。

また、本当に法神教が裏にいた場合、大陸規模の宗教組織と正面きって争うことになる。『砂漠の鷹』にも法神教徒はいるに違いなく、勝敗の帰結はおのずと明らかだ。一団の長として、ジョエルはそのあたりの損得勘定も働かせたに違いない。

だから、ジョエルは俺に認識票を渡した。こうすればジョエルや『砂漠の鷹』が法神教と争う可能性をなくした上で、事態の外から法神教を探ることができる。

自分から仕向けるまでもなく、俺の方からそれを申し出てくれたわけだから、ジョエルとしては願ったりといった心境なのかもしれない。

そんなこちらの内心を知ってか知らずか、ジョエルは人の悪そうな笑みを浮かべて俺を見た。

「お前さんはベルカの外の人間だ。過去の因縁やしがらみと無縁に行動できる強みがある。お前さんが認識票を持ち出しても、周囲は驚くだけで、お前さんがアロウをどうにかしたんじゃないか、なんて考えないだろう。問題は黒幕がどう動くかだが、お前さんは竜殺しだ。力ずくでなんとかできる相手じゃない。聞いた話じゃ、ドラグノート公爵家とも懇意《こんい》らしいから、権力でどうこうできる相手でもない」

ジョエルはくつくつと笑う。

「へたをすれば竜を殺す力が自分に向けられる。かといって、黙っていては身の破滅になりかねない。黒幕は思い切って動かざるをえないわけだ。その分、隙も大きくなるって寸法よ」

「そしてあんたは親友の仇を討てて大満足という寸法なわけだな」

相手の手のひらで踊ってやるのもしゃくなので、澄まし顔で言い返すと、ジョエルは鳩が豆鉄砲を食ったような顔をした。

ややあって、その顔が酢でも飲んだようにしかめられる。

「誰が、誰の、親友だって？」

「あんたが、アロウ卿の、親友だっていったんだが。だから、こうしてわざわざ認識票を持って『銀星』捜索の依頼を出した俺に会いにきたんだろう？　本当なら『砂漠の鷹』の立て直しのために、猫の手も借りたいくらい忙しいはずなのに、な」

「ふん、あいにくとあいつに友情を感じたことなんざないね。アロウを狙った奴がいるなら、次に俺が狙われる可能性もある。お前さんが黒幕を見つけてくれるなら、それに越したことはない。俺が来た理由はそれだけさ」

言い終えると、ジョエルは大杯をぐいっとあおり、残っていた火酒を飲みほした。

そして、空になった大杯をドンと卓に置くと、すっくと椅子から立ち上がる。あれだけ強い酒をがぶがぶ飲んでいたというのにふらつきもしない。

「さて、それじゃあ俺はそろそろ失礼させてもらうぜ。お前さんのいうとおり、この前の襲撃のせいで『砂漠の鷹』は大打撃を受けた。幹部まで何人か食われちまって、立て直すまで何年かかるやらわからんのだ」

「……それはなんというか、ご愁傷様です」

「ご丁寧にどうも。まあ、どこぞの英雄様が元凶を討ち取ってくれたらしいからな。そのことには本気で感謝してるんだぜ。あいつらの仇を討ってくれてありがとうよ」

そう言い残すと、ジョエルはこちらの返答を待たずにくるりと背を向けた。そして、ひらひらと手を振りながら歩き去っていく。

しっかりとした足取りは酔いの片鱗《へんりん》さえ感じさせず、底知れぬ蟒蛇《うわばみ》っぷりに自然と苦笑がもれた。

「……ひょっとすると、これは礼のつもりだったのかな？」

ジョエルの姿が視界から消えた後、俺は手の中の認識票を見て首をかしげた。

ベヒモスを筆頭とする砂漠の魔物たちを撃滅したことで、俺は結果として『砂漠の鷹』の戦死者たちの仇を討ったことになる。俺がギルドに『銀星』の捜索依頼を出したことを知ったジョエルは、その礼として『銀星』の手がかりとなる認識票を持ってきてくれたのかもしれない。

むろん、それにともなう自分たちの利益を考えた上での判断だろうが、貴重な手がかりをもたらしてくれたのは確かなのだ。その点については素直に感謝しようと、そう思った。

こうしてアロウの認識票を手に入れた俺は、ジョエルと別れたその足で冒険者ギルドに向かった。

性急すぎるといわれそうだが、別に俺は大がかりな陰謀を企んでいるわけではない。俺がやろうとしているのはギルドマスターのゾルタンに「アロウの認識票を手に入れたぞ」と伝えて反応を見る、ただそれだけである。

特に準備を整える必要はないし、時間をおいてじっくり実行に移す利点もない。

そんなわけで冒険者ギルドに到着した俺は、あいかわらず雰囲気のよろしくない周囲の空気に辟《へき》易《えき》しつつ、受付に歩み寄った。

受付にいた男性職員がろくにこちらの顔も見ずに用件を聞いてくるので、先日カティアと一緒に来たときに出した依頼の進捗《しんちょく》状況を問いただす。

『銀星』の名を聞いた職員は驚いたように顔をあげる。ここでようやくこちらを竜殺しと認識したらしく、職員は慌てたように「しょ、少々お待ちください」とことわり、なにやら確認しはじめた。

ややあって、特に成果なし、という返答がもたらされたが、これについては予想の範疇《はんちゅう》である。行方不明から数ヶ月もたった今になって、有力な手がかりがほいほい見つかるわけもない。まして、俺が依頼を出してから十日とたっていないのだから尚更《なおさら》である。

ただ、俺の出した依頼は「物でも、噂でも、なんでもかまわないから『銀星』の発見につながる手がかりを探している」というものだった。報酬には金貨を提示したから、金貨目当てで情報を持ち込んだ者たちは必ずいたはずである。

俺は職員にそれらの情報をまとめた資料を要求した。何の証拠もない出まかせばかりですよ、と言われたが、かまわないと返答する。

少し時間がかかるというので、隅に置いてある椅子に腰かけて待つことにした。

——こうしておけば、この間にギルドマスターへ情報が伝わるだろう。

直接ゾルタンをたずねて認識票を突きつけてもよかったが、これでは「私はあなたを疑っています」と伝えるようなものだ。向こうも揺さぶられていることを察して行動に気をつけるだろう。

だから、向こうから俺に話しかけてくるように仕向ける。その会話の中で認識票のことを伝えれば、俺の疑念を気取られずにすむ。

問題はゾルタンが不在の場合だが、そのときは職員にそれとなく伝えればいい。ゾルタンは今ウィステリア関連のことで俺の行動を注視してるはずだ。俺がギルドに来ていたと知れば、対応した職員に詳しい会話の内容を問いただすに違いない。

そんなことをあれこれ考えながら待っていたら、ほどなくして聞きおぼえのある声が近づいてきた。

「おやおや、これは竜殺し殿。ようこそいらっしゃいました。先の会議以来ですな」

わざとらしい丁寧な口調と共にゾルタンが姿をあらわす。どうやら外出はしていなかったようで、
俺は澄まし顔で相手のあいさつに応じた。

「そうなりますね。お元気そうでなにより、と申し上げたいところですが、これは皮肉にとられてしまいますかね？」

「はは、いや、そんなことはありませんぞ。会議では少々強く物を申しましたが、すべては吾輩《わがはい》の

ベルカを守らんとする心から出たもの。竜殺し殿におかれてはさぞ不快であったことと存ずるが、なにとぞご寛恕《かんじょ》をたまわりたい」

ゾルタンはつとめて何気なさそうに振る舞っているが、よく見れば顔が少し引きつっている。先の会議で俺を完全に敵に回したのでは、と恐れているのだろう。

俺はなおも澄まし顔を保ったまま言葉を続ける。

「お気になさらず。ゾルタン殿がベルカの街と、そこに生きる人々のことを思って発言なさったことはわかっているつもりです」

それを聞いたゾルタンは露骨にほっとした顔になり、声を弾ませた。

「さようですか。いや、ありがたい。竜殺し殿にいらぬ誤解を与えてしまったのでは、と気になっていたのです。おお、そうそう、『銀星』に関する資料がご入用とのこと。こちらにまとめてまいりましたぞ」

「感謝します。ギルドマスターに雑用をさせてしまって申し訳ない」

「なんのなんの。この程度はお安い御用です」

ゾルタンはここで声を低めた。

「しかし、こう申しては何ですが、本当に愚にもつかない情報ばかりですぞ。竜殺し殿が定めた多額の報酬を、わずかなりとせしめられれば儲けもの、とでも考えておるのでしょう。自分たちが持ってきた情報の裏付けすらろくにとっておりません。このような者たちが栄《は》えあるベルカギルドの冒険者であるなどと、ギルドマスターとしては汗顔《かんがん》の至りです。むろん、無責任な仕事に対し、お預かりした報酬は銅貨一枚たりとも払っておりませぬが」

ゾルタンの嘆きぶりは真に迫っており、あながち演技とは思えぬ節もあった。

俺は相手に同情するふりをしつつ、何気なく話を進める。

「ご配慮はありがたいが、情報を持ち込んでくれた方に対しては報酬を支払ってあげてください。さすがに裏付けもとっていない情報に金貨銀貨は出せませぬが、銅貨の十枚二十枚なら何の問題もありません」

「……よろしいのか？　それを知れば、これまでは様子を見ていた者たちがわっと押し寄せて参りますぞ。たかが銅貨とはいえ、情報を持ち込む者が十人二十人と増えていけば、費《つい》えはたちまち膨れあがってしまいます」

「かまいません。報酬が足りなくなれば、不足分は私が補充しますので。今はどんな小さいことであっても情報が欲しいのです。小さな情報をたぐることで大きな発見に結びつくこともある。それはアロウ卿の認識票を手に入れたことで証明されました」

俺の言葉を聞いたゾルタンは、一拍の間を置いて、奇妙に平坦な声でたずねてきた。

「――今、なんと？」

「なんと、とは？」

「いや、アロウの認識票を手に入れた、と聞こえたのですが、気のせいですかな？」

俺はゾルタンの問いにかぶりを振る。

「いや、気のせいではありません。実はつい先刻、アロウ卿の認識票が手に入りましてね。これがそうです」

そういって懐から取り出した認識票をゾルタンに手渡す。

ゾルタンは何か熱いものでも渡されたように、おそるおそる認識票をつかむと、裏にある持ち主の名前を確認した。そして、そこに間違いなくアロウの名前が記されていることを知って、表情を硬くする。

「……こんなものを、いったいどこで？」

「それは――と、失礼。そろそろ宿に戻りませんとカティアが待ちくたびれているでしょう。あの子には一刻も早くこのことを伝えてやりたいので、私はこのあたりで失礼させていただきます。ゾルタン殿が詳しい話をお望みなら、また後日お話ししましょう」

手を差し出して認識票を返すようにうながす。

すると、ゾルタンは硬い口調で次のように応じた。

「竜殺し殿。これは非常に貴重な手がかりだ。いうまでもないが、『銀星』は冒険者ギルドに所属するAランクパーティであり、アロウは冒険者ギルドに所属する第一級冒険者だった。吾輩《わがはい》としても、消えた『銀星』やアロウの行方を突きとめる手がかりに無関心ではいられぬ。どうであろう、この品をギルドでお預かりすることはできぬものだろうか？　貴殿がこれをどこで見つけたのかについても、この場でお話しいただければ助かるのだが」

「なるほど。ゾルタン殿がおっしゃりたいことはわかります」

「おお、では！」

目を輝かせるゾルタンに対し、俺はにこりと微笑んで否《いな》を突きつけた。

「しかし、それは後日にしていただきたい。今も申し上げたように、私はこのことを一刻も早くカティアに知らせてやりたいのです。誰もがアロウ卿らの生存を諦めていく中で、ただひとり、諦めることなく仲間の行方を探し続けた彼女には、真っ先にこのことを知る権利があるはずです」

「それはそうかもしれぬが、事の軽重《けいちょう》を考えれば――」

「事の軽重を考えればこそ、カティアを優先するのです。ゾルタン殿、さあ、アロウ卿の認識票をお返しください」

俺は再度ゾルタンに返却をうながす。別段、相手を威圧したつもりはなかったが、ゾルタンは慌てて認識票を俺の手のひらに乗せた。

微笑んで認識票を受け取った俺は、ゾルタンが持ってきた資料を手にとり、ではこれで、と辞去のあいさつをする。

「また近いうちにお目にかかりましょう、ギルドマスター殿」

踵《きびす》を返した俺の背に、針のように鋭くとがったゾルタンの視線が突き刺さる。

その視線は俺がギルドを出ていくまで、執拗に俺の背を追い続けていた。

7

宿に戻った俺は待ち構えていたカティアに即座につかまった。どうやら俺とジョエルが出て行ってから、ずっと宿の入り口を見張っていたらしい。

案の定というべきか、話を聞いたカティアは大騒ぎだったが、ジョエルが『銀星』の行方不明に関わっているならわざわざ証拠の品を持ってくるはずがない、と告げると大人しくなった。

たしかにそのとおりだ、と納得したのだろう。

それでもまだ若干不満げなカティアに対し、俺はアロウの認識票を手渡して「これは君にあずける」と伝える。すると、カティアは驚いたように目を見開き、自分が持っていていいのか、とたずねてきた。

俺が先刻ゾルタンに向けた言葉をもう一度繰り返すと、カティアは目をうるませて頭を下げ、渡された認識票を大切そうに胸に抱えこむ。

俺はそんなカティアを見やりつつ、この認識票が眼前の少女にとって一つの区切りになってくれることを願った。そうすれば、ユニやマルコとの関係も改善されるに違いない。

とはいえ、こればかりは心の問題だから他人がとやかくいっても仕方ない。今の俺にできるのは、ゾルタンがどのように動くかを注視しつつ、カティアが心の整理をつけられるよう願うことだけだった。

——その願いがまったく予想だにせぬ形でかなったのは次の日のことである。

翌朝、マルコとユニが連れ立って宿にやってきたとき、俺はふたりがカティアと話をするためにやってきたのだと考えた。カティアもそう思ったらしく、ふたりを見て少し不機嫌そうな顔をしたが、昨日のようにふたりを追い立てようとはしなかった。

アロウの認識票を手に入れたことで心に余裕がうまれたのだろう。そんなカティアを見て、マルコはほっと安堵の息を吐いたようだったが、もうひとり、ユニの方はカティアには目もくれずにまっすぐ俺に向かって歩み寄ってくる。

間近で見るおかっぱ頭の少女はひどく青ざめており、その口から発せられた声は強い震えを帯びていた。

「……竜殺し様。あなたがリーダーの認識票を手に入れた、とマルコから聞きました。本当でしょうか？」

「ああ、本当だ。どこで聞いたんだ？」

ユニとマルコを等分に見やってたずねると、マルコが慌てたように口をひらいた。

「あの、さっき今日の依頼をたしかめにギルドに寄ったとき、噂になってたんです。竜殺し様とギルドマスターがそんな話をしていた、と」

「そういうことか」

俺は納得してうなずく。

昨日、ゾルタンと話をしたとき、俺たちは密室にいたわけではない。受付の近くだったから人目もあったし、声を低めていたわけでもなかった。ギルドで噂になったとしても、特段あやしむことではない。その噂をマルコが小耳にはさみ、ユニに伝えたのだろう。

そこまではわかったが、それを聞いたユニがどうしてかくも動揺しているのかがわからなかった。マルコの方をうかがうと、どうやらこの少年もわかっていないようで、怪訝そうにユニを見つめている。

と、何かに耐えるようにぎゅっと目をつぶっていたユニが再び口を動かした。

「あの、疑うわけではないのですが、リーダーの認識票を見せていただいてもよろしいでしょうか？」

「ああ、それはかまわないが、いま認識票を持っているのは俺ではなくて――」

ちらとカティアを見やると、つられるようにユニもそちらを見た。

「カティア、お願い。見せてちょうだい」

「……これは竜殺し様からわたしがあずかったものよ。あなたに渡すつもりなんてないわ」

「わかってる。本物なのか確かめたいだけよ。あなたから奪うつもりなんてないわ」

それを聞いたカティアは、右目に警戒を、左目に困惑を浮かべてユニを見た。

警戒はユニの目的がわからないことについて、困惑は常ならぬ友人の様子について、それぞれ向けられた感情であろう。

カティアは少しのあいだ逡巡《しゅんじゅん》していたが、ほどなくして懐から取り出した認識票をユニに手渡した。警戒も困惑もまだ消えてはいなかったが、それでも、ここでユニが認識票を奪って逃げだしたりするはずがない、という信頼が優ったのだと思われる。

実際、ユニは受け取ったアロウの認識票を奪おうとはしなかった。カティアから渡された星型の印章《エンブレム》を震える手でつまみあげ、裏に記してある持ち主の名前をたしかめる。

そして、そこに間違いなくアロウの名前が記されていることを確認したユニは、次の瞬間、嗚咽《おえつ》をもらしながらその場に膝をついた。

そして、ごめんなさいごめんなさい、と繰り返しながら、ここにはいない誰かに向かって謝り続けている。

「……ユ、ユニ？　どうしたの、大丈夫？」

突然の友人の行動に、カティアは警戒も困惑も忘れてユニの顔をのぞきこんだ。そして肩に手を置き、正気づけるように何度か揺らす。

それでもユニは謝罪をやめない。その異常な姿に宿の従業員や、一階に下りてきていた泊まり客の視線が集中したので、俺は半ばユニを抱えるようにして、カティアとイリア用にとった部屋に連れていった。

その後、しばらくして落ち着きを取り戻したユニは、腫れぼったい目を伏せながら、かぼそい声で俺たちに謝罪する。

それに対してカティアは、謝罪なんていいから、と心配そうにユニの顔を見つめた。

「どうしたの、ユニ？　何があったの？　あなたのあんな姿を見たのは初めてだわ」

「そうだよ、ユニ。リーダーの認識票の話をしたときから様子がおかしいとは思っていたけど、いったいどうしたんだい？」

カティアに続き、マルコもユニを案じて声をかける。付き合いの長いふたりにとっても、今しがたのユニの行動は不可解なものだったようである。

自分を心配するふたりを見るユニの顔はひどく切なそうだった。まるで、これが今生の別れであるとでもいうかのように。

そうして、ユニは決定的な一言を放った——アロウを死に追いやったのは自分である、と。

「…………………は？」

カティアの口から間の抜けた声がもれた。

ややあって、その口から乾いた笑いが発される。

「な、何をいっているのよ、ユニ。冗談にしてもたちが悪いわ。リーダーを死に追いやったって、指を切っただけで卒倒するあなたがどうやってそんなことをするのよ？」

そのカティアの言葉にマルコも賛同する。

「そうだよ、ユニ。君は疲れているんだ。話をするにしても、少し休んでからの方がいい」

「そうね、マルコのいうとおりよ。わたしの寝台を貸してあげるから、少し寝ていきなさい」

自分を気遣うふたりの言葉を聞いたユニは、ふるふると首を横に振った。

「ありがとう、ふたりとも。でも、私は冗談をいったわけではないし、疲れて妄言を吐いたわけでもないの。リーダーを、そして幹部の人たちを死に追いやったのは本当に私。リーダーに渡した飲み物にね、毒を混ぜたのよ」

あくまで自分の主張を曲げないユニを見て、カティアはカッとしたように声を高めた。

「いいかげんにして、ユニ！　毒を混ぜた？　それならその毒をどこで手に入れたのか言ってみなさい！　あなたみたいな真面目な子が、毒薬を手に入れる手づるなんて持ってるわけないわ！」

「ええ、そんな手づるは持ってないわ。持っている必要もない。その毒は『銀星』の倉庫に定期的に補充されるのだから」

「それこそありえないわ！　リーダーはたとえ魔物相手だって毒なんて使わなかった。『銀星』の倉庫に毒なんてあるはずないのよ。そんなこと、あなただって知っているでしょう!?」

カティアは強い口調で断言する。その隣ではマルコも厳しい表情でうなずいていた。

ユニはそのふたりに向けて淡々とした口調で語りかける。

「そうね、リーダーはそういう人だった。でも、カティア。私が盛った毒は薬として用いられることもある物なの。だから、その毒は――睡死薬《タナシア》は常に倉庫に常備されていたのよ」

睡死薬《タナシア》。ユニが口にした毒の名前を聞き、俺は反射的に眉をひそめる。

睡死薬《タナシア》とは痛みを感じる身体の機能を徐々に殺していく薬物である。そうすることで身体的な苦痛を遠ざけ、重病人や重傷者に眠るように安らかな死を与えることから睡死薬の名前が冠せられている。

かつてクラウディア・ドラグノートが服用していた薬のことを、もちろん俺は忘れていなかった。たしかにあれならば毒にも薬にもなる。庶民がやすやすと手に入れられる物ではないが、『銀星』のような大きな冒険者集団ならば、いくつか手元に保管していても不思議はないだろう。

ユニはそれをひそかに盗み、アロウに渡す飲み物に混入していた、と主張している。

ただ、睡死薬《タナシア》の特性を考えれば、ユニの話にはいくつかの無理がある。ちらとカティアを見やると、彼女もまた俺と同じことを考えていたらしく、目に強い光を浮かべていた。

「ユニ、睡死薬《タナシア》に即効性はないわ。大杯になみなみと注いで、一気に飲みほすような真似でもしないかぎり、一度や二度の服用で命に関わることはありえないのよ。それに、あれはひどく甘い匂いがするから、そうと気づかれずに人に飲ませることは難しい。ましてやリーダーみたいなベテラン冒険者に勘づかれずに飲ませることなんて不可能…………え？」

勢いよく言葉を並べ立てていたカティアが、不意に何かに気づいたように言葉をとぎれさせる。

そのカティアを見て、ユニは静かにいった。

「カティア。あなたは甘味が好きなリーダーのために、よく甘い飲み物をこさえていたよね。リーダーはそれをことのほか好んでて、ベルカにいるときも、冒険に出たときも口にしていた。リーダーたちが行方知れずになった最後の冒険のときも、あなたはそれをつくっていたよね」

そして、私は隣でそれを見ていた――ユニはうっすらと、どこか寒気を感じさせる微笑を浮かべながら告げた。

「ユニ、あなた、まさか……」

絶句するカティアをよそに、ユニは話を先に進めていく。

「何の言い訳にもならないけれどね、私もリーダーを殺すつもりはなかったの。冒険の最中、睡死薬《タナシア》の入った飲み物を飲み続けていれば、遠からず身体に異常が出る。異常が出れば、リーダーはその原因を調べようとするでしょう。そして、すぐに原因にたどりつく。カティア、あなたがつくった飲み物に毒が入っていたということに――」

「ふざけないで!!」

ユニの言葉が終わらないうちに、カティアの金切り声が室内に響き渡った。

「ふざけないでよ！　それじゃ、まるであなたが私をおとしいれようとしたみたいじゃないの!?」

火を吹くような眼差しでカティアに睨まれたユニだったが、少しも怖じる様子をみせず、奇妙に落ち着いた態度で応じた。

「おとしいれようとしたみたい、じゃないのよ、カティア。私はあなたをおとしいれたの」

「うそ、うそよ！　そんなわけないわ！　どうしてあなたが私に、そんなこと……！」

「嫉妬よ」

その言葉に、カティアは驚いたように目を見開く。

そして、震える声でユニにたずねた。

「嫉妬って……なんで、あなたが、私に……？」

「私が慕っているマルコはあなたばかりを見ている。それなのに肝心のあなたはそのことに少しも気づかず、リーダーばかりを見ている」

はじめは仕方ないと思っていた、とユニはいう。アロウに救われたカティアがアロウを慕うのも、マルコが一緒に命がけの冒険をしているカティアに惹かれるのも当然だと思っていた、と。

急に名前を出されたマルコがびくりと肩を震わせ、戸惑ったように目を瞬かせる。その様子を見るに、マルコはユニの想いに気づいていなかったらしい。そんなマルコを寂しげに見やったユニは吐息と共に告げる。

「あなたと違って神官にもなれず、冒険者にもなれなかった私は見ていることしかできなかった。それが当然だと思っていた。でもね、カティア。そんなあなたたちを何年も何年もそばで見ていたら、だんだんあなたへの嫉妬をおさえることができなくなっていったの。だから、私はリーダーに毒を盛った。すぐに『嘘看破《センス・ライ》』で無実を証明できるとしても、それでも私はあなたを苦しめたかった。私が欲しいものを全部持っているあなたが、妬ましくて仕方なかったから」

それを聞いたカティアは、彫像のように固まったままぴくりとも動かなくなった。まさか、ユニがそんな嫉妬心を秘めて自分を見ていたとは夢にも思っていなかったのだろう。ましてや、ユニがそれを理由にアロウに毒を盛るなど想像だにしていなかったに違いない。

先にカティアが述べたように、睡死薬《タナシア》に即効性はない。それゆえ、アロウの直接的な死因は睡死薬《タナシア》ではなかったはずだ。睡死薬《タナシア》によって引き起こされた不調によって、アロウは勝てたはずの魔物相手に不覚をとった。そして、リーダーが倒れたことで『銀星』全体が混乱し、ついには全滅を余儀なくされた――『銀星』が行方不明になった一件は、おそらくこういう流れだったのだと思われる。

少なくとも、ユニはそう信じていた。なぜそれがわかるのかといえば、この後、ベルカ政庁に出頭したユニがそう供述したからである。取り調べには法神教の司祭も立ち合い、『嘘看破《センス・ライ》』による確認も行われた。その結果、ユニの主張はすべて事実であることが確認されたのである。

かくて、『銀星』が行方知れずになった一件はまったく予期せぬ形で終幕を迎えた――迎えたように思われた。

第五章　虚実

1

ユニがベルカ政庁に身柄を拘束されてから丸一日が経過した。

俺はユニとは何の関係もない身であるが、自白の場に居合わせ、さらにその後の出頭に付き添った関係上、あの少女の身元引受人という立場になっている。

別段、竜殺しが身元引受人になったところでユニの罪が軽減されることはない。ただ、役人たちの扱いが多少丁寧になるくらいの効果は期待できるだろう。

正直、なんで俺が、と思わないでもなかったが、ユニに家族はおらず、カティアやマルコは犯罪者の身元引受人になるには若すぎる。カティアからすがるような目を向けられてしまえば、むげに断ることもできなかった。

昨日はこのための手続きを山のようにこなさなければならず、政庁を出たときにはすでに日が暮れていた。カティアとマルコは俺に何度も頭を下げてきたが、ふたりにしても今回のことで相当に疲弊《ひへい》している。俺に感謝している暇があるならさっさと休みなさい、と真顔で忠告したほどである。ちなみにカティアは宿ではなく、ユニがいなくなった学院で夜を明かした。ユニを失った子供たちのためであることは言うまでもないだろう。

で、そんなカティアをひとりにしておくわけにはいかなかったので、イリアとスズメ、それにルナマリアが学院に同行している。

あけて翌日。

本来の予定では、今日あたりルナマリアと共にリドリスの族長に会いに行くつもりだったのだが、さすがに今のカティアを放っておくわけにはいかない。

そんなわけで俺も朝から学院に出向いたのだが、案の定カティアはすっかり元気をなくしていた。どうやらユニの自白から一睡もしていないようで、こちらを見る目は赤く腫れぼったい。歩くときは肩を落とし、話すときは顔を伏せ、といった具合にしょげ返っており、アロウを捜し出すのだと息巻いていた頃が嘘のようである。

唯一の救いは子供たちの顔に暗さがなかったことで、これはイリアたちのお手柄であろう。ただ、今日明日とユニの不在が続けば子供たちも異変に気づくに違いなく、そのときの対処は今後の課題であった。

ほどなくしてマルコが姿を見せたが、カティアは硬い表情のまま、まったくマルコを見ようとしない。もともとカティアはマルコに対して隔意《かくい》を示していたが、昨日のユニの告白以降、それがさらに顕著になった感があった。

カティアにしてみれば、マルコの要らざる好意がユニを追い詰める一因になった、という恨みがあるのだろう。ただ、それが八つ当たりであるという自覚もあるから面と向かって責めることもできない。

マルコがやってきて間もなく、カティアが俺を客室にいざなったのは、俺とふたりで話をしたかったからであろうが、今はマルコと顔を合わせたくないという理由もあったと思われる。

「竜殺し様。昨日も申し上げましたが、ユニのこと、本当にありがとうございました」

深々と頭を下げるカティアに対し、俺は軽くうなずいた。

「乗りかかった船だから気にしないでくれ。それに、以前にもいったが、俺はベルカに長くとどまることはできない。結局のところ、大変なのは君の方だ」

「はい、承知しています。それでもお礼をいわせてください。竜殺し様がいなかったら、きっと私は今もユニの気持ちに気づかないまま……」

カティアはこみあげてきたものをこらえるように、ぐっと歯をくいしばった。その顔を見るに、ユニに対して恨みや敵意を抱いている様子はない。

正直なところ、一夜明けて落ち着きを取り戻したカティアが、ユニのことを「リーダーを死に追いやった仇」として憎悪する可能性も考えていたのだが、これは俺の考えすぎだったようだ。

カティアにとってユニは今なお友人のまま。そのことを確認した俺は今後について言及する。

具体的にいえば、カティアたちの今後の身の振り方である。ユニの罪状はまだ確定していないが、事が事なだけに死刑になる可能性もある。仮に死刑をまぬがれたとしても、何十年と牢につながれることになるだろう。

喫緊《きっきん》の問題は学院にいる子供たちである。これまではユニが面倒を見てきたそうだが、そのユニがいなくなってしまった今、ユニの代わりとなる人間が必要になる。

俺がそう指摘すると、カティアは承知している、という風にこくりとうなずいた。

「子供たちの面倒は私がみます。それがユニをあそこまで追い詰めてしまった罪滅ぼしだと思うんです」

「そうか。それなら人選はそれでいいとして、問題は金銭の方だ。育ち盛りの子供を五人、君も含めると六人の生活費を捻出するのは大変だろう。それと、この建物。もとはアロウ卿の生家だと聞いているから家賃なんかは必要ないと思うが、かなり広いから維持費はそれなりにかかるんじゃないか？　それに、土地にかかる税金もけっこうな額になると思う」

この建物はベルカの大通りにほど近い位置にあり、土地としての価値はけっこう高そうである。

率直にいって、『銀星』が解散してから今日までの間、よくユニひとりで維持することができたものだ、と俺は感心していた。

そのあたりはどうなっていたのか、とカティアにたずねる。正直、今のカティアにこんなことをたずねていいものか分からないが、この手の問題を放置しておくとロクなことにならない。

問われたカティアは困惑したように首をかしげた。

「その、私はリーダーの捜索のことばかり考えていたので、そういったことは全部ユニに任せて――いえ、押しつけていました。言い訳になりますが、以前、一度だけお金のことをたずねたとき、ユニは心配しないでいいから、と笑っていたんです。もともと、ユニはリーダーが健在だった頃から学院の経理を任されていましたから、ユニが心配ないというなら大丈夫だろうと……」

カティアは言いにくそうにユニとのやり取りを明かす。

アロウたちの捜索に私財を費やしていたカティアに、学院の維持に割くお金が残っていたとは思えない。今しがた、当人が言明したように、カティアは学院に関してはほとんどユニに押しつけていたのだろう。

罪悪感にさいなまれて肩を落とすカティアに、俺はつとめて優しく声をかける。別に俺はカティアを責めるために金銭の話題を持ち出したわけではないのだ。

「そうか。ま、金銭に関しては必要なら俺が出すから心配いらないぞ」

「え……？　で、でも、そこまで竜殺し様のお世話になるわけには……」

「安心してくれ、俺としてもほどこしをするつもりはない。出した金はいずれ耳をそろえて返してもらうさ」

ようするに貸すだけだ。巷《ちまた》の金貸しとの違いは、条件が無利子、無期限、無担保という点だけである。

なんなら、この学院を『血煙《ちけむり》の剣』のベルカ支部として買収してもよい。もともと、イシュカ以外にも拠点をもうけておきたい、という考えは頭の中にあった。

今後、アンドラの悪霊憑きを受けいれるにあたって、ベルカに拠点を設けておけば何かと便利になるという目論見もある。カティアや子供たちが支部の維持に協力してくれるなら、クランの一員として給与を払うこともできるだろう。

「これだと、俺が君たちの弱みにつけこんで、土地と建物を手に入れようとしていると思われかねないけどな」

冗談まじりにいうと、カティアはぶんぶんとかぶりを振った。

「いえ、そんなことは決して思いません！　その、正直、お金に関してはどうしようかと悩んでいたんです。ですから、申し出はとてもありがたい、です」

「ならよかった。そうそう、君たちがよければ全員をイシュカに移住させることもできるぞ」

俺が告げると、カティアは驚いたように目を見開いた。

イシュカの邸宅にはまだまだ余裕があり、子供の五人や六人、いつでも受け入れることができる。

カティアたちにしてみれば、住み慣れたベルカの街を離れることは避けたいだろうが、ユニの一件が広まれば非難の声は学院にも及ぶだろう。『銀星』の生き残りや、アロウを慕っていた者たちから報復を受けることも考えられる。そういった危難を避けようと思えば、ベルカを離れるのもひとつの手ではあった。

俺がそういったことを順を追って話していく間、カティアは黙ってそれに聞き入っていた。やがて話を聞き終えたカティアは、おずおずと口をひらく。

「あの、申し出はありがたいのですけど、どうしてそこまでして下さるんですか？」

「む？」

「私はあなたに迷惑をかけてばかりです。依頼の報酬さえ約束していない私のために、どうしてこんなに優しくしてくださるのでしょうか？」

カティアの力ない問いかけに、なんと返事をしたものかと考える。先ほどと同じように、乗りかかった船だから、と軽く返すのは良くない気がした。

なので、なるべく真摯《しんし》に返答する。

「そうだな。率直にいえば、俺が君に手を貸すのは、君を助けたいと思っている人たちのためだ」

「それは、イリアさんのこと、でしょうか？」

「イリアもそうだし、イリアのお母上のことでもある。もし君が彼女らの知人でなかったなら、君の依頼を受けることもなかっただろう。メルテ村とのつながりを持ち出されるのは、君にとって面白くないことだろうけどね」

俺の言葉を聞いたカティアはほろ苦い笑みを浮かべて、小さく首を横に振った。

「いえ、そんなことはありません。そもそも、はじめにイリアさんとあなたのつながりを利用しようとしたのは私ですから」

「そういえばそうだったか。ま、そんなわけで、こうしてあれこれ世話を焼いているわけだ」

俺の行動の底にあるのは打算であって優しさではない。そのことをはっきりと伝えておく。

さっきの金銭の話といい、今の話といい、傷心の女の子にする話ではないと思うが、今後、変に買いかぶられたり、必要以上に頼られても困る。今のうちにそのあたりを伝えておく意味もあった。

これを聞いたカティアはやや表情を曇らせたものの、そこに不満や不服の色はなく、神妙にこちらの言葉にうなずいている。

ややあって、カティアが再び口をひらいた。

「あの、こんなときに聞く話ではないと思うんですが、竜殺し様とイリアさんはどういう関係なんでしょうか?」

「む? イリアから聞いていないのか?」

「一度たずねたのですが、困った顔で話をそらされてしまいました」

なるほど、と俺は苦笑してうなずく。たしかにイリアの口から語れることではないだろう。

もちろん、それは俺も変わらない。カティア相手に魂がどうの、供給役がどうのという話をするわけにもいかないではないか。

ただ、カティアが『銀星』以外の話に関心を持ったのは良い兆候である。ここで突き放して、せっかくの変化の芽を摘《つ》むこともあるまいと思った俺は『隼《はやぶさ》の剣』時代の話をカティアに語ることにした。「元パーティメンバー」というのは、俺とイリアの関係を語るにおいてもっとも妥当な言葉であろう。

「イリアに聞いているかもしれないが、イリアはもともと『隼の剣《はやぶさ》』というパーティに所属していた。で、俺も一時期その『隼の剣《はやぶさ》』に加わっていたんだ。つまり、俺とイリアは元パーティメンバーという関係になる」

そう告げると、カティアはほうほうと興味深そうにうなずく。どうやらこのあたりの話もイリアとはしていないらしい。たぶん、以前はまったく興味がなかったのだろう。

だが、今のカティアは明らかに話を聞きたがっているように見えた。これがカティアの気晴らしになればもうけものだと思いながら話を続ける。

もちろん、語ったのは才能限界だのパーティ追放だのという話ではなく、まだ俺たちがうまくやっていた頃の話だ。

あるとき、ラーズが冒険者ギルドでゴブリン退治の依頼を引き受けてきたことがあった。といってもギルドを介した正規の依頼ではなく、依頼料が安すぎてギルドが受理しなかった依頼である。

当然、ギルドによる下調べはおこなわれておらず、現地にいった俺たちは依頼人の情報になかったゴブリンの高位種に襲われて危うく死にかけた――俺がカティアに話したのは、そんな平凡な冒険話だった。

特に面白い話ではなかったと思うが、カティアは時に真剣に、時に興味深そうに、ころころ表情を変えながら話に聞き入っている。同じ冒険者として、自分たちと重なるところがあったのかもしれない。

語り終えた俺は肩をすくめてつけくわえた。

「あの頃はこんなことが日常茶飯事だったな。ラーズのお人よしにも困ったもんだと思ってたよ。イリアもイリアで、小言こそ言うけどラーズの無茶を止めることはほとんどなかったからな。こっちもこっちで大変だった」

「ふふ、お姉ちゃ——あ、いえ、イリアさんらしいです。昔からお兄ちゃん——ごほん！　ラーズさんには甘かったですから」

くすりと微笑んだカティアは、一瞬イリアをお姉ちゃんと呼びそうになり、慌てて言い直した。その後、すぐにラーズをお兄ちゃんと呼んでしまうあたり、案外ドジな面もあるのかもしれない。あるいは、イリアたちに対するわだかまりが解けてきている証であろうか。

不意に室内に沈黙の帳《とばり》が下りる。

それを破ったのはカティアの震える声だった。

「……もし、奴隷として売られていなければ、私も『隼《はやぶさ》の剣』に入っていたかもしれません」

「そうかもな」

「そうしたら、私がベルカに来ることはなかった。リーダーに会うこともなかった。ユニと会って、あの子を傷つけることもなかった。リーダーがユニに毒を盛られることも、きっとなかった。どうして……どうして、こんなことになっちゃったのかな……」

カティアの目からぽろぽろと涙がこぼれおちていく。

思えば、昨日からカティアは一度も泣いていなかった。泣くのをこらえていたのか、それともショックが大きすぎて泣くどころではなかったのか。いずれにせよ、一度あふれた涙は止まることなく少女の頬を流れ落ち、法神の神官服に染みをつくっていく。

両手で顔をおさえて嗚咽《おえつ》をもらすカティア。それを見た俺は次の行動に迷った。

正直、この場にマルコがいれば、あの少年にすべてをまかせて部屋を出ただろう。だが、この場にマルコはいない。泣いているカティアを置いてマルコを呼んでくるのもためらわれた。

かといって、抱きしめて慰めるような関係でもない。ためらった末、俺はカティアの名を呼んだ。

肩を貸して部屋まで送っていこうと考えたわけだが、次の瞬間、カティアが俺の胸に飛び込んできた。そして、もうこらえきれないとばかりに大声でわんわん泣き始めた。その涙はユニのことだけではなく、アロウが行方不明になって以来ずっと溜めこんできたものだったのかもしれない。俺がそう思ってしまうくらい、カティアはずっと泣き続けた。

その間、俺は何もいわずにカティアの背をさすっていた。他にすることがなかったともいえる。

やがて泣き声が徐々におさまっていき、すうすうという寝息にかわるまで、俺はずっとその動作を続けていた。

泣きつかれて寝入ってしまったカティアを抱えて客室を出た俺は、イリアに事の次第を伝えてカティアを託すと、ルナマリアと共に学院を出た。

あの様子ならカティアはもうしばらく目を覚まさない。その間に本来の目的をすませてしまうつもりだった。

2

向かう先はもちろんリドリスの族長のところである。

先の会議で族長はウィステリアが『血煙《ちけむり》の剣』に加わることを容認してくれたが、それはウィステリアの罪を許してのことでもなければ、俺の判断に正当性を認めたからでもない。

今さら族長と会ったところで何が変わるとも思えないが、ベルカを去る前に一度は足を運んでおかねばならない。恨み言なり罵声なりをぶつけられても甘んじて受けとめよう。そう思っていた。

だが、結論からいえば、族長も他のエルフも俺を非難しようとはしなかった。かといって、友好的な反応が返ってきたわけでもない。

多くの同胞を殺めたウィステリアのことは許さないし、そのウィステリアを迎え入れた俺のことは認められない。だが、俺に対しては恩があるし、何より単身でダークエルフを押し返すような力の持ち主と敵対するわけにはいかない——エルフたちから伝わってきたのはそんな感情だった。

向こうがそういう態度をとる以上、こちらからあれこれ言うことはない。早々にエルフたちのもとを辞した俺は、帰り道、ルナマリアに意外の念を伝えた。

「ま、敵対関係にならなくてよかった、といったところかな。正直、もう少し俺への当たりはきついものになると思っていたんだが」

そうでもなかったと告げると、ルナマリアはこくりとうなずく。

「そうですね。マスターに食ってかかる同胞もいるだろうと予想していたのですが、そういう者はおりませんでした。おそらく、族長があらかじめ周囲の者たちを説いてくれていたのでしょう。マスターと敵対することのないように」

どことなく安堵した様子で、ルナマリアはほぅっと息を吐く。俺とリドリスのエルフたちが敵対する可能性を慮《おもんぱか》って、ずっと気を張っていたのかもしれない。

ともあれ、これでリドリスとの関係にけじめをつけることができた。もとより、エルフとダークエルフの関係上、完全な和解が成立するとは考えていなかった。今しがた述べたように、敵対関係にならずにすんだだけで御《おん》の字《じ》というものである。

これで残るはサイララ枢機卿だけ――そんなことを考えながら宿に帰った俺を待っていたのは、その枢機卿からの使者だった。

サイララ枢機卿の招請に従ってひとりで法の神殿をたずねた俺は、以前に来たときと同じ部屋に通された。あれはベルカに到着してすぐの頃であり、遅い時刻にたずねた俺を枢機卿は快く迎えてくれたものである。

あれからまだ半月とたっていないが、ベルカを取り巻く情勢はずいぶんと変化した。それにともなって枢機卿の態度も変化しており、ほどなくして姿を見せたサイララ枢機卿は能面を思わせる無表情を俺に向けた。

「まずは呼びつけたことを詫びよう、竜殺し殿。言い訳になるが、間もなくわしはアザール王太子殿下と咲耶《さくや》皇女殿下の婚儀に出席するためにベルカを発つ。その準備で手が離せなかったのでな」

「お気遣いなく、猊下《げいか》。お招きがなくとも私から神殿をたずねるつもりでおりました」

それを聞いた枢機卿は、そうか、と短くうなずく。

「そちらの用件は彼《か》のダークエルフのことであると推察する。今さら貴殿に理を説くつもりはないので結論からいわせてもらうが、貴殿がダークエルフを囲うことについて、法神教はこれをとがめない」

枢機卿はそう告げた後、表情に厳しいものを押し出してきた。

「むろん、今後ダークエルフが問題を起こした場合、その責任をとるのは貴殿である。また、こたびの戦いで命を失った者、傷を負った者、家族を失った者らの心情に配慮し、ダークエルフのベルカへの立ち入りはこれを全面的に禁ずるものである。しばしの猶予は認めるが、可能なかぎり早く、彼《か》の者を都市の外に出すように。このこと、しかと伝えたぞ」

「承知いたしました」

「今回の決定はティティスの森における貴殿の不死殺し、ならびに教皇聖下をお救いした功績を嘉《よみ》したものである。下世話な言い方になるが、これで法神教は貴殿に借りを返した。今後、同じように無理を通すことができるとはゆめゆめ考えないでもらいたい。ラスカリスめの側近だった者を人の世に招き入れるなど、本来あってはならぬことなのだ。あの者が妄動せぬよう、竜殺し殿におかれてはくれぐれも注意するように」

ネチネチと、と言えば失礼にあたるだろうが、サイララ枢機卿の説教じみた言葉は続いた。

まあ、いかに俺が自力で捕らえた相手とはいえ、ウィステリアは侵略者の指揮官であり、法神教にとっては宿敵ともいえるダークエルフ族である。そのウィステリアをクランに迎え入れることを「無理を通す」といわれてしまえば、俺としては反論のしようがない。

枢機卿にしてみれば、言いたいことは山脈ひとつ分はあるに違いなく、この程度の説教は甘んじて受けとめろ、というのが本心であろう。

ともあれ、これでサイララ枢機卿とも話をつけることができた。正直、今後の法神教との関係にかなり影が落ちる結果となってしまったが、リドリスのときと同じく、明確に敵対関係にならなかっただけでも儲けものである。

できればカティアやユニに関する話もしたかったが、この状況で枢機卿と建設的な話し合いができるとも思えない。俺はそう考えて部屋を出ようとしたが、思いがけず向こうがそれを止めた。

サイララ枢機卿はほんのすこしだけ表情をやわらげて俺を見る。

「話は変わるが、ユニという少女のことで貴殿に話しておかねばならないことがある。本来、このことを他者にもらしてはならぬのだが、貴殿はあの少女の身元引受人になったと聞く。ならば、知る権利があるだろう」

「うかがいましょう」

「法神教の立ち合いの下、あの者の取り調べは今もなお続いている。だが、複数人の『噓看破《センス・ライ》』による確認をへて、あの者がアロウに睡死薬《タナシア》を盛ったことは確定した。いうまでもないことだが、理由の如何《いかん》を問わず、毒の使用は大罪である。まして盛った相手は『銀星』のアロウ。ベルカでは知らぬ者とてない英雄だ。本来なら、見せしめの意味もこめて公開処刑となるところだが――」

枢機卿はそこで言葉を切り、眉根を寄せて腕を組んだ。

「睡死薬《タナシア》はたしかに人体に害を与えるが、毒ではなく薬として認知されている。睡死薬《タナシア》の使用を理由に極刑を科してしまえば、今後、治療の際に睡死薬《タナシア》を用いることをためらう者もあらわれよう。くわえて、睡死薬《タナシア》に即効性はなく、アロウの直接的な死因になったとは考えにくい。それらのことを踏まえ、法神教としては死刑は適当ではないと政庁に提言した。政庁がどういう判断をくだすかはわからぬが、おそらく提言はとりあげられるだろう。むろん、今後の取り調べで新たな罪が出てくれば、また話はかわってくるがな」

それを聞いた俺は無言でうなずく。

このあたりはあらかじめ予想していたことなので驚きはない。枢機卿に罪の軽減を願い出るつもりもなかった。罪に対して過大な罰が与えられるというならともかく、友人への嫉妬の念が高じてアロウに毒を盛ったユニの行いは、客観的にみても重罰にあたいする。

冤罪《えんざい》の可能性はまだ残っているとはいえ、ここでそれを口にするのは『嘘看破《センス・ライ》』を使ってユニの罪を確定させた法神教がグルである、と公言するようなもの。証拠もなしにそんなことをすれば、俺の方こそ罪に問われてしまう。

そもそも、冤罪をかけられたにしては、ユニが自分の罪を認めている点がいぶかしい。前述したようにユニの罪は非常に重く、間違っても無罪放免になることはない。それほどの冤罪をかけられて自分の罪を認める人間はいないだろう。

ユニが弱みを握られている、あるいは脅迫されている可能性も考えたが、これとて何の証拠もないことだ。ラスカリスやジョエルの言葉から生じた法神教への疑惑に、必要以上に囚《とら》われてはなるまい。

俺はそんな自戒を胸にサイララ枢機卿の話に耳をかたむけていた。その俺に枢機卿は静かに告げる。

「繰り返すが、ユニがアロウに睡死薬《タナシア》を盛ったことは間違いない。ただ、これも取り調べで判明したことだが、ユニがアロウの飲み物に睡死薬《タナシア》を仕込んだのは、アロウが死んだ最後の冒険が初めてであったとのことだ。睡死薬《タナシア》の効能から考えても、アロウに与えた影響はごく軽微であったはず。

よほどのことが起きないかぎり、アロウたちは生還できるはずだった」

だが、不運にもアロウたちは「よほどのこと」に見舞われてしまった。

これは本当に不運の一言で片づけていいことなのだろうか――枢機卿は沈痛な面持ちでそう述べる。

俺はといえば、話が予期せぬ方向に流れていくのを感じて眉をひそめた。

枢機卿は俺の表情にかまわず言葉を続ける。

「わしは違うと考えておる。何者かがユニを使嗾《しそう》してアロウに毒を盛り、しかる後、冒険の最中に『銀星』を襲った。それがわしの推測じゃ」

「……それは」

驚いて枢機卿の顔を見る俺に対し、向こうはさらに驚きの事実を告げてきた。

――法神教とベルカ政庁は極秘の調査にもとづき、冒険者ギルドのギルドマスター　ゾルタンを拘禁し、アロウ謀殺の疑いで取り調べている最中である。

サイララ枢機卿は俺にそう告げたのである。

3

サイララ枢機卿との話を終えて法の神殿を出た俺は、その後、ベルカ政庁に足を運んで必要な情報を集め、ひととおり事態を把握してから学院に戻った。

神殿や政庁で思いのほか時間を食ってしまったため、すでに日は大きく西に傾いている。そうして学院に入った俺を真っ先に出迎えたのは、顔を真っ赤にしてぺこぺこ頭を下げるカティアだった。

「あの、朝は本当に失礼しました！」

どうやら俺にしがみついて大泣きしたことは、しっかり記憶に残っているらしい。

明らかに気が動転しているカティアを見て、俺は優しく声をかける。

「気にしないでくれ。その様子だと、少しは眠れたみたいだな」

「あ、はい、その、おかげさまで……！」

またぺこぺこ頭を下げ始めるカティアを見て、居合わせたイリアや子供たちがくすくす笑っている。なんとなくではあるが、朝方に学院にわだかまっていた緊張感や不安感が薄れている気がした。

どことなく吹っ切れた感のあるカティアの言動のせいだとすれば喜ばしいことである。

ただ、これから語る内容を聞けば、また以前の思いつめたカティアに戻ってしまうかもしれない。

そのことを申し訳なく思いながら、俺は小声でカティアに語りかけた。

「少し話がある。ユニのことだ」

ユニの名前を聞いた途端、カティアはすぐさま動揺を払いのけ、表情を真剣なものにあらためる。

子供たちに聞かせる内容ではないと察したカティアは、朝と同じように俺を客室に案内してくれた。

そこで俺はサイララ枢機卿から聞いた話をカティアに伝えていく。最初に伝えたのは、ユニが死刑をまぬがれることができそうだ、という話である。

これを聞いたカティアは両手を胸にあてて安堵の表情を浮かべた。

「そうですか。それを聞いてほっとしました」

「もちろん、かなりの間、牢につながれることは間違いないけどな」

「それでも命があれば話をすることができます。私はユニが牢を出る日まで、ここであの子のことを待っていようと思います」

そう口にするカティアの顔には、すでに決断を下した者の落ち着きが感じられた。

俺は相手の決意にしっかりとうなずいてみせる。

「そうか、決めたんだな」

「はい。竜殺し様――いえ、ソラ様にはお金のことなどでご心配いただきましたが、そこはなんとか私が頑張るつもりです。私はリーダーが生きていた頃はリーダーに甘え、リーダーがいなくなってからはユニに甘えてきました。そんな私の甘えがあの子を追いつめてしまったんです。ここでソラ様のご厚意に甘えてしまったら、今までの私と何も変わりません」

だからひとりで頑張るつもりだ、とカティアは決意を秘めた顔でいう。

ユニがやってきたことを引き継ぐことで、友人を追いつめてしまった贖罪《しょくざい》をしたいという気持ちもあるのだろう。

この決意を前にしては、俺の申し出は余計なお世話というものだ。俺はうなずいてカティアの決意を尊重することを伝えた。

――とはいえ、これまでもっぱら冒険者、あるいは神官として活動していたカティアが、いきなり学院を切り回せるようになるとは思えない。頑張るのはいいが、頑張りすぎて倒れたら元も子もないだろう。

そんなわけで、俺はイリアをベルカに残すことにした。表向きの理由は、ベルカを去る俺の代理としてユニの身元引受人になってもらう、というものである。

これは『血煙《ちけむり》の剣』のメンバーではないカティアにはできないことだ。イリアにはなるべく目立たないようにカティアを手助けしろ、と命じるつもりである。

ただ、この案には問題もあって、実は『血煙《ちけむり》の剣』のメンバーではないという意味ではイリアもカティアと同じ立場なのである。イリアの所属はいまだ冒険者ギルドのままだ。

だから、この際イリアも正式に『血煙《ちけむり》の剣』に加えてしまうことにした。イリアには、亡き父と同じ第四級冒険者になるという目的があるのだが、この移籍によってその目的はかなり遠のいてしまうことになる。

それゆえ、イリアが拒否するようならルナマリアに頼むつもりだったが、イリアはほとんど迷うことなく俺の案にうなずいた。その顔はどことなくほっとしたようにも見える。

長らく宙ぶらりんだった立場が確定したことで、イリア自身、安堵した面もあったのかもしれない。移籍の理由はかつて助けられなかった妹分《カティア》を助けるためだから、その意味でも迷う余地はなかったのだろう。

――この理由であれば、イリアの母親であるセーラ司祭に事情を伝える際にも怪しまれずにすむというものだ。

内心でこっそりそんなことを考えてから、俺はおもむろに本題を切り出した。

「実はそのユニのことで、猊下《げいか》から極秘の情報をうかがってきた」

「極秘、ですか？」

「ああ。結論からいうと、ユニに毒を盛るように使嗾《しそう》したのは、ギルドマスターのゾルタンだったらしい」

俺が告げると、カティアは何を言われたのかわからない、と言いたげにパチパチと目を瞬かせた。

「え……え？　どういうことですか？」

困惑から抜け出せないカティアに、俺は枢機卿から聞いた話をゆっくり伝えていく。

そもそもの発端は、ベルカギルドの歪《いびつ》さに求められるらしい。

ゾルタンは『銀星』と『砂漠の鷹』というふたつのAランクパーティに様々な恩恵を与え、厚遇してきた。Aランクパーティがクランとして独立してしまえば、ギルドの戦力は激減するし、ギルドマスターとして責任を問われることになりかねない。それゆえの措置だった。

だが『銀星』と『砂漠の鷹』を厚遇するということは、見方をかえれば、それ以外の冒険者たちを冷遇するということである。

実際、二パーティ以外の冒険者の間ではずいぶん前から不平不満がたまっていたようである。その不満が表立って噴出しなかったのは、なにしろ『銀星』と『砂漠の鷹』の功績が圧倒的だったからだ。

彼らならば厚遇されて当然だ、と誰もが認めざるをえない。だから、特別扱いがすぎると表立って不満を口にすることもできなかった。

――しかし、口には出せずとも、不満はたしかに存在した。地面の下を流れる伏流水のように、それは冒険者たちの心の奥底に流れており、長い年月をかけて少しずつ、少しずつ蓄積されていった。

サイララ枢機卿によれば、昨年あたりからギルドへの不満を訴える冒険者の数が急激に増加していたようである。

都市防衛において冒険者の力に頼る面が大きいベルカとしては、冒険者ギルドの混乱は望ましいものではない。それゆえ、ベルカの有力者の間でひとつの案が取りざたされるようになる。

『銀星』のアロウをギルドマスターに据える、という案である。

冒険者たちの不満の源は不公平さにある。ならば、その不公平をなくしてしまえば不満は解消される道理だ。

ゾルタンが『銀星』と『砂漠の鷹』を厚遇していたのは、このふたつがギルドを離れることを防ぐためであり、アロウがギルドマスターになれば、少なくとも『銀星』はギルドに取り込むことができる。

問題は『砂漠の鷹』であるが、これについては最悪、クランとして独立してしまってもかまわない。冒険者たちの不満を放置したままにしておくよりは遥かにマシである。

アロウは男盛りというべき年齢にあり、冒険者として円熟の域を迎えつつある。そのアロウを前線からひきはがし、書類机に座らせるのはやや惜しいが、現役の第一級冒険者からギルドマスターになった例は国内にも存在する。イシュカギルドのエルガート・クゥイスがそれだ。

エルガートは冒険者として培《つちか》った経験や知識をいかし、イシュカギルドを飛躍的に発展させた。白騎士アロウであれば、エルガートと同じか、それ以上のことができるはず——そう考えた有力者はけっこう多かったらしい。

だが、間もなくアロウが行方知れずになったことで、計画は実行に移されることなく立ち消えてしまった。

——ギルドマスターの座を失うところだったゾルタンにとっては、ひどく都合よく事態が動いたことになる。

そう考えたサイララ枢機卿は、かなり早い段階から独自に冒険者ギルドを調べていたらしい。長らく成果らしい成果をあげることはできなかったが、最近になって事態が動いた。俺がカティアに協力し、『銀星』の一件を調べ始めたことがゾルタンの危機感を刺激したのである。結果、ゾルタンは俺を止めるためにあれやこれやと動き出し、その隙に枢機卿はゾルタンの尻尾をつかむことができた。

肝心の尻尾の中身だが——

「『銀星』や『砂漠の鷹』に関わる秘密を調べた調査書だったそうだ」

「調査書、ですか？」

「ああ、子飼《こがい》の部下を使ってかなり丹念に調べていたみたいだな」

調べる対象が『銀星』と『砂漠の鷹』だった理由は推測するまでもあるまい。

その中にユニに関する秘密もあり、ゾルタンはこれを利用して直接的、間接的にユニを追い込んでいったものと思われる。

『嘘看破《センス・ライ》』による確認がなされた以上、ユニの中にカティアへの嫉妬があったことは間違いない。

ゾルタンの使嗾《しそう》が明らかになっても、この点は残念ながら動かない。

ただ、ユニが凶行に走った理由は嫉妬以外にもあった。何のなぐさめにもならないかもしれないが、このことをカティアには伝えておきたかったのである。

俺の話を聞いたカティアは、ためらいがちに口をひらいた。

「あの、ソラ様。ユニの秘密っていうのは……いえ、ごめんなさい、なんでもないです」

友人の秘密を問おうとしたカティアは、すぐにそんな自分を恥じるように首を横に振った。ユニにどんな秘密があったにせよ、自分がユニを追いこんだ事実が消えるわけではない。そう考えたのだろう。

俺自身はサイララ枢機卿からユニの秘密の中身を聞いている。それによれば、ユニが奴隷になった理由は家族を手にかけたことだったそうだ。具体的には父親である。あの少女が血を病的に嫌う理由は、おそらくこの過去にあるのだろう。

親殺しは大陸のどこであっても大罪であり、普通ならば間違いなく死刑に処される。だが、ユニの父親はかなり評判の悪い人物であり、家族にも相当つらく当たっていたようだ。そのあたりの事情を汲んだ役人によって、ユニは罪一等を減じられて命だけは助かった。

そうして奴隷としてベルカに流れてきたユニは、そこでカティアと知り合い、アロウに助けられたわけである。

ユニにしてみれば、父親を手にかけたのはやむをえないことだったのだろう。だが、いかなる理由があろうとも親殺しは親殺しだ。友人《カティア》には知られたくなかったに違いない。想いを寄せている異性《マルコ》にはなおのことである。

ゾルタンは部下を使って、その秘密を盾にユニに毒を盛るように仕向けた。断れば秘密をばらまくと言われれば、ユニは拒否しようがなかったに違いない。

問題はユニが強要された事実を誰にも口にしなかった点だが、これについては想像がつく。

繰り返すが、『嘘看破《センス・ライ》』による確認がなされた時点で、ユニの中にカティアへの嫉妬があったことは確定している。奴隷から解放してくれたアロウに毒を盛り、友人であるカティアをおとしいれようとした結果、『銀星』の壊滅、解散という最悪の事態を招いてしまった。ユニが強い罪悪感に苛まれたことは想像にかたくない。

その罪悪感はアロウの認識票を目にした瞬間に頂点に達したのではないか。死に追いやったアロウから痛烈に罵倒されたように思えたに違いない。

それゆえ、ユニは言い訳がましいことを何ひとつ口にせず、自分の罪を認めた。そうやってすべての罪を受けとめることが、ユニなりの贖罪《しょくざい》なのだと思われた。

4

様々なことが立て続けに起こったが、どうやら『銀星』を取り巻く事態は落着したようである。

少なくとも、俺にはそう思えた。

サイララ枢機卿がとかげの尻尾切りでゾルタンを切り捨てた可能性も考えたが、ユニならともかく、ゾルタンならそのことを声高に言い立てて、なんとか助かろうとあがくだろう。たとえ法神教によって『嘘看破《センス・ライ》』の結果をごまかされても、自分ではなく法神教こそ黒幕であると主張し続けるはずだ。

学院に戻ってくる前、ベルカ政庁におもむいたのはそのあたりを確かめるためだったのだが、結果として枢機卿の言葉の正しさを確認するだけに終わった。

カティアに事の次第を伝えた俺は、その日のうちにイシュカに帰還する準備にとりかかる。

結界魔術の触媒を手に入れ、ウィステリアをクランに迎え入れ、『銀星』が行方不明になった真相を知った。もうベルカでやるべきことはない。

そんな俺の考えに賛同したわけでもあるまいが、翌日、サイララ枢機卿がアストリッドら竜騎士団に護衛されて王都へ発った。これは王太子らの婚儀に出席するためであるが、ベルカで起こった事の詳細をノア教皇に伝えるためでもあるだろう。特に俺がウィステリアをクランに迎え入れた件は、必ず枢機卿の口から教皇に伝えられるに違いない。

それから二日後、俺たちもベルカを発った。俺たちというのは、俺、スズメ、ルナマリア、ウィステリアの四人であり、イリアに関しては予定どおりベルカに残ってもらう。なるべく早めに呼び戻すつもりであるが、当面の間はベルカで頑張ってもらおう。

まあ、いつぞやも言ったが、俺ひとりだけであればクラウ・ソラスの全力飛行で片道一日でベルカまで来ることができる。折に触れて様子を見に来る、と出発前にイリアとカティアには伝えておいた。

嬉しそうに顔をほころばせるふたりと学院の子供たちに見送られ、俺たちは東の城門をくぐって城外に出た。ウィステリアの顔を見た衛兵は一瞬ざわついたが、通達は来ていたとみえて、行く手をふさがれることはなかった。

途中、俺はふと思い立って強面《こわもて》の衛兵の姿を探す。初めてベルカに来たときや、ダークエルフの襲撃のときに言葉を交わしたひげの人物だ。ウィステリアを連れてアンドラから戻ってきたとき、冷静に対処してくれたことの礼を言いたかったのだが、休憩時間だったのか、それとも非番だったのか、あの特徴的な容姿を見つけることはできなかった。

俺は肩をすくめてつぶやく。

「そうそう都合よく居合わせてはくれないか。ま、礼は次にベルカに来たときでもいいだろう」

すると、その声を聞き取ったのか、隣を歩いていたウィステリアが怪訝そうな顔を向けてきた。

「ソラ殿、誰かお探しですか？」

「ああ、アンドラから戻ってきたとき、ここで話をしたひげの衛兵がいただろう？　あのときの礼をしたいと思ったんだが、姿が見えなくてな」

「ああ、あの……」

ウィステリアはすぐに俺が言及した人物に思い当たったようだった。

しかし、その顔にはなぜか警戒の色が濃い。そういえば、あのときもウィステリアはあの衛兵に対して厳しい表情を向けていたな、と思い出す。

気になってたずねてみると、ウィステリアは慎重に言葉を選びながら応じた。

「あの者、以前に剣を交えた相手と似ているのです」

「剣を交えた？　あの衛兵とか？」

穏やかならぬ言葉に眉根を寄せると、ウィステリアはこくりとうなずく。

「五年前、始祖様の命令でベルカの調査をしていたところ、法神教徒の一団に正体を見抜かれて戦闘になりました。そのときに戦った聖騎士の面影を、あの衛兵から感じたのです」

ウィステリアはそういった後、ためらいがちに付け加える。

「ただ、なにぶんにも昔の話です。当時はひげをたくわえてもいませんでした。それに、五年前に聖騎士だった者が、今は衛兵として城門を守っているというのもおかしな話ですので、私の気のせいであろうと思い、ソラ殿にはお伝えしませんでした」

それを聞いた俺は、なるほど、とうなずく。

聖騎士とは教会騎士の最高位の称号である。カナリア王国の位階にあてはめれば、竜騎士とか近衛騎士とか、そのレベルの上級騎士に該当する。五年前に法神教の聖騎士だった者が、今は一介の衛兵になっているというのはちょっと考えにくい。聖騎士は各神殿に属し、衛兵はカナリア王国に属しているわけだから、所属さえ変わってしまっている。ますますありえない。

法神教の内部でなにか致命的な失態を犯して左遷《させん》された、という可能性もあるにはあるが、あの衛兵からはそういう暗さは感じられなかった。そもそも、あの衛兵がウィステリアと戦った聖騎士と同一人物だったとしても、それで何か問題が生じるわけでもない。

それゆえ、俺はここでウィステリアから聞いた話を心に留め置くことはなかった。

同時刻。

ベルカ冒険者ギルドの長であるゾルタンは、ベルカ政庁の一室に拘禁されて取り調べを受けていた。

ゾルタンの正面にいるのは顔の下半分をひげで覆った強面《こわもて》の衛兵である。

衛兵はそのひとりだけではなく、ゾルタンの供述を書き留める書記官がおり、さらに法神教の司祭も同席している。

この取り調べにおいて、ゾルタンは当初から徹底的に黙秘を貫いていた。自分は無実である、という主張さえしない。それを口にすれば、同席している司祭の『嘘看破《センス・ライ》』によって言葉の嘘を見抜かれてしまうからである。

――どうしてこのようなことになってしまったのか。

ゾルタンは内心で歯嚙みしつつ、自分がおかれた状況に納得できずにいた。

アロウの排除を画策したことについては事実である。ゾルタンにしてみれば、自分より二十以上も若いアロウにギルドマスターの地位を奪われるなど、とうてい承服できることではなかった。

だから、アロウやその周辺をさぐって『銀星』の弱みを握ろうとした。ユニという標的を見つけてからは『銀星』が醜聞にまみれるよう策謀をめぐらせた。それは認めよう。

だが、ゾルタンは極力自分が表に出ないよう気をつけていたし、ユニとの接触にも部下を用いた。

この部下はギルド所属の冒険者ではなく、ゾルタンがひそかに飼いならしていた冒険者くずれの者たちである。連絡方法は特定の場所と時間に指示書を残し、それを部下たちが後から回収するというもので、直接顔を合わせることは決してなかった。

指示書を残す場所や時間についても一回ごとに変更するという徹底ぶりで、ゾルタンは事件から自分の痕跡を消したのである。

——そのはずなのに、ベルカ政庁はゾルタンの部下を根こそぎとらえ、彼らからの情報をもとにゾルタンの罪をあばきたててしまう。気づいたときには、すでにベルカ政庁はゾルタンを拘禁するに足る証拠をがっしりと握っていた。

結果、ゾルタンはこうして黙秘することしかできない立場に追い込まれてしまったのである。

今のところ、ベルカ政庁は黙秘するゾルタンに手を焼いているように見えるが、この抵抗にも限界はあった。カナリア王国の法は拷問を禁じていないのである。

現状、ゾルタンはまだギルドマスターの地位にいるので、取り調べにおいても最低限の敬意は払われている。だが、この状況が続けば、聖王国にある冒険者ギルド本部はゾルタンからギルドマスターの地位を剝奪するだろう。

もともと、ゾルタンはギルド本部からさして評価されていない。それこそ、アロウへの世代交代を露骨に匂わされたこともあるくらいだ。

ゾルタンがギルドマスターでなくなれば、ベルカ政庁もゾルタンに遠慮をする必要はなくなる。

尋問は苛烈になり、拷問がおこなわれるのも時間の問題であろう。

そう考えると、このまま黙秘し続けることは下策だった。

それゆえ、ゾルタンは自分の正面にすわる衛兵に人払いを申し出る。このひげ面の衛兵はゾルタンに対して丁寧な言葉を用い、語調も穏やかで、人柄に信頼がおけると判断したのだ。

本来、罪人が人払いを申し出るなど一笑に付されておしまいなのだが、衛兵はわずかに思案した後、他のふたりに席を外すように伝える。ふたりは少し驚いたようだったが、再度衛兵がうながすと異論を唱えることなく従った。ふたりとも進展しない取り調べに疲れていたのだろう。

ふたりが部屋を出ていくと――正確にいえば『嘘看破《センス・ライ》』を使える司祭が出ていくと、ゾルタンはそれまでの沈黙が嘘のように猛然と口を動かし始めた。

「まず申しておく。吾輩《わがはい》は罠にかけられたのだ！」

「ほう。誰に罠にかけられたとおっしゃる？」

「知れたこと。枢機卿猊下――否、サイララである！」

それを聞いた衛兵は、ふむ、と腕組みをして首をひねった。

「ゾルタン殿。貴殿はならず者を用いてユニに毒の使用を強要し、『銀星』を壊滅に導いた。そこに猊下《げいか》が介入する余地はありますまい」

「そうではない！　そもそも吾輩《わがはい》は『銀星』を壊滅させるつもりなどなかった！　『銀星』をつぶすつもりなら、睡死薬《タナシア》などではなくもっと強力な毒を仕込ませておる！　吾輩はアロウが配下に毒を盛られたことを喧伝し、『銀星』を醜聞にまみれさせてやればそれでよかったのだ！　そうすればおのずとアロウの声望も落ち、彼奴《きやつ》をギルドマスターに据えようとはかる者もいなくなる！　アロウたちが死んだのはただの不運にすぎん！」

この言葉はさすがに看過できなかったのか、衛兵の顔が厳しく引き締まった。

「ゾルタン殿、言葉をつつしまれよ。意図はどうあれ、貴殿がアロウ卿に毒を盛ったのはまぎれもない事実。その貴殿が軽々《けいけい》に悲運などという言葉を使って罪を逃れることは許されませんぞ」

「不運といって悪ければ陰謀である！　おお、そうだ！　サイララは吾輩に対してアロウに毒を盛るよう仕向け、それに乗じて『銀星』を襲ったに違いない！　思えば、あのユニという小娘の情報を手に入れるのはいやに簡単だった。まるで『銀星』をおとしいれるならあやつを使え、と何者かに使嗾《しそう》されているかのようであった！　それに、そう、最初にアロウをギルドマスターに据える動きがある、と吾輩に伝えたのもサイララである。ギルド本部があるのは聖王国、すなわち法神教の膝元だ。本部にギルドマスターの交代を吹き込んだのも、吾輩を追いつめるためのサイララの遠謀に違いない！」

熱に浮かされたようにゾルタンは自分の思考を垂れ流していく。

衛兵はあきれた様子で首を左右に振っていたが、とりあえず言いたいだけ言わせてしまおうと考えたのか、しかつめらしい顔で先をうながした。

「なるほど。しかし、なぜ枢機卿猊下がアロウ卿を狙うのですかな。猊下がアロウ卿を我が子のように可愛がっておられたこと、ベルカでは知らぬ者はおりませんぞ」

「それを調べるのは衛兵の役目であろう！　だが、吾輩の知恵を貸すなら――さよう、アロウはダークエルフに誑《たぶら》かされたのだと思う。惑《ウイル・オー・ウィスプ》わす者にくみしたか、あるいはあの竜殺しのように『銀星』にダークエルフを加えるとでも言いだしたか。いずれにせよ、それを知ったサイララはアロウを討つ決意を固めたに違いない！」

　確信を込めて断言するゾルタンに対し、衛兵はさも感心したようにうなずいた。

「なるほど、なるほど。しかし、猊下は多忙の身。そのような陰謀を実行に移せるはずもないのでは？」

「当人が動けぬなら周囲を動かせばよい！　吾輩に部下がいたように、サイララにも部下がいたのだ。その者たち法神教の暗部をつかさどる奴輩《やつばら》が吾輩をおとしいれたのである!!」

　ドンッと力まかせに目の前の机を叩いて主張するゾルタンに向け、衛兵はぱちぱちと手を叩いてみせた。

「実に見事な推理ですな。惜しむらくは何の証拠もないこと。証拠のない罪の指摘はただの誹謗《ひぼう》にすぎませんぞ、ゾルタン殿。求めて罪を重ねるような真似はやめ、おとなしく己の罪を認められてはいかがかな」

　ここで衛兵はすっと目を細め、ささやくような声になった。

「この期に及んで他者に罪をなすりつけるような真似はおやめなされよ。相手は法神教の枢機卿。

悪あがきも度が過ぎると、ゾルタン殿のみならず、ご家族にまで害がおよびかねませんぞ?」

「断る！　吾輩は事実を口にしておるのだ！　なぜそれがわからぬ――いや、そうか、わかったぞ！　さてはそなたもサイラの手の者だな!?　人払いに同意したのは己の言葉が『嘘看破《センス・ライ》』に反応してしまうのを恐れてのこととみた！」

それを聞いた衛兵は、たまりかねたように笑い声をあげた。

そして言う。

「いやいや、恐れ入ったこと。私欲と保身のかたまりだとばかり思っていたのに、なかなかどうして鋭いではないか。その直感をもっと別のことに生かしていれば、このような末路をたどることもなかったであろうに。ま、別に惜しいとは思わぬがな」

「なに？　今、なんといった!?」

「貴殿はギルドマスターなどにならず、異端審問官にでもなっていれば天寿を全《まっと》うできたであろうに。そう申したのですよ、ゾルタン殿」

衛兵はゆっくり椅子から立ち上がると、しずかにゾルタンに歩み寄っていく。

ゾルタンは気づかなかった。

濃いひげの下で、衛兵の口が三日月の形にひらかれていたことに。

——アロウ謀殺の罪を問われて政庁に拘禁されたゾルタンが、すべての罪を認めた上で隠し持っていた毒をあおって自殺した。

ベルカ政庁がその発表をおこなったのは、ソラたちがベルカを発った翌日のことであった。

5
「お久しぶり、と申し上げるには以前にお会いしてから時がたっていませんね。魔境と呼ばれるカタラン砂漠からの無事のお戻り、心から嬉しく思います、空殿《そら》」

そういって小さく微笑んだのは、法神教の最高指導者ノア・カーネリアス教皇である。

場所はカナリア王国の王都ホルス。俺と教皇は王宮の一室で二度目の対面をはたしたところだった。

つややかな亜麻色の髪、宝石を思わせる翠《みどり》の隻眼、抜けるような白い肌。以前に顔を会わせたときと変わらない端正な容姿である。

唯一変わったものがあるとすれば、それはノア教皇がまとっている衣装だった。旅用の簡素な神官服を着ていた以前と異なり、今のノア教皇は地位にふさわしい荘厳な法衣をまとっている。

白を基調とした法衣は聖布——聖水を用いてつくった糸で織られた布——でつくられており、目を凝らせば、驚くほど巧みな刺繍が施されているのがわかる。刺繍が目立たないのは服地と同色の糸で縫われているからだ。それらの刺繍が単なる模様ではなく、魔法的な意味合いが込められた意《い》匠《しょう》であることは明白だった。当然、法神の祝福も、これでもかとばかりに込められているに違いない。

たぶんこの服、物理的にも魔法的にもそこらの城壁よりはるかに頑丈である。

向こうにしてみれば地位にふさわしい服を着ているだけなのだと思うが、俺としては警戒されていると思わざるをえない。先発したサイララ枢機卿が、ベルカでの一件を事細かに教皇の耳に入れているのは間違いないからである。

俺は小さく息を吐いた。

ここに来た理由はウィステリアのことで申し開きをするため——ではもちろんなく、ラスカリスから渡された賢者の石を教皇に渡すためである。当初の目的だったベヒモスの角は手に入らなかったが、賢者の石は十分に代替品となりえるだろう。これを教皇に渡すことで、ヒュドラの死毒を防ぐ結界を長期にわたって維持することが可能になるはずだった。

ただ、以前に教皇が見せたラスカリスへの敵意と警戒心を思うと、素直に受け取ってくれるとは考えにくい。罠だ、と疑うのが当然だし、その疑いは間違いなく俺にも及ぶ。

ラスカリスから受け取ったことを隠そうかとも考えた。俺が賢者の石について話したのはアストリッドだけであり、サイララ枢機卿も知らない。当然、教皇にも伝わっていないはずである。

ただ、教皇の慧眼《けいがん》はたやすくこちらの嘘を見抜くだろう。それに、どこでこんなものを手に入れ

たのか、と問われれば答えに窮してしまう。

とつおいつ考えた末、やはりここは正直に相手と向き合うべきだろう、と俺は心に決めた。その結果、法神教と敵対することになったなら、そのときはそのときである。

俺は懐《ふところ》から取り出した賢者の石を卓の上に置いた。ごとり、と音がして、石が小さくかたむく。

それを見たノア教皇は右の目をかすかに見開いた。

「それは……」

「私にこれを渡した者は賢者の石だといっていました。黄金帝国《インペリウム》産の極上品であり、十分にベヒモスの角の代わりになるだろう、と」

それだけでおおよそのことを察したのか、教皇は目から驚きを去らし、なるほど、とうなずいた。

そして、妙にすわった目つきでいう。

「空殿はラスカリスと会ったのですね。あの腐れ《ダーク》エルフと」

「はい、聖下――ん？」

相手の問いにうなずいた後、俺は首をかしげる。なんか今の「ダークエルフ」の発音、おかしくなかっただろうか？

だが、ノア教皇はそんなこちらの反応にかまうことなく澄まし顔で先を続けた。

「サイララ枢機卿から報告は受けております。ベルカにおいて、空殿との間に齟齬《そご》が生じた、と」

「は、確かに猊下《げいか》とは仲間の身柄をめぐって少々意見がぶつかりました」

「仲間、ですか。鬼人を懐《ふところ》に入れたあなたらしいお言葉です」

そういってノア教皇はうっすらと微笑む。以前にも思ったが、教皇は表情の変化が小さく、かつ短いので感情の変化がとらえづらい。

サイララ枢機卿の報告を聞いた教皇が俺に対してどのような感情を抱いたのか。そして今、ラスカリスから渡された賢者の石を持ってきた俺をどう見ているのか。それらを外面からおしはかるのは困難だった。

教皇は卓の上の賢者の石を手にとると、そっと目を細める。

「……おかしな仕掛けはないようですね。そして、たしかにこの魔法石は結界の触媒として十分な魔力を有しています」

石を元の位置に戻した教皇は、俺に向かって深々と頭を下げた。教皇の亜麻色の髪が、細い肩を伝って胸のあたりに流れ落ちていく。

「感謝いたします、空殿。これでこの国の人々が死毒に苦しむことはなくなるでしょう」

「顔をおあげください、聖下。私はこの国に住まう者のひとりとして、自分にできることをしたまでです。後のこと、どうかよろしくお願いいたします」

「お任せください。法神教の威信にかけて、必ずや結界を築いてご覧に入れましょう。長きにわたって綻《ほころ》ぶことのない強固な結界を」

顔をあげたノア教皇はしっかりとうなずいてみせた。

そして、じっとこちらを見やりながら言葉を続ける。

「ところで、あの腐れエルフ《ダーク》のことです。空殿に魔法石を渡しただけで立ち去ったわけではないでしょう。何か私にたずねたいことがあるのではありませんか？」

それは真摯《しんし》な声であり、真摯な表情だった。先ほどからラスカリスのことを「ダークエルフ」と呼ぶたびに黒いものを感じるが、それ以外にこちらへの悪感情を匂わせるものはない。

このノア教皇の問いかけに対し、俺は短くうなずいた。

「一つだけ、うかがいたいことがあります」

聞きたいのは法神教が龍穴を利用して企んでいることの詳細――ではなかった。

俺はラスカリスが口にした情報をまったく信用していない。あの不死の王が語ったことがすべて嘘だとはいわないが、すべて事実だとも思っていない。ラスカリスの話を他者に伝えるとしたら、それは情報の裏付けをしっかりと取ってからだ。

当然、法神教への疑念を口外する気もなかったが、それでも一つだけ確かめておきたいことがある。

光神教。

これについてはラスカリスだけでなく、鬼ヶ島で戦った鬼人オウケンも口にしていた。

まったく異なる勢力に属する二人が、まったく同じ言葉を口にした事実。

ただの偶然であればそれでよい。光の神という神格は、異なる文化、異なる神話で重複しても不思議はない存在だから。

しかし、偶然ではなかったとしたら――

「聖下は光神教という言葉をご存知ですか？」

緊張と、ある種の覚悟をもってノア教皇に問いかける。

答えは思いのほかあっさりと返ってきた。

「はい、知っています。知らないはずがありません。なぜといって、光神教は法神教の前身《ぜんしん》となった組織だからです」

「前身となった組織、ですか？」

俺の反問に教皇はこくりとうなずく。その後にとった行動は、くしくもラスカリスと同じだった。

法神教の聖句を唱えたのである。

「法とは秩序を守るもの。そして、秩序とは人の世の昏《くら》きを照らす光ならん――光とは我らが法神のもう一つの神性なのです。光神教はあまりに純粋に正義を求めたゆえに、邪教として排斥されたと聞き及んでいます」

「邪教とは穏やかならぬ言葉ですね。純粋に正義を求めたとのことですが、具体的に何をしたのですか？」

「三百年前の戦いにおいて、光神教の一派が鬼人族に味方しました。彼らはあの大戦が人間の欲にきざしたものではないかと考え、自らの正義のために鬼人族にくみしたのです。ですが、事情はどうあれ、光神教が同胞たる人間を裏切ったことにかわりはありません。光神教は邪教と見なされ、弾圧を受けるようになりました」

言い終えたノア教皇は静かに俺を見つめた。

吸い込まれそうな深い翠《みどり》の瞳に、俺の顔が映っている。

「私は彼らの行動を間違いだと断じることはできません。鬼人だからといって、無条件で命を奪ってよいはずはない。勝手ながら、あなたも同じ考えなのではないかと思っているのですが、いかがでしょう？」

「おっしゃるとおりです」

ノア教皇の言葉がスズメのことを指しているのは明らかで、だからこそ俺はうなずく以外の選択肢をもたなかった。

そんな俺に向けて、教皇は言葉を続ける。

「大戦後、残った光神の信徒は裏切り者とののしられ、邪教として排斥され、塗炭《とたん》の苦しみを味わったそうです。このままでは人も教えも土にとけてしまう。そう考えた時の最高司祭がとった窮余《きゅうよ》の一策。それが法神教と名をあらため、当時は小国に過ぎなかったアドアステラに与《くみ》することだったのです。その後、法神教が帝国と共に歩んだ道のりは空殿《そら》もよくご存知のことでしょう」

ノア教皇はそこまで話すと、言うべきことはすべて言った、と告げるように静かに口を閉ざした。

室内に沈黙の帳《とばり》が下りる。

ややあって俺が口をひらこうとしたとき、それをさえぎるように部屋の扉が遠慮がちに叩かれた。あらわれたのは法神教の神官であり、婚儀の段取りについて確認したいことがあるという。つけくわえれば、教皇に用事がある人はその神官だけではなさそうで、扉の向こうからは複数の気配が感じられた。

当たり前といえば当たり前の話だが、国同士の婚儀をとりしきる教皇は猫の手も借りたいほど多忙であるに違いない。こうして俺と話をする時間を捻出するだけでも、相当に無理をしたのではないか。

遅まきながらそのことに思い至った俺はあわてて立ち上がった。

知りたかったことはおおよそ聞くことができた。これ以上踏み込んだ話をしようと思えば、俺の方にも準備がいる。ラスカリスが口にした真偽の定かならぬ情報だけでは、教皇の話を否定することも肯定することもできない。

「聖下、貴重なお話をしていただき、ありがとうございました。私はこれにて失礼させていただきます」

「急《せ》かしたようで申し訳ありません。かなうなら、もう少しお話ししたかったのですが……」

「恐縮です。いずれ機会がありましたら、ぜひ」

俺は教皇に向かって深々と一礼し、踵《きびす》を返して扉に向かう。

その俺の背で声が弾《はじ》けた。ささやくように小さく、それでいて、いつまでも耳に残るような深い声音。

――どうか私の敵にならないでくださいね。

その声は確かにそう言っているように聞こえた。

エピローグ

この地下牢に入れられてから、どれだけの時が過ぎただろうか。

朦朧《もうろう》とする意識の片隅でクライア・ベルヒは考える。

地下ゆえに陽光は差しこまず、食事は不定期で、時間の経過を測るすべがない。そうして捻じ曲げられた感覚は時《とき》の流れを曖昧《あいまい》なものへと変えていった。

ひっきりなしに飢えと渇きを訴えてくる身体。よもや自分はこのまま光の差さない地下で朽ちはてるのかという不安。焦燥が身体の内側でふくれあがり、ときおり無性に叫びだしたくなる。

思い出されるのは青林旗士になる以前、ベルヒ邸で養われる大勢の養子のひとりに過ぎなかった頃のことだ。クライアと弟のクリムトは、当主であるギルモアに命じられて地下牢の掃除をしたことがあった。

おそらく、あれは示威《じい》の一環だったのだろう。当主に逆らったらどうなるのか。当主の期待に応えられなかったらどうなるのか。その実例を目の当たりにさせることで子供たちの心身に畏怖を刻み込む。

自分とかわらぬ年の子供が、両の目を張り裂けんばかりに見開いて息絶えている。枯れ木のようにやせ衰えた身体の持ち主が、少し前から姿を見なくなった養子のひとりだと気づいたとき、クライアは懸命に悲鳴をこらえなければならなかった。

当主による囚人の処刑に立ち会わされたこともある。

ギルモアの心装は神虫《しんちゅう》。八本の脚と鋼のごとき顎《あご》を持った、鬼を食う虫。

ギルモアはこれを家ほどの大きさにすることも、爪ほどの大きさにすることもできた。

頑丈な鬼を食えるのだ。当然、人間の身体などたやすく食い破ることができる。そして、ギルモアは処刑をおこなうに際し、外からそれをするよりも内からそれをする手法を好んだ。

つまり、囚人の体内に神虫をもぐらせ、中から腹を食い破るのである。

酸鼻をきわめるその光景を幾度《いくど》目にしたことだろう。クライアの心身にはギルモアへの畏怖が刻み込まれており、青林旗士となってからもその畏《おそ》れは消えていない——神虫が身体の中にいる今は、なおのこと。

これさえなければ、自分は空《そら》が差し出した手をつかんでいたのだろうか。そう思ってクライアは苦しげに笑う。

できもしないことを未練がましく考え続ける自分がおかしかったのである。

そうして、クライアは重いため息を吐く。

先ごろ任務で島を出るまでは、クライアにとって世界は単純なものだった。ベルヒ家の生活こそが日常であり、息苦しく感じることはあっても逃げようとは思わなかった。

いや、今だとて逃げようとは考えていない。クライアは養父《ギルモア》に対して畏怖だけでなく恩も感じていたし、青林旗士として戦うことに誇りを持ってもいたからだ。その気持ちに嘘はない。

——ただ、それらを厭《いと》う自分がいることにも気づいてしまった。

空に敗れて無様をさらしたという意味で、クライアとクリムトの罪は等しい。にもかかわらず、ギルモアがクライアのみを地下牢に放り込んだのは、この変心に気づいたからであろう。

ギルモアにしてみれば長年の「教育」の成果が一朝にして失われたようなもの。このままクライアを放置すれば、弟のクリムトはもとより、他の配下にまで影響がおよびかねない。ベルヒの当主にとって今のクライアはたちの悪い疫病のようなものだった。

このままでは本当に殺されてしまうかもしれない。クライアはそこまで考えていた。

しかし、それがわかっていてもどうすることもできない。

クライアの足元には空から渡された回復薬《ポーション》が埋められており、これを飲んで牢を出ることは不可能ではないだろう。体内に巣食う神虫も、竜の血を浴びればひとたまりもなく消滅するに違いない
——何の根拠もないが、クライアはそう信じていた。

ただ、そうやって外に出たとしても、クライアにはそれ以後の展望がない。柊都《しゅうと》の中で御剣家の捜索の目をのがれることは不可能だし、かといって島の外に出ることはもっと不可能だ。仮に成功

したとしても、そのときは残されたクリムトに罪が及んでしまう。

では、クリムトと共に島を出るか。

この選択肢もクライアには選ぶことのできないものだった。御剣家三百年の歴史の中で、島抜けに成功した青林旗士はひとりも存在しない。島を出たクライアたちは死ぬまで御剣家の追手と戦い続けることになるだろう。弟をそんな道に引き込むわけにはいかないのである。

いっそ心を入れ替え、これまでのように従順にベルヒ家に尽くすという道もないわけではなかった。だが、そのためにはベルヒ家の生活を厭《いと》う気持ちを根底から消し去らねばならない。

異なる表現を用いれば、『外』での出来事を忘れ去り、ベルヒ家の生活に何の疑問も抱いていなかった頃の自分に戻らねばならない。

その選択肢を考慮したクライアは、即座に無理だと断じた。黄金世代の一角たるクライア・ベルヒをもってしても、ひとたび味わった『外』の心地よさを忘れることは不可能だった。

牢を破ることはできず、かといって以前のようにギルモアに仕えることもできない。クライアに残されたのは何もしないという選択肢だけだった。

それが何の解決にもならないとわかっていても――もっといえば、遠からず破滅につながる選択肢だとわかっていても、クライアはそれを選ぶことしかできなかったのである。

それからどれくらいの時がたったのか。

クライアの耳がかすかな足音をとらえた。地下におりてこようとしている者がいる。堂々としてゆるぎない足取りは、いつも水と食事を運んでくる老人のものではない。

ギルモアがやってきたのかと思い、クライアは身体をかたくしたが、ほどなくしてクライアの前に立った人影は、養父とは異なる容《かたち》をしていた。

「――ひどい姿だな」

くしくも以前にここをおとずれた空《そら》と同じ言葉を口にしたのは、長い黒髪と抜けるような白い肌をもった手練の旗士《きし》である。

相手の顔を見たクライアの目が驚きで見開かれる。まったく予想だにしなかった人物が視線の先に立っていた。

「……も、孟様《もうさま》？」

孟《もう》とは家の跡継ぎを指す言葉。すなわち、あらわれたのはベルヒ家の次代当主にして青林第一旗の旗将《きしょう》たるディアルト・ベルヒその人だった。

クライアにとっては兄にあたる人物である。だが、クライアにせよ、クリムトにせよ、これまでディアルトを兄と呼んだことはなかったし、これからもないであろう。

ベルヒ家におけるディアルトの立場はギルモアに次ぎ、血のつながった弟妹でさえ臣下としての礼をとる。血のつながらない養子に求められる態度は言うにおよばずである。

ディアルトの方も弟妹たちに親しみを見せることはなく、屋敷や街路ですれちがう際、深々と頭を下げるクライアたちをしり目に、口もひらかず通り過ぎるのが常だった。

もっとも、それとわからないくらい小さくうなずいているあたり、まったく無視しているわけではないのだが……

「何の、ご用でしょうか？」

ある意味、ギルモアと向かい合っているときよりも緊張しながらクライアが問いかける。

すると、ディアルトは淡々とした口調でひとつの事実を告げた。

「クリムトが死んだ」

「…………………え？」

クライアは思わずぽかんと口をひらいてディアルトを見上げる。

ディアルトはそんなクライアにかまわず言葉を続けた。

「先ごろ、鬼人族はアズマという王によって統一された。彼奴《きやつ》らが同族同士で殺し合っている間は放置すればよいが、統一されたとなれば手を打たねばならん。クリムトはアズマを討つ任務を帯びて鬼門にもぐり、消息を絶った。司徒《ギルモア》によれば、仕込んでいた神虫も消滅したそうだ。死んだとみて間違いあるまい」

ディアルトの声に身内を案じる色はなく、ただ事務的に事実を伝える冷たさだけがあった。

死が確定したと見なされれば捜索はおこなわれない。クライアは思わず声を高めた。

「お、お待ちください、孟様《もう》！　まだクリムトが死んだと決まったわけでは……！」

「決まったわけではない。だが、神虫が消滅したということは臓腑がえぐられるほどの深手を負ったということ。鬼門の中でそれだけの傷を負えば、たとえ生きていたとしても長くはもたぬ。手遅れだ」

「ですが！」

「先に島外で敗れた汚名を雪《そそ》ぐために志願した任務で、再び汚名をかぶる愚か者のために青林旗士を動かすことはできぬ。これは司徒《ギルモア》の考えであると同時に御館様の決定でもある。くれぐれも妄動はせぬことだ」

巌《いわお》のように揺るぎないディアルトの声音を聞けば、ここでクライアがどれだけ言葉を重ねても意味がないことは明白である。

呆然とするクライアを見下ろしながら、ディアルトはやはり淡々と口を動かした。

「牢の中では他にすることもあるまい。弟の冥福を祈ってやるがいい」

言い終えると、ディアルトは踵《きびす》を返してクライアの前から姿を消す。

遠ざかっていく足音が、クライアの耳の奥でいつまでも鳴りやまなかった。

書き下ろし　三百年に一度の奇跡

心装を修得した翌日、ルナマリアはアンドラの森の一画でソラに稽古をつけてもらっていた。

同源存在《アニマ》と同調を果たし、心装を会得したことでルナマリアの魔力《オド》は飛躍的に増大した。魔力《オド》とはすなわち勁《けい》のこと。ルナマリアは幻想一刀流を学ぶための条件をようやく満たすことができたのである。

もっとも、ルナマリアの本領は弓であって剣ではない。したがって稽古内容は剣以外の面にかたよった。具体的に言えば、勁《けい》を用いた身体強化である。

賢者の学院出身のルナマリアにとって魔力《オド》の扱いは基礎中の基礎だ。その分コツをつかむのも早く、稽古は順調に進んだ。順調に進みすぎて「教えることがほとんどないな」とソラが苦笑したくらいである。

ルナマリア自身もおおいに手ごたえを感じており、負傷したウィステリアの様子を見るためにソラがいなくなった後も、ひとりその場に残って修練を続けていた。

鹿のごとく森を駆け、猿《ましら》のごとく樹上を跳び、鳥のごとく宙を舞う。冴えわたった機敏な動きは、心装を会得する以前とは比べものにならない。

魔力《オド》の増大によって精霊魔法の威力、精度も向上している。今ならば上位精霊のさらに上、最上位精霊を召喚することも可能であろう。

ルナマリアはあらためて心装——同源存在《アニマ》の力の強大さを実感した。同時に、この力に溺れることのないよう気を引き締めなければならない、とも感じていた。

強い力は往々にして諸刃《もろは》の刃《やいば》となり、持ち主を傷つける。古今東西、強大な力を御《ぎょ》することができずに破滅した逸話は枚挙《まいきょ》に暇《いとま》がない。まして、ルナマリアが得た力の源はあのアルラウネなのである。余計に用心を欠かすことはできない。

ルナマリアがそう考えたときだった。

『あら、ひどい言い草ね。私は約束どおり、こうしてちゃんと力を貸してあげているというのに』

脳裏に自分のものではない声が響きわたり、ルナマリアは聞えよがしにため息を吐く。そして、宿主の思考を読み取って話しかけてきた同源存在《アニマ》アルラウネに対し、冷たい声音で言い返した。

「その約束とやらは、私の身体を乗っ取って一方的に突きつけてきた条件のことでしょう。そんな手前勝手な約束を守ったところで、あなたを信用する理由にはなりません」

先夜、アルラウネはルナマリアの身体を奪ってソラを誘惑する、という真似をしでかした。幸い、成りすまし自体はソラに見抜かれて未遂に終わったのだが、だからといってアルラウネの行動を水に流すつもりなどない。ルナマリアの硬い声音にはそんな内心がはっきりと滲《にじ》み出ていた。

アルラウネはと言えば、そんな宿主に向けて愉快そうに言葉を重ねる。

『物は考え様よ、ルナマリア。私の行動があったればこそ、あなたはマスターの本心を知ることができた。淫蕩《いんとう》な本性を持ちながら、しとやかで清楚な人格を練り上げたあなたのことを気に入っている、とマスターはおっしゃっていたじゃないの。あの言葉を引き出した功績に比べれば、一時的に身体が不自由になる程度のこと、何ほどのことでもないでしょう？』

「それは結果論です。あなたがはじめからマスターに拒まれることを想定していたというなら話は別ですが、到底そうは思えません」

あくまで硬い態度を崩さないルナマリア。

それを揶揄《やゆ》するようにアルラウネはくすくすと笑う。

『あらあら、眉間にしわが寄っているわ。賢者たる者、常に冷静沈着でいなくてはマスターのお役に立てなくてよ？』

「あなたに言われたくありません！」

ルナマリアが怒気をこらえて言い返すと、アルラウネの笑い声がひときわ高まった。エルフの賢者は柳眉《りゅうび》を逆立て、さらに声を高めようとして――寸前で自制する。

はじめてアルラウネと言葉を交わしてからずっとそうなのだが、どうにもルナマリアは自分の同源存在《アニマ》と言葉をかわすと感情が高ぶってしまう。胸の奥にどうしようもない嫌悪感があるのだ。

ルナマリアは波立つ心を落ち着かせるために深呼吸する。そして、頬をぱちりと叩いて気合を入れた。

心装はとば口、すなわち入口であるとソラは言っていた。ルナマリアはまさしく入口に立ったばかりであり、これからアルラウネを統御して、今以上の力を引き出せるようにならなければならない。

宿主より遥かに強大な力を持つ同源存在《アニマ》を統御することの困難さは言を俟《ま》たない。嫌悪感で心を乱している暇などないのである。

と、ここでルナマリアの脳裏に先夜のアルラウネの言葉がよみがえった。ルナマリアはわずかに迷った末、アルラウネに問いかける。

「アルラウネ。あなたは昨夜、マスターの同源存在《アニマ》を神殺しの竜と呼んでいましたね」

『ええ、呼んだわね』

「では、ソウルイーターとはいずれかの伝説に名を残す竜なのですか？」

御剣家において同源存在《アニマ》は二種類に分けられる。以前、ルナマリアはソラからそう教えられたことがあった。

ひとつは個人に根差す同源存在《アニマ》。これは使い手の記憶から形づくられる同源存在《アニマ》のことを指す。

ひとつは世界に根差す同源存在《アニマ》。これは過去の歴史や伝承から形づくられる同源存在《アニマ》のことを指す。

ソラはこのことをクライア・ベルヒから教えられたという。

具体的な例をあげれば、かつてカナリア王都を襲った慈仁坊《じじんぼう》の死塚御前《しづかごぜん》は前者であり、イシュカでルナマリアたちを襲ったゴズの数珠丸、クリムトの倶利伽羅《くりから》、クライアの倶娑那伎《くさなぎ》は後者である。妖花としての伝承を持つアルラウネも世界に根差した同源存在《アニマ》に分類されるだろう。ウィステリアのパズズや、ガーダのアールキングも同様だ。

そして、この区分で考えるとき、ソラのソウルイーターは個人に根差す同源存在《アニマ》に分類されるのではないか、とルナマリアは考えていた。

賢者として多くの書物を渉猟《しょうりょう》してきたルナマリアであるが、ソウルイーターという名前の竜を一度も聞いたことがなかったからである。

しかし、アルラウネはソウルイーターを指して神殺しの竜と述べた。すなわち、ソウルイーターは神殺しの逸話を持つ竜なのだ。

ルナマリアの問いかけを受けたアルラウネは歌うように応じる。

――それは猛々しき黒の宝刀。太陽を喰らう蝕《しょく》の顕現。

――神話の時代、十七の戦神を屠《ほふ》りし最強最古の幻想種。

『その名はソウルイーター。あなたにとってはただ強い竜という認識なのでしょうけど、あんなモノが現界しているなんて本当にとんでもないことなのよ？　もちろん、現界といっても同源存在《アニマ》である以上、生身の肉体は持ち得ないけれど、それにしたってとんでもないわ。何より信じられないのが、あれと同調して正気を保っているマスターよ』

それを聞いたルナマリアは表情を硬くする。

「それほどに危険な竜なのですか？」

『危険という言葉の意味によるわね。ソウルイーターに主体的な悪意があるわけではないわ。性質としては善良といっていいでしょう。けれど存在の格が違えば、おのずとそこには危険がともなう。あなたにわかりやすく説明するなら神格降臨《コールゴッド》――人間の身体に神を降ろすようなものよ。並の人間ならソウルイーターと同調した時点で魂が砕け散る。人としての容《かたち》を保つのは不可能に近いわ』

「ですが、マスターは何ともありません」

反射的にそう答えたルナマリアに対し、アルラウネは素直に応じた。

『ええ、そうね。当人は自覚していないようだけど、本当に驚くべきことなのよ。それこそ百年に一度――いえ、三百年に一度の奇跡と表現してもいいくらい』

それを聞いたルナマリアはうなるような声をもらす。ソウルイーターが強大な存在であることは察していたが、神にたとえられるレベルであるとまでは思っていなかった。

つけくわえれば、今の話を聞いてなおルナマリアの疑問は解けていない。アルラウネがソウルイーターについて語った内容は、やはりルナマリアの知識にはないものだった。

これについてアルラウネは次のように語る。

『同源存在《アニマ》が個人に根差すものと世界に根差すものに分けられる、という認識は間違いではないわ。個人に根差す同源存在《アニマ》が、宿主の記憶から形づくられるという部分もね。けれど、世界に根差す同源存在《アニマ》が過去の歴史や伝承から形づくられる、という部分は正解とは言い難い。歴史や伝承というのは、人間やエルフがこれまで見聞きして、後世に残してきた記録の一部にすぎないでしょう？長い時の中であなたたちが失伝した記録や、そもそもあなたたちが記録すらしていない出来事はごまんとあるの。同源存在《アニマ》はそういったものからも生まれ出るのよ』

個人に根差す同源存在《アニマ》が個人の記憶から形づくられるなら、世界に根差す同源存在《アニマ》は世界の記憶から形づくられるのだ。

アルラウネはそう語り、ルナマリアは明かされた事実に目をみはる。

「では、ソウルイーターとは」

『そう。あなたたちが知り得ない世界の記憶から形づくられた幻想種よ。幻想種は人という種を滅ぼすよう世界に定められて生まれてくる。最古の幻想種とは、すなわち最初に生み出された幻想種ということ。すべてを喰らうソウルイーターの強大さは、世界が人間に向けた憎悪の深さを示しているわ。そのソウルイーターが今では人間に宿って、宿主ともども世界から憎悪されているのだから——ふふ、三百年に一度どころか、一千年に一度の奇跡なのかもしれないわね』

「……アルラウネ？」

独白にも似たアルラウネの述懐《じゅっかい》に、ルナマリアが怪訝《けげん》そうな声をあげる。

アルラウネは愉快そうに、それでいてどこか真摯《しんし》さを感じさせる声音で応じた。

『ルナマリア、ひとつ訊《たず》ねるわ。マスターと共に歩めば、必然的にあなたも世界の敵意に晒《さら》される。それを避けるためにマスターと道を違えるつもりはある？』

「愚問です」

『ふふ、間髪を容《い》れずとはまさにこのこと。では、私も約束どおりあなたに力を貸して、世界と戦いましょう。この身は人を喰らう魔性なれど、だからこそ人を滅ぼされては困ってしまう。時には人を守るために戦うのも一興だわ』

あらためてよろしくね、私の半身。

そう告げるアルラウネに、ルナマリアは何と返してよいかわからず、ただ無言でうなずくしかなかった。

あとがき

初めて作品を手に取っていただいた方ははじめまして。前巻を手に取っていただいた方はお久しぶりです、作者の玉兎と申します。

今回は語りたいことが多めなので早速本編に話を移します。今巻は前巻に引き続きベルカでの話がメインになっております。五巻がベルカ編（前）なら、六巻はベルカ編（後）ということになるでしょう。ただ、主要な敵は前巻で倒してしまっていますので「後編」というよりは「後始末編」という感じになってしまいました。ここまで主人公が戦わない巻は、後にも先にもきっとこの巻だけでしょう。

そのかわり、というわけではないのですが、これまで作中であまり触れることができなかった作品世界の裏面にかなり言及することができました。この巻で出てきた情報を含め、これまで隠されてきた世界の真実がすべて明らかになったとき、主人公の前に最後の敵があらわれることになります。

その意味で今巻の内容は作品的にも重要な話が多く、これまで表紙を飾れなかった某賢者さまに焦点を当てられたことも含めて、作者的には書いていて非常に楽しかったです。

反面、前述したように主人公の活躍が少なく、作中で動くキャラの大半が五巻、六巻が初出の、いわゆるぽっと出のキャラばかりなので「作者だけが楽しんで読者を置いてけぼりにしていないだろうか」という危惧が執筆中、常に頭の中にありました。

そのため、当初は半ば無理やり主人公の戦闘シーンを挿し込んだりしていたのですが、今の主人公の実力だとたいていの敵は一蹴できてしまいますし、だからといって主人公が苦戦するレベルの敵を出すと、その一帯が壊滅の危機におちいってしまいます。そのあたりを何とかしようと、書いては消し、書いては消しを繰り返し、結果、五巻に続いてまたしても予定を大幅にオーバーすることになってしまいました。関係者の皆様には深くお詫び申し上げます。

最終的に「展開が地味になってもいいから当初のプロットどおりに書こう」と決断し、できあったのが六巻の内容になります。楽しんでいただければ幸いですが、物足りなさをおぼえる方がいらっしゃったら申し訳ございません。

ここからは六巻の出版にたずさわってくださった方々への謝辞になります。

イラストを担当してくださった夕薙先生、いつも素敵なイラストをありがとうございます。念願の表紙を飾ることができた某賢者さまもきっと喜んでいることと思います。

編集を担当してくださった古里様ならびに出版社の方々、またしてもご迷惑をおかけしてしまい、申し訳ございませんでした。猛省しております。

最後にこの作品を手にとってくださった皆様にお礼を申し上げます。めでたく六冊目の単行本を出すことができたのは、ひとえに皆様の応援あってこそです。今後も執筆活動に励んでいく所存ですので、引き続き応援していただければ嬉しいです。

それではこのあたりで筆をおかせていただきます。ありがとうございました。

あとがき、衝撃的な登場をしたアルラウネさんです。
今回の巻、個人的な話で恐縮ですが
住居引越し、手術、コロナワクチン接種、他…
とにかく色々なものが重なってしまい
関係各所様にはご迷惑をおかけいたしました…。
本編は最後にまた鬼ヶ島関係で不穏な雰囲気でしたが
次回もよろしくお願いします！

ところで、個人的にラスカリスが大好きなので
本編での再びの活躍を期待しております！

世界へ!
ヘルモード
～やり込み好きのゲーマーは
廃設定の異世界で無双する～
二度転生した少年は
Sランク冒険者として
平穏に過ごす
～前世が賢者で英雄だったボクは
来世では地味に生きる～
贅沢三昧したいのです!
転生したのに貧乏なんて
許せないので、
魔法で領地改革
領民0人スタートの
辺境領主様
戦国小町苦労譚
毎月15日刊行!!
https://www.es-novel.jp/

ようこそ異
反逆のソウルイーター
～弱者は不要といわれて
剣聖（父）に追放
されました～
転生した大聖女は、
聖女であることをひた隠す
冒険者になりたいと
都に出て行った娘が
Sランクになってた
即死チートが
最強すぎて、
異世界のやつらがまるで
相手にならないんですが。
俺は全てを【パリイ】する
～逆勘違いの世界最強は
冒険者になりたい～
アース・スターノベル
EARTH STAR NOVEL

EARTH STAR NOVEL

反逆のソウルイーター　6
～弱者は不要といわれて剣聖（父）に追放されました～

発行 ―――― 2021年11月16日　初版第1刷発行

著者 ―――― 玉兎

イラストレーター ―――― 夕薙

装丁デザイン ―――― 舘山一大

発行者 ―――― 幕内和博

編集 ―――― 古里 学

発行所 ―――― 株式会社アース・スター エンターテイメント
〒141-0021　東京都品川区上大崎 3-1-1
目黒セントラルスクエア　7F
TEL：03-5561-7630
FAX：03-5561-7632
https://www.es-novel.jp/

印刷・製本 ―――― 中央精版印刷株式会社

ISBN 978-4-8030-1577-5